語言、文化與文學研究論集

高玉——著

目　次

中國現代文論的歷史過程與語言邏輯
——論 80 年代新名詞「大爆炸」與 90 年代新話語現象

　　80 年代新名詞與 90 年代新話語作為一種現象，絕不限於文學理論與批評，應該說，整個中國的人文社會科學包括文學創作領域都存在這種現象，只不過文學理論與批評作為一個相對前沿的學科這種現象更為突出，更有代表性。本文試圖對這種現象作文化和語言學的闡釋，以期從一個側面和角度釐清這種現象的歷史與邏輯理路。論題當然集中在文學理論與批評的範圍之內，這既是為了避免雜蕪，同時也是由筆者的學術視野與知識所囿，但希望文章的意義和價值決不僅僅限於文學理論與批評。

　　所謂「新名詞」，本質上是一個歷史範疇，80 年代新名詞在今天看來，不僅不再新，甚至還比較陳舊。同樣，90 年代新話語，在現在看來，仍然很新，但 21 世紀再回頭看，也許就舊了。所以，我們必須把 80 年代新名詞與 90 年代新話語現象置於整個現代文論的歷史進程中，置於整個新文化和新文學的歷史背景中進行考察才能真正理解其所蘊涵的文化和理論意味。我認為，80 年代新名詞與 90 年代新話語作為一種文學理論現象既是語言現象，也是文化現象，它與國門開放的社會政治經濟和文化發展密

1

切相關，可以說是改革開放在文藝理論領域內的反映和必然結果，它既是文化的表象，也是文化的深層基礎，所以，它首先是一個歷史的過程或者歷史的產物。同時，80 年代之所以出現新名詞「大爆炸」現象以及 90 年代新話語方式在中國得以通行，還與現代漢語作為語言體系的品性有關，現代漢語是深受西方語言影響的新的語言系統，它與西方語言具有親和性，這種親和性使它對西方語言具有敞開性。應該說，這是問題的兩個方面，前者是歷史問題，後者是理論問題。也可以說是兩個條件，前者是外在條件，後者是內在條件。關於後一個問題，筆者另有專文論述。本文中，我主要從文化和歷史的角度對 80 年代新名詞與 90 年代新話語作為文論現象和作為語言現象進行考察，從而從一個側面來研究中國現代文論的歷史建構過程及其現代品性。

　　80 年代新名詞與 90 年代新話語首先是一種語言和文化現象。作為現象，它深刻地反映了現代漢語和中國現代文化的來源、發展、曲折、特徵以及品格。其次，作為一種文論現象，它深刻地反映了中國現代文論與現代漢語之間的關係，中國現代文論的來源、發展、曲折、特徵以及品格其實都可以從現代漢語的角度得到深刻的闡釋。我們實際上可以通過對文藝理論領域 80 年代新名詞與 90 年代新話語現象進行語言學分析和文化學分析從而揭示中國現代文論的精神品格，通過對 80 年代新名詞與 90 年代新話語作為中國現代文論的歷史現象進行分析從而揭示中國現代文論的歷史建構過程。也即通過「現在」解讀過去。中國社會和文化從近代向現代以及當代的發展與是否學習西方以及如何學習西方有密切的關係。80 年代新名詞與 90 年代新話語現

象就既是這種學習在特定歷史時期的表象，又是這種學習在特定歷史時期的深層基礎，也就是說，80 年代新名詞與 90 年代新話語現象既反映了我們向西方學習的事實，同時又表明了這種學習的深刻性和實質性，因為語言學習是最為深層的學習。而文論中的 80 年代新名詞與 90 年代新話語現象則反映了中國現代文論向西方文論學習的事實，它潛藏著中國現代文論的歷史建構過程。

　　所謂「新名詞」和「新話語」的「新」，本質上是一個歷史概念，從時間上來說，「新名詞」的「新」是相對於七十年代以及更前溯的六十年代和五十年代而言的。而「新話語」的「新」則是相對於 80 年代以及之前的七十年代、六十年代和五十年代而言的。80 年代，改革開放進一步擴大和深入，特別是思想解放運動，它為大規模地創新、探索、學習西方掃清了道路上的障礙，思想解放作為一種自上而下的政治運動，它實際上為擺脫過去的意識形態的束縛、突破過去的政治禁區給予了思想上的保障。所以，80 年代湧現了許多新生事物，政治、經濟、軍事、文化各個領域，各個行業都新潮迭出，在語言上就表現為出現了大量的新名詞，不僅僅只是物質性名詞，還有精神性名詞，不僅僅只是科技性名詞，還包括文化哲學性名詞，所以被稱為新名詞大爆炸。但我們這裏所說的新名詞不是指物質性名詞特別是日常生活中的新物質產品性名詞如熱水器、浴霸、電子打火灶、抽油煙機等，也不是指科技性物質名詞如電腦、大哥大、呼機等，同樣也不是指日常生活中的精神性名詞如「找感覺」、「討說法」等，而是指表示新思想新觀念的新的抽象性名詞，表現為新的術語、概念和範疇。

具體對於文藝理論來說，這些新名詞主要有三個方面的來源：一是來源於「文化大革命」之前的十七年和時間上更遠的五四，這是在回歸意義上的新名詞，比如「人性」、「人道主義」、「真實性」、「典型性」、「主體性」、「現代主義」、「象徵主義」等，這些名詞在十七年和五四時期本來是很平凡的文學理論術語、概念和範疇，但「文化大革命」的十年思想和相應的語言政治性純化之後，這些名詞從文藝理論應用上消失了，現在又回到文藝理論應用上，人們感到很新鮮，特別是對於年輕人來說很新鮮，因而是新名詞。

二是從西方輸入的新名詞，主要是翻譯而來，比如「無意識」、「潛意識」、「意識流」、「存在」、「資訊」、「系統」、「後現代」、「解構」等，這些名詞又可以分為三種情況：第一種情況：有些名詞在漢語中過去就存在，但過去它主要是日常詞語，現在它則具有了特定的內涵和新的意義，構成了新的術語、概念和範疇，因而是新名詞。比如「資訊」、「系統」等。「資訊」過去主要是指消息或者音信，屬於日常用語，但現代社會科學中的「資訊」附著了更多的資訊理論的含義，更強調符號的發送、傳遞和接收的過程。「系統」也是這樣，過去主要是在「整體」的意義上而言的，但現在更強調其整體的功能及作用，其含義深受系統論觀念的影響。第二，有些名詞其意義過去一直就存在，但過去非常專業化，使用範圍也非常有限，並不為人們所普遍地使用，是生僻的詞語，現在則非常廣泛地獲得使用，而且主要是重新輸入，因而也是新名詞。這些名詞在西方並不是新的，但對中國人來說是新鮮的，因而是新名詞，如「無意識」、「潛意識」等。佛洛伊德的學說早在解放前就輸入中國，但在過去，它主要局限於專業

範圍之內，缺乏廣泛的影響和運用，所以，像「無意識」、「潛意識」這些概念並不為人所熟知。80 年代，佛洛伊德的學說重新從西方輸入中國，再加上心理學獲得廣泛的影響和運用等背景，像「無意識」、「潛意識」這些名詞就從心理學擴展到整個社會科學，而成為非常普及的術語和概念。第三，有些名詞，則是新近從西方引進的，比如「後現代」、「解構」等，這些名詞在漢語中過去沒有，在西方語言中也是過去所沒有的，就是說，在西方，它也是新名詞。這是真正的新名詞。

第三種新名詞是漢語內部自我生成的，這與 80 年代的政治經濟和文化的發展有著密切的關係，可以說是社會發展的產物，如「改革開放」、「思想解放」等就是在特定歷史條件下由於時代的發展而產生的。文學理論上，如「主旋律」、「大眾文學」、「主流」、「邊緣」、「新寫實」等都是 80 年代從本土產生的，雖然它們或多或少受到外來文學、外來文學理論以及外來文化的影響，但它們本質上不是從外國翻譯而來。

因此，在上面三種意義上，我們所說的文學理論中的新名詞既具有相對性，又具有絕對性，是一個歷史概念，具有豐富的歷史和文化內涵。作為一個歷史範疇，「新」本質上是西方意義上而言的，也就是說，「新」在內涵上主要表現為西方性。不管我們今天如何評價和反省近代、現代以及當代的這段歷史，甚至於從倫理的角度對中國現代化的選擇提出種種批評或譴責，但這是歷史，是我們今天必須直面的事實。

與 80 年代的文學理論與批評的新名詞大爆炸不同，90 年代的文學理論則不僅僅只是增加新詞語，而是在言說和表述上發生

了根本性的變化，表現為新的問題意識和新的觀點體系，即新話語方式。新話語本質上仍然是詞語的問題，是詞語增加到一定程度之後整個語言功能的變化。80 年代，中國文學理論和文學批評的主體還是五四時所形成的傳統，比如現實主義理論、浪漫主義理論、典型理論、反映論、表現論、真實論、社會學批評等，從西方引進的各種理論在中國還不具有整體性，還不具有系統性，而是以觀念或者觀點的形態融入中國傳統的文學理論中，新觀念對傳統文學理論和批評造成了很大的衝擊，但傳統文學理論和批評的基礎和內核並沒有遭遇顛覆，新的文學理論在 80 年代總體上扮演著對傳統文學理論的豐富和糾偏的角色，在外表上就表現為新名詞。比如，80 年代初期，林興宅是非常有代表性的「新潮」批評家，他的《論阿 Q 性格系統》一文在當時曾轟動一時。這篇文章最大的特點就是把系統論引進文學理論，對阿 Q 作為一個著名的文學典型的性格特徵，作者作了全新的論述，認為阿 Q 性格是複雜而多面的，是一個系統。但這並非意味著這篇文章在整體上就是「新潮」的，它本質上仍然屬於傳統的典型理論或者性格理論，系統論在這裏只具有方法論意義而不具有本體性和主體性意義，文章只是具體觀念的不同，而在理論方式上和傳統中國現代文學理論並沒有實質性的差別。90 年代中國文學理論和文學批評呈現出一種非常複雜的局面，新舊文學理論和批評共生共存，多元互補。就新的文學理論與批評而言，它與傳統的文學理論和文學批評質的區別在於，它不再是部分地吸收西方新文學觀念，增加新名詞即新的文學理論術語和概念，而是在文學範疇上，在對文學問題的言說上發生了根本性的變化，文學理論的主體或者

本體發生了位移，在外表上就表現為新話語形態。比較典型的有形式主義文學理論、解釋學文學理論、存在主義文學理論、接受理論、精神分析理論、新馬克思主義文學理論、後殖民主義文學理論、新歷史主義文學理論、後結構主義文學理論、女權主義文學理論、文化批評理論等。不管這些文學理論在從西方向中國傳播的過程中發生了多麼大的變異，本質上，它們都是從西方學習而來。中國 90 年代的新文學理論當然是形態各異、觀念各異、話語方式各異，但與 80 年代中國文論相比，一個很重要的特徵就是它們不再遵循傳統的文學標準和原則，它們擯棄了傳統的諸如真實、性格、典型、內容、形式、創作方法、再現、表現、主題、思想、情節等特定內涵的概念和術語，而用話語、敘述、權力、在場、結構、解讀、解構、建構、性別、霸權、隱喻等概念和術語言說文學理論問題和批評文學現象。他們並沒有直接否定傳統文學理論，但他們不再使用傳統文學理論、不再言說傳統文學理論，這實際上是以冷置的方式消解了傳統文學理論。在這一過程的意義上，90 年代中國文學理論的新話語現象本質上是 80 年代中國文學理論新名詞現象的延續，是中國文論學習西方在語言上的表現作為一個統一的過程的兩個階段。

　　其實，新名詞與新話語現象並不是 80 年代以來所特有的現象，與 80 年代新名詞和 90 年代新話語現象的情形一樣，歷史上還有一個新名詞大爆炸時期，那就是近代至五四時期。並且這次新名詞大爆炸與 80 年代的新名詞大爆炸和 90 年代新話語現象有著內在的聯繫，它是我們理解後者的堅實的理論和語言學背景，只有深刻地認識到了近代至五四時期的新名詞現象的本質、作用

和地位才能真正深刻地理解 80 年代以來新名詞作為語言現象和
作為文化現象的本質。只有深刻地認識到了中國現代文論的形成
與現代漢語形成之間的關係才能真正深刻地理解中國文論 80 年
代新名詞與 90 年代新話語現象其作為歷史過程的必然性以及它
內在的語言學邏輯結構。所以，回顧近代至五四時期的新名詞與
新話語現象的歷程對於我們認識中國文論 80 年代以來的新名詞
和新話語現象是非常有意義的。

　　新名詞作為漢語的顯著現象，應該說始於中西大規模地交流
之後。1905 年王國維寫作《論新學語之輸入》一文，描述當時的
狀況：「近年文學上有一最著之現象，則新語之輸入是也。」[1]王
國維這裏所說的「新學語」主要是他稱之為「形而上」的詞語，
也即思想性的術語、概念和範疇。而與「形而上」相對的是「形
而下」，所謂「形而下」學語，指的是實物名詞、物理名詞、科
學名詞等具體知識名詞。王國維也認識到，中國學習西方，輸入
西方的「形而下」學即「術學」，早在元朝就開始了，清朝咸豐、
同治，學習西方的主要是「術學」即「形而下」學。鴉片戰爭之
後，出於自強的意圖，中國開始大規模地學習西方，西方的物理、
化學、數學、天文、地理等對於中國人來說是全新的知識傳入中
國，所以出現了第一次新名詞大爆炸，但這些新名詞主要是王國
維所說的「術學」的範圍，主要是「形而下」的名詞，也即物質
名詞、科學和技術名詞，它對於中國社會的影響主要是物質層面
的，而對文化和精神的影響則非常有限。

---

[1]　王國維：《論新學語之輸入》，《王國維文集》第三卷，中國文史出版社，
　　1997 年版，第 40 頁。

　　1922 年，梁漱溟出版了《東西文化及其哲學》一書，在這本書的「緒論」裏，梁漱溟總結了中國向西方學習的過程：最初是器物，然後是制度，最後是文化。相應的具體歷史事件分別為：洋務運動，戊戌變法，五四新文化運動。這一說法一直為後人所沿用。總體上，歷史的確呈現出這樣一種趨勢。與這種歷史進程的大體趨勢相一致，語言上的新名詞也大體呈這樣一種過程，首先是洋務運動時期的物質性、科技性的新名詞大量輸入中國，其次戊戌變法時期的政治、歷史和社會學的新名詞大量輸入中國，最後是五四時期的文化、文學、哲學的新名詞大量輸入中國。物質性新名詞和科技性新名詞的輸入大大改變了中國科技面貌，同時也對政治體制改變提出了相應的要求，促進了政治體制改革，因為政治與經濟之間具有內在的協調性。同時，接受西方的科學和技術也為接受西方的政治制度奠定了心理的基礎。同樣，政治、歷史和社會學的新名詞的輸入又為文化、文學和哲學的新名詞的輸入奠定了基礎，特別是戊戌變法的失敗以及八國聯軍的侵略從各個方面加速了文化變革的進程。近代至五四時期的新名詞不僅在名詞的性質和類別上不同，而且在功能上也存在著很大的區別，五四之前只是新名詞，五四之後則是新話語。五四之前主要是在舊的語言體系中增加新的名詞，增加新思想，語言主體還是舊的古代漢語，辭彙的主體仍然是古代漢語辭彙。五四之後，新名詞主要是新思想，也即主要是新的術語、概念和範疇，這樣，新名詞就不再只是增加新的思想，也不再只是表述的不同，而是言說方式和問題意識發生了根本性變化，是在新言說、新問題的意義上具有新思想。這樣，由於新名詞的思想性以及新名詞在數

量上的絕對增加，中國語言體系或者說語言類型就從根本上發生
了變革，這和 90 年代的新話語具有根本性不同。

　　從文化和語言的角度來回顧中國自鴉片戰爭以來所走過的
路，大致經歷了這樣一個過程：首先是洋務運動，學習西方的物
質文化，從語言的角度來說就是大量輸入西方的實物和科學技術
名詞。然後是戊戌變法，學習西方的政治文化，從語言的角度來
說，就是輸入西方的政治制度、社會、歷史性名詞。五四新文化
運動則是深層上學習西方的精神文化，試圖從精神上徹底改變中
國文化的面貌，從語言的角度來說，就是大量輸入西方的哲學、
文學、倫理學、文化學、歷史學、政治學、社會學等思想性或者
說精神性的術語、概念和範疇，從而從根本上改變了漢語的言說
方式、話語方式，從根本上改變了中國人的思維方式、思想方式
以及價值觀念。把中國近代以來的文化進程和語言進程進行比
較，我們發現二者之間具有驚人的內在一致性。

　　五四新文化運動對中國文化和社會結構都造成了巨大的影
響，它導致了中國社會和文化的現代轉型，中國社會和文化從此
進入了一個新的時期，即現代文化與現代社會時期。本質上，中
國現代文化不是從中國古代文化內部蛻變而來，而是西方文化逐
漸浸入中國文化的結果，中國現代文化是一種具有強烈的西化特
徵因而也是現代性特徵的文化。中國古代文化當然在其中佔有重
要的成份，但中國古代文化不是以原生形態存在於現代之中，而
是以因素的形式存在於現代文化之中，它脫離了古代漢語語境，
而置於現代漢語語境之中，其功能、性質、作用和地位都發生了
變化，也即發生了「現代性轉化」。因此，中國古代文化在現代

文化中的存在可以說是鳳凰涅槃之後的再生，是以再生形態存在而不是以原生形態存在。同樣，西方文化輸入中國之後也不是以原生形態存在，而是以「翻譯」的方式存在，西方文化的具體內容脫離了西方文化的背景而被置於中國文化背景中，中國文化對它具有「歸化」的作用，因而其功能、性質、作用和地位也都發生了變化，西方文化在中國實際上是以一種轉態的方式存在。在這一意義上，中國現代文化既不同於西方文化，也不同於中國傳統文化，是第三種文化，即中國現代文化，它是一種新的文化類型。從構成上說，它主要是由西方文化和中國傳統文化組成，它不是中國傳統文化，但具有中國傳統文化的因素，它不是西方文化，但具有強烈的西化性。從語言上說，五四新文化運動也是一次語言運動，或者說它的思想革命或者文化革命的現實是通過語言運動來實現的，正是新的術語、概念、範疇和話語方式在思想的層面上衝擊古代文化從而導致中國文化的現代轉型。中國現代文化作為類型的建立從根本上可以歸結為現代漢語作為新的語言體系的建立。中國現代文化和現代漢語是一體的，沒有現代漢語的建立，中國現代文化的建立是不可想像的。

　　中國現代文論屬於總體中國現代文化的一部分，它與中國現代社會和文化具有同樣的語言邏輯結構，具有同樣的歷史進程。從語言的角度來說，它是現代漢語的文論，它在術語、範疇和概念體系上的形成與現代漢語作為語言體系的形成具有同步性。鴉片戰爭之後，中國大規模地學習西方，但主要限於物質層面的「術學」，文學理論作為人文社會科學不在其中，所以，中國文論在晚清時並沒有受西方的衝擊，仍然是傳統的以「氣」、「道」、「意」、

「境」等為基本範疇的中國古代文論。戊戌變法時期，中國主要在政治的層面上向西方學習，政治變革雖然在深層上對中國文論有所影響，但政治運動與文學理論畢竟是兩種不同的範疇，再加上戊戌變法在時間上的短暫性和力度及範圍上的缺乏展開，所以，中國文論在戊戌變法時期仍然沒有根本的變化。五四則是中國從文化的深層上向西方學習，在五四新文化運動中，文學和文學理論扮演了急先鋒的角色。正是在這種深層的學習的過程中，中國文學、文學理論和總體的中國文化整體性地發生了類型的轉化，中國文學從古代向現代轉型，中國文學理論則從古代文論向現代文論轉型。中國文論向西方學習主要表現為大量輸入西方的文論術語、概念、範疇和話語方式，在這新的術語、概念、範疇和話語方式絕對增加的基礎上，中國文論的體系、精神和功能都發生了根本性的變化，中國文論整體上不再以「氣」、「道」、「意」、「境」等為基本範疇進行言說和評論文學作品，而是以「典型」、「性格」、「創作方法」、「模仿」、「再現」、「表現」、「真實」、「虛構」、「內容」、「形式」、「體裁」、「風格」等為基本範疇進行言說和評論文學作品。中國文學批評不再是感性的品評和點評，而是理性的邏輯嚴密的論證與分析，西方的科學精神既構成了中國現代文化的基本特徵，也構成了中國現代文論的基本特徵。中國現代文論的話語建構過程其實就是中國現代文論作為類型的建構過程。

　　作為一種新的文論類型，中國現代文論既不同於中國古代文論，又不同於西方文論，中國古代文論具體的觀點、方法以及術語、概念在中國現代文論中具有延承，但它不是以原生的形態存

在，而是以轉化的方式存在，即納入了現代文論體系，只是在其中起著一種功能的作用。比如意境理論，這是典型的中國古代文學理論，中國現代文論中仍然有意境理論的一席之地，但在中國現代文論體系中，意境理論脫離了中國古代詩歌的語境，不再具有獨立性和中國古代性，而從屬於形象理論，與典型理論構成了互補的關係。再比如中國古代文論中的「文質」理論，作為範疇或者概念，「文」與「質」與我們今天所說的「形式」與「內容」有某些近似的地方，但它們又有本質的不同。作為範疇或者概念，「文」與「質」在現代文論中可以說消失了，但作為觀念和思想，它並沒有完全消失，它實際上被融進了「形式」與「內容」這一對範疇中去了。同樣，西方文論在引進中國之後，也發生了某種性質的變化，它不再是以原語的形態存在，在翻譯的過程中，由於中國文化的強大的同化力量和漢語的語境，其概念發生了質的變化，即「歸化」或者說中國化了。這樣，中國現代文論雖然是學習西方文論而來，但它和西方文論又有質的區別；雖然吸收了中國古代文論的某些成份，但它和中國古代文化本質上是一種斷裂的關係。在這一意義上，我們對中國現代文論的定位是：中國現代文論是一種具有強烈西化特徵因而也是現代特徵的文論。

現代漢語與現代文化具有同一性，本質上是同一內容的兩種視角，從語言的角度來看是現代漢語，從文化的角度來看是現代文化。五四之後，文化繼續變化和發展，相應地，語言也繼續變化和發展，但不管這種發展和變化多麼曲折，中國現代文化類型和現代漢語體系並沒有根本性的改變。

　　時間上，中國現代文化作為一種類型是在五四時建立起來的，現代漢語作為一種新的語言體系的建立也是在五四時完成的。中國現代文化 30 年可以說一直處於建設和發展時期，現代漢語也是這樣。新中國建立以後，反封建反帝，即反傳統文化中的落後因素和西方文化中的反動部分，但新中國文化總體上並沒有脫離現代文化的類型，只不過比較極端而已。新中國的文化仍然是西化的文化，與過去不同的是，它的西化特徵比較狹隘，即抑制歐美化而蘇聯化。但蘇聯化不過是西化的一種極端或者說片面形式，本質上仍然是西化。語言上則表現為，大量擯棄五四時所形成的西方化主要是歐美化的思想性術語、概念、範疇和話語方式，而大量移植蘇聯的具有意識形態性質的術語、概念、範疇和話語方式，從而建國後的文化和思想具有濃厚的意識形態性或者政治性。

　　「文化大革命」時期，徹底地批判「封資修」，中國現代文化走過了一段曲折而艱難的路。「封」即封建文化，主要是中國傳統文化中的負性部分；「資」則是指籠統的西方文化，不僅包括西方文化中的消極部分，同時還包括西方文化中的積極部分；而「修」則是指蘇聯文化中的「另類」部分。這其實是理論上的，不論是中國傳統文化還是蘇聯社會主義文化，其負面與正面都是很難分開的。實際中，「文化大革命」是非常籠統而又徹底地既革中國傳統文化的命，又革西方文化的命包括蘇聯文化的命，這樣，文化中就只剩下了某種個人和政治的東西，文化罕見地淪為一種空白，中國文化經歷了一場世界文化史上罕見的災難。語言上則表現為思想性的術語、概念和範疇被單一性的政治術語、概

念和範疇所替代，學術研究成了政治定性，成了政治大批判，學術爭論成了政治權力和政治口號之間的較量，無思想可言，無學術可言。無書可讀，只有馬克思主義經典作家的作品以及魯迅的作品可以閱讀，當然也是語言的範本。

七六年以後，中國文化首先是「撥亂反正」，所謂「亂」，明顯是指文化大革命，所謂「正」則是指十七年，從「撥亂反正」開始，中國文化一步步回歸，70 年代末到 80 年代初，回復到十七年，80 年代中後期則回到五四，90 年代則在五四基礎上繼續前行，進一步和世界主要是西方接軌，表現出進一步西化的趨向。這樣，中國就一步步回到學習西方的路上，並最終顯示了走上現代化道路的趨勢。在語言上也是一步步回歸，所以就出現了 80 年代新名詞大爆炸與 90 年代新話語現象。

在歷史進程上，中國現代文論的發展與現代漢語和中國現代文化的發展具有一體性。中國現代文論的話語體系可以說是整個現代漢語體系的一部分，它伴隨著現代漢語的形成而形成，伴隨著現代漢語的發展而發展。現代漢語作為語言體系是在五四時形成的，中國現代文論作為話語體系也是在五四時期形成的。現代漢語作為一種語言體系至今沒有根本的變化，中國現代文論作為體系至今也沒有根本的變化。新中國成立以後，現代漢語在思想的層面上「蘇化」，中國現代文論也明顯「蘇化」，蘇聯大量的具有意識形態性的文論術語和概念在中國文論中佔據了主導性的地位，蘇聯經典化的理論家如高爾基、車爾尼雪夫斯基、別林斯基、杜勃羅留波夫的文學理論在中國則被廣泛地引用和借鑒。與政治和文化一樣，建國後的中國文論具有濃厚的意識形態性，充

滿了論戰和爭辯的味道。「文化大革命」時期的中國文論和「文化大革命」時期的中國文化、政治、文學一樣，充滿了叛逆性，但也充滿了專斷性和政治色彩，在語言形態上就表現為口號化、政治化、語錄化，「階級」、「鬥爭」、「無產階級」、「革命」等構成了這一時代的「關鍵字」，也構成這一時期文論的「關鍵字」。在今天看來，這是一個悲劇性的時代，其激進的思想和行為所造成的整個民族的災難和損失令人痛心疾首。但有意思的是，就文論來說，「文化大革命」恰恰是承繼了五四精神而不是背離了五四精神，其文論上的激進、大膽和狂熱和五四初期的「狂飆突進」似的反封建具有驚人的相似，與蘇聯文學史上的「拉普運動」也有著某些相似性。不論從哪個方面來說，「文化大革命」都不可能是中國古代的產物，中國古代文化精神不可能衍生「文化大革命」。七六年以後，中國文化總體上向前回復，文論也是如此，首先是向「十七年」回歸，回歸到現實主義、真實論、典型論、「人學」、藝術批評、文學性等。然後進一步向五四回歸，回歸到人道主義、文學主體論、文學本體論、文學的審美性和藝術性等。沿著這樣一種回復的路線，中國現代文論一步步恢復到學習西方的傳統和本位，並最終走向和西方以及世界的接軌，因此就出現了 90 年代中國文論多元的格局。

富於意味的是，在西方是歷時發展的各種文藝理論到中國則是以共時的形態進入和並列存在。在中國，西方各種文學理論的因果關係、邏輯進程和時間順序實際上被抹去了。比如解構主義在西方本來是反結構主義而來，二者是歷史因果關係，時間上有先後之別，但卻同時介紹進中國，並為不同的人提供了不同的選

擇可能，有的人甚至不知道結構主義為何物而接受瞭解構主義。所以，80 年代西方各種文學理論紛紛在中國登場，並行不悖，空前活躍，本質上是西方各種理論長期淤積之後的一種暴發性釋放。正如莊錫華所說，它不過是「在很短的時間裏，將西方在戰後依序而生的各種美學思潮演繹了一遍」。[2]李歐梵認為 90 年代「代表了這四五十年來整個歷史潮流的積澱，包括歷史的潮流、民族國家的潮流、現代性文化的潮流等等」。[3]新名詞大爆炸和新話語現象其實是這種積澱大釋放在語言上的表現。而區別在於，80 年代，西方的各種文學理論是以觀點和方法論的方式進入中國的，是作為一種異質的文學理論而存在的，也就是說，在當時的中國，總體上作為主體的文學理論還是正統或者說傳統的所謂馬克思主義文藝理論，問題以及言說方式都是以馬克思主義為本位。西方各種文學理論不過是在馬克思主義文學理論的總體框架內增加一些新觀點和新方法，它們作為理論形態在中國當時的文學理論中總體上是支離的，因而從總體上表現為新名詞。到了 90 年代，輸入的各種西方文學理論則從根本上改變了中國文學理論的格局，傳統的文學理論問題不再是問題或者是唯一的問題，人們不再遵守傳統的表述方式，也不再以傳統的文學理論為本位，而以西方的某種文學理論作為本位立場和出發點或者基礎，表現為新問題、新表述和新言說，因而是新話語。這樣，90

---

[2]　莊錫華：《二十世紀中國文學理論》，上海三聯書店，2000 年版，第 134 頁。

[3]　李歐梵：《當代中國文化的現代性和後現代性》，《文學評論》1999 年第 5 期。

年代的中國文學理論就呈現出一種多元互補的格局，語言上則是眾聲喧嘩。

當然，不論新名詞大爆炸還是新話語，作為語言現象是總體的，是不能用個別的例證進行證明的，它需要辭彙統計，詞義甄辨，話語分析，這是一個龐大的工程，不是本文所能勝任的，也超出了本文的論題。不過，我還是抄一段文字，以便使我們的描述具有直觀性。

他（指余華）以一份陰鬱、乖張的安詳，隱現在眾作家對超驗、終極所指的崇高而不堪重負的托舉與無名者對惡俗而華麗的類象的營造之間。余華的本文序列呈現為一片猙獰而超然的能指之流，盈溢而閃爍。不再是阿城們負重式的瀟灑與固執的對廢墟、種族之謎的回首凝視；亦不復是殘雪們拼圖板式的語詞遊戲。余華似乎以一種精神分裂式的迷醉與狂喜，以無盡的、滔滔不絕的能指鏈的延伸，創造出一種流暢、彌散、陌生而不祥的文體。如同一個瘋狂的先知，他傲岸地宣告他一無所知，——他已喪失了過去、記憶和姓名；在一隻碩大的、瞳孔散去的眼睛中，映現出的是一個空洞的、充滿威脅的無名無狀的未來。在一片輕盈、充滿欣悅的語流之間，余華的敘事話語對經典敘事時間——被敘時間與敘事時間進行車裂，將它們「撕得像冬天的雪片一樣紛紛揚揚」。在時間陽光閃爍的碎片之間，是橫亙綿延、無法跨越的霧障。空間——一個黯啞的、衰敗的空間，囚禁了已然逃遁的時間殘片的亡靈。……[4]

---

[4]　戴錦華：《裂谷的另一側畔——初讀余華》，《北京文學》1989 年第 7 期。

　　熟悉傳統文論的人憑直覺就能感覺到它與過去的不同，有人稱之為「新潮批評」，其新就新在運用了許多新術語和概念，話語方式也有很大的變化，是新的言說和表述。對於不熟悉或者說不習慣於這種表述的人來說，這簡直像印象詩，只能憑詞語撞擊感官從而獲得某種印象性的意義或者說感覺。

　　從語言理論上說，西方的各種文藝、文化和社會思潮在中國國門打開之後能夠迅速而有效地傳入中國，並且能夠獲得廣泛的理解和接收，在深層上，從結構和機制的角度來看，我認為這與現代漢語的品性有關。在這一意義上，中國現代文論中的 80 年代新名詞「大爆炸」與 90 年代新話語現象其實顯示了中國現代文論的語言邏輯。

　　　　　　　本文原載《文藝評論》2002 年第 1 期。

　　　　　　　人大複印資料《文藝理論》2002 年 11 期複印。

話語復古主義的語言學迷誤
——論中國現代文論的現狀及其趨向

　　由於世界政治經濟文化格局的變化以及中國實行市場經濟等國際國內的根本性原因，世紀末中國社會正在發生巨大的變化，時人稱之為「世紀末轉型」。「轉型」是當今人文科學中討論最多的一個話題。與整個社會、文化的「轉型」討論相一致，文學和文學理論也在討論「轉型」問題，當社會文化的各個領域都在尋求新的目標和理想的時候，文學何去何從？文學理論又何去何從？這是當下文學和文學理論界最熱鬧的話題之一，「失語症」與「話語重建」大討論，「後現代」、「後殖民」和「全球化」大討論，其實都可以歸併到「轉型」這一總題上去。

　　但對於「轉型」，我是有疑問的，如何概定「轉型」？為什麼要「轉型」？如何「轉型」？轉向哪裡？現在的「型」如何定位？理想中的「型」又是什麼樣的？這些問題都沒有弄清楚，遑論「轉型」？

　　對於當代文化以及文學的「轉型」問題，我已有長文論述。我認為，在思想的層面上，語言系統、話語方式是構成文化和文學的最深層的基礎，語言即思維或思想，語言系統、話語方式從根本上決定了民族的文化與文學的類型。對於文學理論來說，也是這樣。本文中，我將從語言學的角度來討論中國現代文論的當下類型及其「轉型」問題。

一

　　傳統語言學認為，語言是表現思想、傳達感情的工具，用中國古代的概念表達就是「器」。在傳統的語言工具觀念中，似乎有脫離於語言的赤裸裸的思想或觀念，思維的過程似乎是在一種極玄虛的境界中進行的，即先有純粹的思想或觀念，然後才有作為物質手段的語言的表達。在傳統的語言學中，語言不過是一種思想與思想之間的媒介，對於思想來說，它是從屬的，對於思想者來說，它是絕對附庸的，似乎人可以隨心所欲地對它招之即來，揮之即去，理由似乎是：語言是人創造出來的，因此人有能力絕對地控制著它。

　　但現代語言學的看法則不同，在語言與思想的關係上，現代語言學認為，在很大程度上，語言就是思想，語言的過程即思維的過程，「任何比較高級和複雜的思想活動都是和語言聯繫在一起的。要進行複雜的邏輯和數學推理，要思考量子物理學和相對論中的問題，我們必須要有語言，要有專業符號，否則根本無法進行思考。」「不能想像，如果沒有語言，人們怎麼能從事關於『上帝存在』、『善』、『本質』這一類哲學問題的思考。」[1]索緒爾認為語言是一個符號系統，他反對把語言看成是「命名過程」，即把語言簡單地看成是實物和名稱之間的關係，他認為語言出現之前不存在思想：「假如一個人從思想上去掉了文字，他

---

[1]　徐友漁：《「哥白尼式」的革命──哲學中的語言轉向》，上海三聯書店，1994 年版，第 7、8 頁。

喪失了這種可以感知的形象，將會面臨一堆沒有形狀的東西而不知所措，好像初學游泳的人被拿走了他的救生圈一樣。」[2]就是說，沒有語言，思想將是模糊混沌的。 維特根斯坦的名言是：「凡是能夠說的事情，都能夠說清楚，而凡是不能說的事情，就應該沉默。」他認為哲學「應該劃清可思考的從而也劃清不可思考的東西的界限（4.114）」，而這界限只能在語言中劃分，「我的語言的界限意味著我的世界的界限。（5.6）」[3]因此，人的世界其實就是語言的世界。這樣， 維特根斯坦就把語言上升到本體論的高度。

海德格爾在哲學上最偉大的貢獻之一就是他的語言之「思」，他認為，語言是人的首要規定性：「人乃是會說話的生命體。……唯語言才使人能夠成為那樣一個作為人而存在的生命體。作為說話者，人才是人。」「無論如何，語言是最切近於人的本質的。」又說：「語言擔保了人作為歷史性的人而存在的可能性。語言不是一個可支配的工具，而是那種擁有人之存在的最高可能性的居有事件（Ereignis）。」他的最著名的名言是：「語言是存在之家（das Haus des Seins）」，其意是：「任何存在者的存在居住於詞語之中。」[4]把人的最高本質即存在歸結為語言問題，這是對人的本質的一種新的認識，對 20 世紀的哲學社會科學發生了深遠的影響。海德格爾的學生伽達默爾則進一步強調語言的本體論地位，他說：「能理解的在就是語言。」「語言不只是人在

---

[2] 索緒爾：《普通語言學教程》，商務印書館，1980 年版，第 59 頁。

[3] 維特根斯坦：《邏輯哲學論》，商務印書館，1962 年版，「序」、第 45、79 頁。

[4] 海德格爾：《海德格爾選集》（上下），上海三聯書店，1996 年版，第 981、1008、314、1068 頁。

世上的一種擁有物，而且人正是通過語言而擁有世界。」正是因為這樣，所以「語言是一種世界觀」。[5]「語言根本不是一種器械或一種工具。因為工具的本性就在於我們能掌握對它的使用，這就是說，當我們要用它時可以把它拿出來，一旦完成它的使命又可以把它放在一邊。……我們永遠不可能發現自己是與世界相對的意識，並在一種彷彿是沒有語言的狀況中拿起理解的工具。毋寧說，在所有關於自我的知識和關於外界的知識中我們總是早已被我們自己的語言包圍。」語言和思維、思想是緊密地聯繫在一起的，「我們只能在語言中進行思維，我們的思維只能寓於語言之中。」[6]

傳統語言學主要是把語言作為一種工具來研究，更多地是把語言當作技術物質對象，而 20 世紀的哲學界則更多地從思想、從思維、從世界觀的角度來研究語言，把語言當作精神文化對象，從這一角度來看，語言是「道」，具有深厚的文化和思想的內涵。語言作為工具，這是傳統學術的一個重要的根基，現在，這一根基發生了根本的動搖，因此很多問題都有了新的看法。20 世紀學術的所謂「語言學轉向」，就是指從語言的深度來研究文化、社會問題。

我不同意籠統地把語言本位化，認為我們的世界就是語言的世界，世界在語言中呈現自己。必須承認語言與實在、詞與物之間的形而下的關係，無論是從語言的起源及歷史發展來看，還是

---

[5] 涂紀亮：《伽達默爾》，《當代西方著名哲學家評傳》第 1 卷「語言哲學」，山東人民出版社，1996 年版，第 423 頁。

[6] 伽達默爾：《哲學解釋學》，上海譯文出版社，1994 年版，第 62 頁。

從語言的現狀來看，語言作為工具都是客觀存在的。但也必須承認，語言的工具性只是語言本質的一個層面。語言還有它更重要的本質，這就是它的意識形態性質，語言的思想本位性。語言的確是人創造出來的，而且是由具體的單個的人創造出來的，但語言一旦被人創造出來，進入流通社會，它就脫離了具體的人而具有相對的獨立性，具有超越時空的本領。語言的規則是人制定的，但規則一旦制定，人就必須遵守它。所以，在後現代主義語言學看來，不是人控制語言而是語言控制人：「結構主義宣佈：說話的主體並非控制著語言，語言是一個獨立的體系，『我』只是語言體系的一部分，是語言說我，而不是我說語言。」[7]既然語言控制著人，那麼，人的思想、思維、觀念以至於社會意識形態和結構等從根本上就都受制於語言，就是說，人類的思想文化和社會意識形態其原因從深層上可以追溯到人類的語言。

完全不承認語言的「器」的本性是錯誤的，語言既有「器」的性質，也有「道」的性質，既是形而下的，也是形而上的，這是兩個不同的層面。否定其中任何一個層面都是片面的。20世紀學術所謂「哥白尼式的革命」，與其說是語言「轉向」還不如說是發現了語言的深層的本質。語言不再只是「器」而且也是「道」，語言也是世界觀，是思想、思維本身，語言與思想和思維不再是分離的，而是一體的。這實際上是把語言上升到了本位，其意義是重大的，它開啟了從語言學的角度對文化和文學進行深層研究的深刻的途徑與方向。

7　傑姆遜：《後現代主義與文化理論》，北京大學出版社，1997 年版，第32 頁。

　　思想觀念和思維方式，表面上是由主體控制的，怎麼說怎麼想似乎純粹是個人的事，在思想上，人似乎是絕對自由的，但現代語言學從深層的角度證明了並不是這麼回事。語言以一種無形但卻強大的力量控制著人的思想觀念和思維方式。中國古代在思想和思維方式上不同於西方，原因當然是多方面的，但語言系統的不同應該說是最深層的原因。19 世紀天才的語言學家洪堡特認為，「每一語言都包含著一種獨特的世界觀。」「我們可以把語言看作一種世界觀，也可以把語言看作一種聯繫起思想的方式。」「民族的語言即民族的精神，民族的精神即民族的語言，二者的同一程度超過了人們的任何想像。」[8]伽達默爾認為：「在一個理解過程開始時，語言已經預先規定了文本和理解者雙方的視域。……文本在流傳中形成的傳統也以語言為其存在的歷史方式，傳統的範圍是由語言給定的。理解者正是通過掌握語言接受了這個傳統，因而，他所掌握的語言本身構成了他的基本的成見。」[9]所謂傳統、成見，其實就是語言的規定性。

　　語言作為系統對世界觀、思想和思維方式的規定性是具體的，語言在工具的層面上對世界觀、思想和思維方式並沒有什麼影響，正是在工具的層面上各種語言只是形式的不同，可以互譯。語言主要在思想的層面上對世界觀、思想和思維方式有根本的影響。實際上，我們可以從以上兩個層次的角度把詞語劃分為

---

[8]　洪堡特：《論人類語言結構的差異及其對人類精神發展的影響》，商務印書館，1997 年版，第 70、47、50 頁。

[9]　徐友漁、周國平、陳嘉映、尚傑：《語言與哲學——當代英美與德法傳統比較研究》，三聯書店，1996 年版，第 178 頁。

兩部分：物質性名詞和思想性名詞，語言的「道」主要與這些思想性名詞有關，具體地說與思想性的概念、術語和範疇有著密切的關係。在這種意義上，文化或文學在思想和觀念上的變化最終可以歸結為語言問題，可以通過語言分析而得到深刻的認識。我認為這是非常重要的，它可能開啟從語言學的角度來研究思想文化的深刻的革命。

二

　　根據上面關於語言的基本觀點，現在回頭重新審視五四新文化運動和新文學運動，我發現，從深層的語言哲學的角度來看，五四新文化運動和新文學運動在語言上的革命，就不僅僅只有文化和文學形式上變革的意義，而且還有思想和思維變革的意義。五四時期胡適等人提倡白話文，其直接目的在於語言的工具性革命，但它卻意外地起到了思想革命的作用。胡適等人提倡的白話文不同於古代白話文，在後來稱為「國語」，其實就是現代漢語，作為現代漢語的白話文主要是在工具的層面上繼承了中國古代白話，而在思想的層面上則更多地是學習西方的話語方式，即歐化了。五四時期，西方思想文化和人文科學中的大量的概念、術語和範疇被輸入中國，它從根本上改變了中國文化思想思維的方式，從根本上改變了中國人的思想觀念。它是晚清的「西學東漸」的繼續和深化，但與晚清的「西學東漸」有根本的不同。

　　把古代漢語和現代漢語進行比較，撇開工具性的語言，在思想上，二者是有根本不同的，科學、民主、理性等西方思想實際

上主宰了現代漢語。分析現代漢語，可以說，在思想上，西方的成份遠大於中國傳統的成份，正是在這一意義上，我們認為五四新文化運動是中國文化運動的一次巨大的革命，它導致了中國文化以及社會的現代轉型，也正是在這一意義上，我們認為中國現代文化和中國傳統文化是斷裂的。語言作為一種系統，它不是輕而易舉能形成的，也不是輕而易舉能改變的。現代漢語作為一種既不同於古代漢語又不同於西方任何一種語言的新的語言系統，它的形成經過了一個艱難的過程，有許多偶然和必然的因素，它是由種種偶然和必然的因素合力而成。現代漢語從根本上奠定了中國現代文化的基礎，現代中國思想文化從根本上可以歸結為現代漢語，現代中國文化的類型從根本上是由現代漢語決定的，現代漢語不發生根本變化，中國現代文化就不可能發生根本性的「轉型」。

五四之後形成的新文學理論體系是整個中國現代文化的一部分，它與整個中國現代文化具有同一性質。白話文在中國現代文論中當然具有工具意義，但更重要的是思想意義，具有思想、思維意義的現代概念、術語、範疇更構成現代文論的本質，中國現代文論與中國古代文論的根本區別並不在於是否用作為工具性的白話和作為工具性的文言，而在於構成思想思維和觀念性的話語方式的不同，在於構成基本框架的概念、術語、範疇的不同。

從成份上分析，中國現代文論在理論來源上主要有三：中國古代文論；西方文論主要是 19 之前的西方古典文論；馬列文論，包括經典馬克思主義文論和蘇聯社會主義文論。但在比重上，中國古代文論是相當微不足道的。中國現代文論實際上是以後二者

為基本框架，適當地吸收中國古代文論而成，它在根本上是西化的。事實上，馬列文論本質上是西方文論，我們之所以把馬列文論從西方文論中分離出來並和西方文論並列，其實並沒有堅強的邏輯根據，它不過是在中國特定政治背景下的一種約定俗成。馬列文論之所以不是異質於西方文論的獨立的文論，就在於它在理論體系上是西方的，它是西方古典文論的延續和發展，它是建立在西方傳統文論的基礎上的，它的術語、概念、範疇和思維方式都是西方式的。它只是在具體觀點上與西方傳統不同，在理論類型上並沒有根本的區別。中國現代文論自五四之後一步步走向馬克思主義並最終定於一尊，最充分說明了中國現代文論的西化特徵。馬克思主義文藝理論從根本上是西方文藝理論，馬克思主義文藝理論在中國的絕對地位正說明了中國現代文論的性質。

「沒有晚清，何來『五四』？」[10]歷史在時間上是不能斷裂的，五四的確是續接晚清而來，但五四新文化卻不是在晚清基礎上蛻化出來，而是沿著晚清的方向，平地而起，另起灶爐，它與傳統存在著巨大的斷裂。中國現代文論也是這樣，自西學東漸以來，中國文學和文學理論也伴隨著中國文化一步步走向西方，晚清的文學批評和理論家如王國維、梁啟超、魯迅等人的文學理論預示了中國現代文論的發展方向，中國現代文論的確是在晚清文論上的前行，但中國現代文論並不是以晚清文論為基礎，並不是從晚清文論中脫胎出來的，它是沿著晚清文論發展的方向，從西方橫移而來。所以，中國現代文論在根本上是西方體系，它不是

---

[10] 王德威：《想像中國的方法：歷史‧小說‧敘事》，三聯書店，1998 年版，第 3 頁。

繼承晚清文論已有成果的發展，它與晚清文論是斷裂關係而不是承繼關係。馬克思主義文藝理論後來在中國定於一尊，從根本上並沒有違背中國現代文論的西化方向，馬列文論與中國古代文論沒有必然的內在聯繫，它是地道的西方文學理論。

自五四至 90 年代，中國現代文論雖然經歷了曲折的變化和過程，但始終沒有脫離現代文論的類型。我認為，中國現代文論大致經歷了這樣幾次變化：五四時期多元共存；之後無產階級文藝理論逐漸取得重要地位，1949 年之後，馬克思主義毛澤東文藝思想處於絕對支配地位，一元獨尊取代多元共存；1976 年之後逐漸恢復五四傳統；90 年代基本上回復到五四狀態。這裏所謂的「回復到五四狀態」，並不是指在具體觀點上重複過去，而是指在精神上的恢復。中國現代文論發展中的曲折只表明它在格局和精神上的變化，其類型並沒有根本的轉變，從語言角度定位，中國現代文論的類型是現代漢語話語方式的文論。

那麼，具體地，中國現代文論從語言的角度上看有哪些根本特徵呢？我認為，中國現代文論在話語方式上是典型的現代漢語方式，一方面，在工具的層面上，它是中國的，另一方面，在思想的層面上，它又是西方的，在構成中國現代文論的最根本的術語、概念、範疇上，它是西化的，它是從西方借用而來。這裏，我特別強調「借用」一詞，「借用」最深刻地決定了中國現代文論的性質。首先，借用西方話語方式決定了中國現代文論與中國古代文論的格格不入，因為西方文論和中國古代文論是兩種完全不同的文論體系。其次，「借用」決定了中國現代文論不等同於西方文論，因為任何術語、概念和範疇一旦被翻譯成漢語，它就在

一定程式上被賦予了漢語的特點，具有漢語的性質。第三，中國現代文論本來是從西方「借用」而來，所以它與西方文論具有親和性，相對來說，它在話語方式上對西方現代文論更具有開放性，這是當今西方種種文論能夠在中國迅速被接納的最重要的原因。

現代漢語是構成中國現代文論的最深層的基礎。今天，現代漢語雖然也受到各種各樣的衝擊，但總的來看，現代漢語發生根本變革的可能性極小，在這一意義上，中國現代文論不可能「轉型」。

三

從以上語言學的角度來重新審視當今中國文論，我認為所謂「世紀末中國現代文論轉型」之說是沒有理論根據的，既沒有必要，也不可能。當今中國文論在理論趨向上存在著兩種迷誤：話語復古主義與話語激進主義，最明顯的就是「話語重建」理論與後現代後殖民理論。這兩種理論都沒有明確提出「轉型」的問題，但它們都對當今中國文論現狀不滿，都想從根本上改變中國現代文論，因此，它們實際上是在進行中國現代文論「轉型」的嘗試。必須承認，從語言上來進行中國現代文論轉型，「話語重建」理論與後現代後殖民理論是抓住了要害和根本的，但也正是在語言上，我認為「轉型」既沒有必要也不可能。下面我就具體地從語言學的角度來論證「話語重建」的「沒有必要」與「不可能」。

所謂文論「失語症」和「話語重建」，最早是由曹順慶先生提出來的，季羨林先生在《文學評論》1996年第6期發表《門外

中外文論絮語》一文， 對這一問題進一步討論，影響巨大，從而引起了一場全國性的廣泛的有關「失語症」和「話語重建」的學術討論。

所謂「失語症」，按照曹順慶先生的解釋：「我們根本沒有一套自己的話語，一套自己特有的表達、溝通、解讀的學術規則。我們一旦離開了西方文論話語，就幾乎沒有辦法說話，活生生一個學術『啞巴』。」「中國現當代文論就已經失落了自我。她並沒有一套屬於自己的獨特的話語系統，而僅僅是承襲了西方文論的話語系統。」[11]所謂「重建話語」，其實是根據「失語症」的「病症」而來，簡單地說就是建立自己的文論話語系統。

如果從中國現代與中國古代之間的關係這一角度來理解「失語」，對於「失語」現象，這應該說是大家一致承認的，中國文論乃至整個中國文化在五四時發生了根本性轉變，這是客觀的事實。中國文論在五四時期的「失語」乃至今天的仍然「失語」是與整個中國文化的「失語」相一致的，可以說是整個中國文化「失語」的一部分。五四時期，白話文取代文言文，現代漢語取代古代漢語，中國文化發生了根本性的轉變，中國文化事實上走上了西化的道路，現代文化與傳統文化發生了巨大的斷裂，這都是事實。中國文論也是這樣，其「範式」在五四時期發生了根本變化。

問題不在於承認不承認「失語症」，而在於對「失語症」的評價和態度，中國現代文論是否就是病態的？應不應該重建中國

---

[11]　曹順慶：《文論失語症與文化病態》，《文藝爭鳴》1996 年第 2 期。

文論話語？能不能夠重建中國文論話語？從語言學的角度，我認為這都是值得深刻懷疑的問題。

從一種民族主義的特殊的情感出發，中國現代文論的「根」不在我們祖先那裏，而主要在西洋人那裏，這是一個令人難受的事情。中國人被迫放棄自己的幾千年的文論話語而改用西方文論話語，這對於民族自尊心來說或多或少會有些傷害。但這是倫理問題。情感歸情感，理智歸理智，不能用感情代替學理。撇開歷史民族主義情緒，我不認為五四是「病態」的。

五四在文化的根本問題上向西方學習，這有歷史的必然性，它是中國內憂外困的合乎邏輯的結論。中國自鴉片戰爭以來就一直以「強盛」為第一要務，在失敗和屈辱面前，在西方列強面前，在鐵的事實面前，中國不得不痛苦地承認，要強大，必須向西方學習。開始是學習器物，然後進一步學習制度，最後再進一步學習文化，從器物到文化，從表層到深層，這是一個不斷深入的過程。中國的「五四」雖然沒有達到新文化運動領導人所期望的那樣使中國從根本上改變落後挨打的局面，但相比中國的晚清來說，其進步是巨大的，它最終使中國走上了現代化的道路，中國社會在五四之後發生了根本的轉型，新中國在某種意義上說正是五四新文化的產物。五四新文化運動其內涵是極豐富的，但極抽象地概括就是：全面地向西方學習，特別是學習西方的科學民主和自由的精神。但由於傳統文化的超穩定結構，具有嚴密的體系，根深蒂固，西方的科學民主自由和中國的封建傳統文化事實上尖銳地對立，要學習西方，必須反傳統，所以，具體於五四時期來說，反傳統和學習西方是一個問題的兩個方面，要開闢向西

方學習的道路就必須掃清阻礙這一道路的封建傳統，正如陳獨秀說：「要擁護那德先生，便不得不反對孔教，禮法，貞節，舊倫理，舊政治；要擁護那賽先生，便不得不反對舊藝術，舊宗教；要擁護德先生又要擁護那賽先生，便不得不反對國粹和舊文學。」[12]站在中國現代文化的角度來看，把中國古代傳統和西方人為地對立起來，似乎過於偏激，但在當時特定的歷史環境下，二者的確構成了一對尖銳的矛盾，且勢不兩立，你死我活。這是中國傳統文化為什麼一定要「失語」的非常重要的原因。應該不應該「失語」並不是一個文化理想的問題，而是一個文化實際的問題。

中國現代文論是五四新文化的一個方面，和五四新文化一樣，它也是中國學習西方的產物，更具體地說，它主要是西方科學的產物。我認為，中國現代文論與中國古代文論的最根本區別在於，中國現代文論是社會科學，而中國古代文論則不是至少可以說不完全是社會科學。中國現代文論作為社會科學在五四特定的歷史文化環境下其產生具有必然性，也正是它的科學性使中國的文學理論走上了現代化的道路，這是巨大的進步，它對於中國現代文學的繁榮和發展功不可沒，可以說，沒有中國現代文論就沒有今天的新文學的繁榮。我們不能因為現代化、科學化是西方的產物，是從西方橫移過來，是我們的祖先所沒有，就否定它。事實上，正是五四時期從西方引進的現代文論話語使我們今天討論「話語」問題成為可能，所謂「失語」、「話語」其實都是現代

---

[12] 陳獨秀：《〈新青年〉罪案之答辯書》，《陳獨秀著作選》第 1 卷，上海人民出版社，1993 年版，第 442-443 頁。

文論的產物，中國古代文論是不可能產生這些問題的，甚至連現在這種討論方式都不可能，這真是一個耐人尋味的悖論。

我們可以反對某種五四時期的具體觀點，我們可以不同意諸如現實主義浪漫主義的觀點，我們可以否定諸如典型、形象、創作方法這些概念術語和範疇，但我們不能否定概念術語和範疇本身，我們可以反抗五四的具體觀點，但我們不能反抗五四精神，正是五四精神，才使「失語症」問題具有合法性，不管它正確與否。也許，我們終於會有一天走向西方後現代主義的道路，否定理性，否定秩序，懷疑科學，懷疑真理，但這不能成為保守主義的理由。當今，由於受後現代思潮的影響，反省現代性以及科學等，發達國家有一股復古主義思潮，但這絕對不能證明落後的正確性，現代化之前的落後和現代化之後的「返古」是根本上的兩回事。

從語言學的深層角度來看，拋棄傳統，學習西方，又可以歸結為拋棄傳統話語方式而學習西方話語方式[13]。而以白話為主體的現代漢語就可以說是這種學習的最終結果。五四時期所形成的現代漢語是具有強烈現代思想、思維和世界觀意義的語言系統，現代漢語隱藏著中國現代文化的深刻秘密，現代漢語構成了現代中國文化和社會的深刻的基礎。正如有學者所說：「現代漢語中深刻地滲透著民族國家、科學觀、人（文）性乃至階級性這些現代性話語，並且構造著它，表述著它——一言以蔽之，這已充分表明：現代漢語絕非透明的、中性的『語言工具』，它的品質並

---

[13] 這裏所謂「西方話語」是我們站在漢語角度的相對性的一種籠統的劃分，事實上，從來不存在一個統一的「西方話語」，只有英語、德語、法語等。

非天然的，而是歷史的。」[14]正是現代漢語完成了中國現代文化和現代社會的轉型，並且，正是現代漢語使中國現代文化和社會作為一種「類型」定型下來。

中國現代文論話語屬於現代漢語，它是五四新文化運動和新文學運動的產物，它深受西方文論的影響，其主體是從西方學習而來，它與整個現代漢語是一種和諧的關係。另一方面，中國現代文論的形成也與中國現代文學有著密切的關係，二者相互依託，也是一種和諧的關係，它們都是以現代漢語為語境基礎。在這一意義上，我們今天不應該否定中國現代文論，中國現代文論在語言上是和現代漢語相適應的，是和中國文論的現代化相適應的，在實踐上，它是和中國現當代文學相適應的，它有堅強的理論根據和實踐根據。

相對於中國古代文論來說，中國現代文論是「失語」的。但站在整個漢語的立場上，它並沒有「失語」，所謂「失語」，其實只是從古代漢語變成了現代漢語。從民族性來說，中國現代文論仍然是獨立的話語方式。最根本的原因就在於：中國現代文論其術語、概念和範疇雖然是從西方學習而來，但這些術語、概念範疇一旦進入漢語語境，和漢字思維結合在一起，融和中國人的世俗生活和思維方式，它就明顯地中國化了。民族的根在於語言，漢民族的根在漢語，無論是外國宗教還是外國文學、外國哲學，只要是以漢語的方式接受，它就具有民族性。而更為根本的還在於，翻譯本質上也是民族化問題，翻譯的根本是把一種民族的語

---

[14] 韓毓海：《現代漢語的歷史形成與中國的現代性》，《從「紅玫瑰」到「紅旗」》，上海遠東出版社，1998 年版，第 137 頁。

言變成另一種民族的語言，把一種民族的理解變成另一種民族的理解。在這一意義上，翻譯不是嚴格的「等於」，也是一種理解，這是有充分的現代詮釋學根據的。即使像「科學」、「民主」、「自由」、「人權」這些中國人可以說毫不保留地接受了的西方文化的「主題詞」，它的漢語意義和英語意義還是有所區別的。在操作上，我們可以把「民主」等同於「Democracy」，但中國的「民主」和西方的「Democracy」在其內涵上是明顯不同的，「民主」是中國民族化的「Democracy」。 中國現代文論以西方文論話語為主體而建立起來的，但在中國現代文論中這些話語並不是以「原生」形態存在的，而是漢民族化了，它生存於漢語語境中，其內涵和外延都受漢語思想和思維方式的影響而發生了很大的變化。所以，中國文論在向西方學習時，是以中國的方式學習的，其最終的結果並沒有喪失民族性。

　　五四時期一部分人主張「全盤西化」其實只是一種文化理想，它缺乏現實的土壤。中國現代文化並沒有「全盤西化」也不可能「全盤西化」。同樣，中國現代文論並沒有「全盤西化」也不可能「全盤西化」，它是一種獨立的文論。中國現代文論是在各種保守主義、激進主義、折中主義的互相牽扯互相制衡下的一種平衡，是合力而成，它既不同於西方文論，也不同於中國古代文論，是第三種文論，即中國現代文論。這是一種既有民族性，又具有獨立性，又適合中國現當代文學創作實際，又符合現代化方向的文論。它和西方文論具有一定的親和性，但並沒喪失民族性和獨立性，並不依附於西方文論。在這一意義上，我認為「重建話語」沒有必要。

四

「重建話語」事實上也不可能。

現在回頭重新反省五四新文化運動，我們承認，五四有偏激的地方，比如簡單地把西方和中國傳統二元對立起來，在思想上「非此即彼」，過於極端。但歷史是不能假設的，歷史有它自己的前因後果，是不以個人的意志為轉移的，個人無法超越歷史。我們沒有選擇歷史的自由，我們必須面對建立在歷史基礎上的現實，我們無法超越現實。五四是既成事實，我們無法改變它。我們是歷史的產兒，不管願意不願意。這是很無奈的。

五四之前，對於中西方文化交流，梁啟超曾有著名的「結婚」之說，他說：「大地今日只有兩文明，一泰西文明，歐美是也；二泰東文明，中華是也。二十世紀，則兩文明結婚之時代也。吾欲我同胞張燈置酒，迓輪俟門，三輯三讓，以行親迎之大典，彼西方美人，必能為我家育寧馨兒以亢我宗也。」[15]事實上，中國現代文化就是這種中西文化結婚所生的「寧馨兒」。

我認為，「結婚論」是非常恰當的比喻和說明。中國現代文化可以說就是中西文化交流融合的產物，中國現代文化就是混血兒的文化，「混血兒」並不含貶意，「混血」是中國文化的傳統，也是中國文明的根本原因之一，中國文化正是由各種不同的文化交流融合而形成的，一部中國文化發展的歷史其實也是一部中國

---

[15] 梁啟超：《論中國學術思想變遷之大勢》，《飲冰室文集》之七，中華書局，1989 年版，第 4 頁。

本土文化吸收外來文化的歷史。也許有人不喜歡「混血兒」這個詞，但這是歷史，不是我們能改變的，我們無法改變我們的身份，我們不能改變我們的血緣。

中國現代文論其實也是這樣一種「混血兒」。具體地，中國現代文論在理論來源上主要有二：中國古代文論，西方文論。從組成上說，這兩方面明顯是不平衡的，西方文論顯然處於主體地位，某種意義上說，中國現代文論是以西方文論為母體而建立起來的。但這並不意味著中國現代文論就失去了民族性，就成了西方文論的附庸。在現代漢語語境中，中國現代文論仍然是本位的。站在古代漢語的立場上，中國現代文論是異化的，但站在現代漢語的立場上，中國現代文論是本位的，任何偏離中國現代文論反而都是異化的。曹順慶先生對於「重建」的定義是：「所謂重建，就不是簡單地回到新文化運動以前的傳統話語體系中去，也不是簡單地套用西方現有理論來解釋中國的文學現象，而是要立足於中國人當代的現實生存樣態，潛沉於中國五千年生生不息的文化內蘊，復興中華民族精神，在堅實的民族文化地基上，吸納古今中外人類文明的成果，融匯中西，而自鑄偉詞，從而建立起真正能夠成為當代中國人生存狀態和文學藝術現象的學術表達並能對其產生影響的、能有效運作的文學理論話語體系。」[16]如果理想中的重建的中國文論就是這樣的，那麼，我認為，中國現代文論恰恰是符合這些原則的，中國現代文論不論它借用了多少西方文論的術語、概念、範疇甚至於思維方式也發生了根本的變

---

[16] 曹順慶、李思屈：《再論重建中國文論話語》，《文學評論》1997 年第 4 期。

化，但它仍然是漢語的，蘊蓄了漢語的世界觀與思維方法，只不過這種世界觀思維方法是現代漢語而不是古代漢語的罷了。總不能說現代漢語沒有「母語精神」吧？

現代漢語是中國現代文化的最深層的基礎，中國現代文論正是現代漢語的產物，現代漢語不改變，中國現代文論就不可能改變。而現代漢語作為一種語言系統，它是在種種偶然和必然的因素的作用下形成的，和所有的語言系統一樣，它一旦形成就有相當的穩定性，並不是輕而易舉能發生變革的[17]，從當前情況來看，現代漢語發生變革的可能性很小，因此，在這一意義上，中國現代文論要改變話語方式，重建新類型，是根本不可能的。

事實上，主張「重建話語」的人，他們的話語本身就是矛盾的，充滿了悖論。一方面，他們反對用西方的術語概念和範疇解說中國古代文論，反對借用西方的術語概念範疇來建構中國現代文論，但另一方面，他們恰恰又是用中國現代文論來解說古代文論，他們在思維方式上，在文學的根本觀念上都是現代文論的。他們無法脫離這些從西方引進的術語概念範疇來談論問題。否則便是脫離了現代語境，因而無法被理解、被接受。

對於如何「重建」，有不同的意見，張少康先生主張「以中國古代文論為母體和本根，吸取西方文論的有益營養，建設有中國特色的當代文藝學」。[18]曹順慶先生主張「返回自己的家園」，「回

---

[17] 語言的重大變革是一個民族的巨大的事情，漢語就可考的歷史來看，其實才只發生了兩次大的變革，一是春秋戰國時期，再就是五四時期。

[18] 張少康：《走歷史發展必由之路——論以古代文論為母體建設當代文藝學》，《文學評論》1997 年第 2 期。

到漢民族的母語精神中」，而中間則要經過一個「雜語共生」階段[19]。還有一些其他的主張，但總的來說是不脫離中國古代文論，所以「話語重建」的討論後來基本上變成了「中國古代文論的現代轉化」的討論。但不論是哪一種「重建」，我認為都是不可能的。雖說中國古代文論和西方文論並不是絕對對立而不相融的，但總的來說，中國古代文論和西方文論是不同的體系，它們的屬於不同的語言系統，中國古代文論是古漢語語境下的文論，西方文論是相對於中國來說的籠統的西方語境中的文論，它們各有自己的術語、概念、範疇以及思維方式。術語、概念、範疇並不能代表語言系統，但對於思想來說，它們卻是根本的。所以，一定意義上說，中國古代文論和西方文論之間的差異可以集中體現在兩套術語、概念、範疇以及思維方式的差異上，只要術語、概念、範疇和思維方式能相融，兩套文論系統也就能相融。但從語言系統論的角度來看，這是根本不可能的。

中西文論兩套術語、概念、範疇之間有交叉重疊的地方，有相融契合的地方，並且各有其優缺點，但兩套術語、概念、範疇在其系統內有它特定的內涵，各是一個有機的整體，硬性人為性地拆開進行重新組合，必然破壞其有機性，造成混亂。比如古代文論中的「文」與「質」、「風」與「骨」和西方文論中「內容」與「形式」具有某種相似性，但在概念的內涵和外延上，它們之間都有很大的不同，如果把這些概念強行撮合在一起，混同使用，必然造成意義的混亂。文化作為精神不同於物質，正如陳序

---

[19] 曹順慶、李思屈：《再論重建中國文論話語》，《文學評論》1997 年第 4 期。

經先生所說：「其實文化是完全的整個，沒能分解的。」文化不是「舊屋子，我們可以拆毀它，看看那塊石，或是料木，隨便可以留用。」[20]具體對於中西文論，兩套文論體系之間有和諧互補的地方，也有衝突的一面，兩套體系是不可能揉合成一個體系的，我們不可能把「文」與「質」、「內容」與「形式」揉合在一起，其實季羨林先生說得非常清楚：「想把東西文論的話語揉合在一起！形成一個『雜語共生態』。這是完全辦不到的。因為東西兩方面的文論話語來源於兩個完全不同的思維方式。」「東西文藝理論之差異，其原因不僅由於語言文字的不同，而根本是由於基本思維方式的不同。」[21]在思想的層面上，語言即思維，「雜語共生」的不可能其根本原因在於語言作為系統的不同。

　　中西文化交流、碰撞、融合其實只有兩種可能可供選擇：「中體西用」與「西體中用」。中西交流中的文論其實也是這樣，一種模式是以中國古代文論為母體適當吸收西方文論的有益成份而建立體系，王國維的《人間詞話》就是這種模式，這種模式是中國古代文論在外來文藝思想衝擊下的一種進步的嘗試，歷史地來看，它的成就是巨大的，它是中國文論在古漢語語境下最好的結果。但它也只能在古漢語語境下生存，它是西方文論在古漢語語境下的最大可能性突破。而在現代漢語語境下，它就失去了生存的環境，操現代漢語的人不可能像王國維那樣思考問題，也不

20　陳序經：《中國文化之出路──民廿二年十二月廿九日晚在中大禮堂講詞撮略》，羅榮渠主編《從「西化」到現代化──五四以來有關中國的文化趨向和發展道路論爭文選》，北京大學出版社，1990 年版，第 363 頁。

21　季羨林：《門外中外文論絮語》，《文學評論》1996 年第 6 期。

可能如此表述問題。所以，我認為王志耕先生所說的「語境缺失」說是非常有道理的，古代文論是古漢語的產物，以古代文論為母體而建立的文論體系也只能在古漢語語境下生存。當今，語境變了，這種文論體系就失去了適宜生長的土壤。「中國古代文論在今天看來，只能作為一種背景的理論模式或研究對象存在，而將其運用於當代文學的批評，則正如兩種編碼系統無法相容一樣，不可在同一界面上操作。」[22]事實上，這種文論不可能建立起來，即使某些專家通過學習與研究人為地建立一套這樣的系統，它在今天也不可能被認可。另一模式是以西方文論為主體適當吸收中國古代文論的有益成份而建立體系，中國現代文論其實就是這種模式。在話語方式上，中國現代文論屬於現代漢語的一部分，現代漢語必然產生中國現代文論，中國現代文論也只能在現代漢語語境下生存。在這一意義上，中國現代文論在其類型上的合理性有其深層的語言學基礎，它沒有必要「重建」也不可能「重建」。

世紀末，中國正處於一個社會經濟的巨大的轉折時期，「轉型」是時下社會各界的一個熱門話題。政治在呼籲轉型，經濟在呼籲轉型，文化在呼籲轉型，文學在呼籲轉型，文學理論也在呼籲轉型，「話語重建」其實就是這種尋求轉型的一種形式。對於政治經濟「轉型」，我沒有研究，我不敢亂發言，對於文化和文學的所謂「轉型」，我是持懷疑態度的。同樣，我也不同意文論轉型之說。當今中國文論雖然在具體問題甚至問題範疇上都明顯不同於五四時期，但在類型上，二者是同一類型，即中國現代文

---

[22] 王志耕：《「話語重建」與傳統選擇》，《文學評論》1998 年第 4 期。

論。當代中國文論在格局上和五四時期有著驚人的相似，這首先是由中國當代文學的創作實際決定的，而在深層的基礎上則是由現代漢語的思想和思維方式決定的，只要現代漢語不發生根本性的變革，中國現代文論就不可能發生根本性的變革。因此，從語言學的深層角度，中國現代文論沒有必要轉型，也不可能轉型。中國文論現在最需要的是完成五四未完成的現代化的任務而不是「轉型」。

原載《華中師範大學學報》1999 年第 4 期。

人大複印資料《文藝理論》2000 年第 1 期複印。

《文論報》、《文藝理論研究》摘要。

80 年代新名詞與 90 年代新話語現象語言文化論

　　我認為，80 年代新名詞與 90 年代新話語作為一種現象既是語言現象，也是文化現象，它與國門開放的社會政治經濟和文化發展密切相關，可以說是改革開放的必然結果，它既是文化的表象，也是文化的深層基礎，所以，它首先是一個歷史的過程或者歷史的產物。同時，80 年代之所以出現新名詞「大爆炸」現象以及 90 年代新話語方式在中國得以通行，還與現代漢語作為語言體系的品性有關，現代漢語是深受西方語言影響的新的語言系統，它與西方語言具有親和性，這種親和性使它對西方語言具有敞開性。關於這一現象所隱含的歷史意味與現代漢語的建構過程，我另有專文論述。本文中，我主要從語言學的角度對這一現象進行闡釋。

　　新名詞作為新的術語、概念、範疇和新話語方式從根本上是一種新的思想。也就是說，新名詞本質上既不是漢語所已有，也不是漢語所潛在的即漢語在機制上所能產生的，而是從西方輸入的。嚴復譯《天演論》時，「索之中文，渺不可得」，「一名之立，旬月踟躕」。[1] 這其實顯示了嚴復對於語言的深刻誤解，因為很多

---

[1]　嚴復：《天演論·譯例言》，劉夢溪主編《中國現代學術經典·嚴復卷》，河北教育出版社，1996 年版，第 10 頁。

西方的概念、術語和範疇本來就在古代漢語中找不到對等的詞，這不是花時間能夠解決的問題。不論從古代漢語的角度來看，還是從現代漢語的角度來看，嚴復的《天演論》都可以說只是部分傳達了《Evolution and Ethics》的意義，二者不「等值」不「等效」，這不是嚴復的翻譯技術問題，而是翻譯本身的問題，翻譯的不「等值」或「等效」本質上是兩種文化的不「等值」不「等效」，從深層上說是兩種語言體系的不「等值」或「等效」。五四時期，從海外回來的深通西方文化和語言的知識份子深刻地感覺到這一問題，所以，他們不再到古代漢語中尋找對等的詞，而是直接音譯、硬譯西方的術語、概念和範疇，比如對中國現代文化構成最為深刻影響的「科學」和「民主」，開始時就直接譯為「賽因斯」和「德莫克拉西」，後來則中國化地稱之為「德先生」和「賽先生」，或者乾脆就把原文搬進中文裏。所以，五四時期，漢語中夾雜西文特別是西文名詞是非常普遍的現象。

劉禾認為，現代漢語與西方語言之間的「互譯性」是歷史地建構起來的，現代漢語與西方語言以及其他語言在詞語上的對應性本質上是人為的，屬於歷史現象。[2] 這是非常深刻的，但這也恰恰說明了現代漢語與古代漢語的本質區別。現代漢語中有很多西語性辭彙特別是西方的思想性辭彙，這些詞並不是漢語所固有的，而是在漢語翻譯西語的過程中歷史地生成的，這些詞的意義不是源於古代漢語體系或者說語境，而是源於西方語言，也就是說，確定其意義，西方語言才是最重要的參照。當然，西方的術

---

[2]　參見劉禾《語際書寫──現代思想史寫作批判綱要》，上海三聯書店，1999 年版。

語、概念和範疇翻譯成漢語時由於受漢語語境的影響其意義發生了很大的變化，這正是現代漢語既不同於古代漢語，又不同於西方語言的根本之所在。中文夾西文現象，在 90 年代再次普遍出現，特別是在翻譯和文藝理論中比較廣泛地出現，深刻地說明了新名詞和新話語的外來性，也深刻顯示了新名詞和新話語作為語言現象其所蘊含的文化意義。

　　語言與文化是一種雙重關係，二者互為表象。一方面，語言是歷史留下的難以磨滅的印記，語言是歷史地生成的；另一方面，語言一旦形成，它又從深層上控制人的思想或思維，從深層上決定文化的類型。二者的發展與變化是一種互動的關係。80 年代新名詞與 90 年代新話語作為一種語言現象實際上深刻地隱含著中國現代文化的思想本質以及現代漢語的現代品格及特徵。

　　在語言工具的層面上，新名詞的輸入是新的物質、新的科技以及新的日常生活方式的輸入，但在語言的思想層面上，新名詞即新概念、新術語、新範疇，本質上是新思想。新名詞的輸入主要是在舊的語言體系和思想體系內增加新的辭彙和新的思想，它雖然對舊的語言體系和思想體系有很大的影響，但它並不從根本上改變舊的語言體系和思想體系。而新話語則在言說上發生根本變化，是用新的概念、範疇和術語進行新的表述，思想方式、思維方式、問題意識、觀念體系都發生了變化。新名詞是新話語的前提條件，在思想的層面上，新名詞大量積累，勢必產生新的話語，而一個民族或國家，當思想上總體性用新話語進行言說和表述時，其語言體系和思想體系必然發生變化。現代漢語就是這樣發生的。而 90 年代的新話語則只是增加新的話語，這種增加是

現代漢語的固有品質，所以它不可能導致現代漢語作為語言體系的變革。

不能把新名詞和新話語現象看作是文化現象的一部分，或者是文化的單向性表象，新名詞和新話語現象既是語言現象，但深層上更是思想現象，是文化本身。80 年代新名詞大爆炸與 90 年代新話語現象，既是歷史和文化現象，但更是語言現象。中國現代文化本來就是學習西方文化而來，是西方文化挾裹其強大的政治、經濟和軍事力量衝擊中國文化的結果，是一種西化的文化，它雖然與中國古代文化有著千絲萬縷的聯繫，但它與西方文化更有親和性，中國現代文化既具有民族性、中國性，又具有現代性、世界性。而現代性的重要內容就是西方的科學、民主、理性、人性等，正是這些內容使中國現代文化能夠和西方對話，能夠和世界接軌並融入世界文化的大家庭之中。在這一意義上，不斷地和西方文化進行接觸、碰撞、交流並吸收其最新成果，可以是中國現代文化的固有品性或者說是中國現代文化的機制。中國現代文化之所以是現代文化，就在於它與西方的親和性和對西方文化的敞開性。中國現代社會是一種開放的社會，文化也是這樣，中國現代文化的開放品性正是在這種開放的實踐中建構起來的。但四九年之後，中國逐步把國門關閉起來，一步步走向閉關鎖國，到了「文化大革命」，這種狀況可以說達到了登峰造極的地步，在文化上，首先是和歐美中斷了交流，然後又和蘇聯斷絕了來往，中國文化和世界文化完全隔絕了，處於封閉狀態。中國現代文化的開放和吸納品性以及機制被人為性地暫時抑制住了。而這期間，西方文化獲得了巨大的發展，但西方文化成果通向中國的道

路卻被堵塞住了，站在中國文化的立場上，西方文化實際上被貯存或者說淤積在通向中國的道路上。這樣，76 年之後，中國現代文化經過短暫的恢復之後，迅速地面向西方。當中國的國門在 80年代被打開之後，西方文化就像決堤的潮水一樣湧向中國，在語言上就是新名詞大爆炸。文學理論上，本世紀中葉以來西方影響比較大的文學、美學理論諸如文藝心理學、符號學、接受理論、閱讀理論、新批評、闡釋學、結構主義、解構主義、精神分析理論、存在主義美學、語義學、後現代主義等在 80 年代同時而迅速地被介紹到中國，在西方是歷時發展的各種文藝理論到中國則是以共時的形態進入和並列存在，西方各種文學理論的因果關係、邏輯進程和時間順序實際上被抹去了。比如解構主義在西方本來是反結構主義而來，二者是歷史因果關係，時間上有先後之別，但卻同時介紹進中國，並為不同的人提供了不同的選擇可能，有的人甚至不知道結構主義為何物而接受暸解構主義。所以，80 年代西方各種文學理論紛紛在中國登場，並行不悖，空前活躍，本質上是西方各種理論長期淤積之後的一種暴發性釋放。新名詞大爆炸和新話語現象其實是這種積澱大釋放在語言上的表現。

　　現代漢語作為一種語言體系是在五四時期形成的，是西方語言在思想的層面上對中國傳統語言體系即古代漢語體系進行了強烈的衝擊之後形成的。從詞語構成上來說，現代漢語是以古代白話和現代民間口語為主體，大量吸收西方的辭彙，並適當吸收古代漢語的辭彙而組成。但西方的詞語進入漢語不是以原生形態的形式進入的，而是以漢語的形式，也即通過翻譯而進入的，在

現代漢語中表現為白話的形式，在這一意義上，現代漢語仍然是漢語的，同中國古代漢語是同一文字系統，在形式上是現代白話。但現代漢語同古代漢語具有本質的區別，從根本上它們是兩種不同的語言體系。古代漢語與現代漢語在形式上有著千絲萬縷的聯繫，在工具的層面上，我們無法把古代漢語和現代漢語明顯區別開來，至少它們之間沒有一個明顯的界線。古代漢語與現代漢語作為語言體系的根本不同在於其思想性，古代漢語體系從思想的層面上來說，也即中國古代思想體系，正是一整套古代的思想術語、概念、範疇和話語方式從根本上規定了中國古代的思想和思維方式，也從根本上限定了中國古代的觀點體系，只要是用古代漢語進行思維和思想，觀念上就不可能從根本上超越中國古代。

而現代漢語則是現代思想體系，是一整套現代術語、概念、範疇和話語方式，因而是一整套現代觀念體系。現代思想的現代性從根本上可以歸結為現代漢語的現代性。從來源上來說，現代漢語的現代性術語、概念、範疇和話語方式正是來源於西方，「科學」、「民主」、「人權」、「理性」、「哲學」等詞語脫離西方語境而以中文的方式置入漢語語境其意義雖然發生了很大的變化，但它與中國古代的「道」、「氣」、「境」、「格物」、「聖」、「仁」、「禮」、「天」等基本術語、概念和範疇仍然是格格不入的，現代漢語和西方語言更具有親和性。正是在親和性的意義上，對於術語、概念、範疇、話語方式以及觀點、理論和思潮，現代漢語對西方語言有敞開性，而對古代漢語則有拒斥性。正是在現代科學意識和理性價值觀的基礎上，我們特別能夠理解並接受西方的諸如符號學、結構主義、現代主義、後現代主義等理論和思潮，並發出應

和。這絕不是簡單的倫理政治問題，絕不能進行簡單的「崇洋媚外」、「洋奴哲學」的心理定性，也絕不能簡單地歸結為西方文化的腐蝕性，它有著深層的文化和語言學的基礎。用什麼名詞以及不用什麼名詞，用什麼話語以及不用什麼話語，這不能通過簡單的提倡與壓制來解決，語言有它自己內在的規律。過去我們一直提倡弘揚民族文化，在語言上極端化就表現為話語復古主義，即提倡用中國古代的術語、概念、範疇和話語方式來表述，但收效甚微，相反，倒是西方新的術語、概念、範疇和話語方式阻擋也阻擋不住，洶湧而來。這值得深思。話語復古主義不可能實行，也不可能有市場，它只不過是一種意願而已，是一種缺乏充分語言學根據的空洞理論。

把近代至五四時期的新名詞和新話語現象與 80 年代至 90 年代的新名詞和新話語現象進行比較是非常有意義的。單從語言現象上來說，這兩次新名詞大爆炸和新話語現象有著驚人的相似，都是科技以及文化上向西方學習在深層語言上的表現，都表現出一種文化和語言的現代性。但二者之間有著本質的區別，在動力和機制上恰恰相反，近代至五四時期，中國被迫學習西方，或者說，西方的科學與文化是以一種強力的方式進入中國的，它伴隨著政治、經濟以及軍事上的不平等，在語言上則表現出一種「話語霸權」。近代至五四之前，中國文化還是傳統的以儒家思想為主體的道德倫理文化，它對西方以科學民主為主體的文化本能地具有拒斥性，西方文化如果不以武力的方式挾帶進入中國，單是文化本身，它不可能對中國傳統文化造成根本性的衝擊。因此，近代至五四時期，西方文化進入中國，不論是從西方的進入來說

還是從中國的接受來說，都充滿了艱難，這裏面包含了傳播文明與吸收文明、殖民與反殖民的雙重性，是一個複雜而痛苦的過程。從語言上說，從最初輸入器物性名詞到後來的輸入制度性名詞到五四時輸入西方的思想文化性名詞以及新話語方式，這是一個艱難的過程，在這一過程中，西方語言可以說處於攻勢，古代漢語則處於守勢，西方新名詞的輸入過程可以說是西方語言在中國的逐漸深入的過程，同樣也可以說是古代漢語逐漸淡出的過程，正是在這一攻一守、逐漸深入與逐漸淡出的過程中，中國語言發生了變革，最終導致與西方語言具有親和性的現代漢語體系取代古代漢語體系，並從根本上導致了中國社會和文化的現代轉型。

而 80 年代的新名詞與 90 年代新話語現象則不同。其前提條件仍然是學習西方，因為沒有學習西方便不可能有新名詞和新話語現象，這裏的「新」本質上是在「西方性」的意義上而言的。但與近代至五四時期的被迫或被動學習不同，80、90 年代的學習是自願而主動的，這種自願與主動可以看作是中國現代文化精神在中斷後的一種銜接。近代至五四時期，中國在文化上學習西方，並不是文化本身的原因，而是文化之外的原因，也即政治、經濟和軍事的原因，中國並不是因為文化落後才去學習西方文化，而是因為文化不利於經濟特別是軍事的強大才去學習西方文化的。西方文化傳入中國不是通過文化本身的傳播方式，而是通過政治、經濟和軍事的入侵方式，中國並不是為西方文化而學習西方文化，而是為政治、經濟和軍事才學習西方文化。西方文化在後來所表現出來的強勢是通過其政治、經濟和軍事上的強勢而

建立起來的。80 年代的學習西方，某種程度上說，也是被迫學習，但這種被迫是迫於內部壓力而不是迫於外部壓力，也就是說，是出於內在的要求而學習西方，並不是西方強迫我們向它們學習。更重要的是，80 年代的中國本位文化即中國現代文化與西方文化不僅不互相排斥，恰恰相反，而是互相吸引，因為中國現代文化和西方文化本來就具有親緣關係，中國現代文化就是深受西方文化影響的而具有西化性的文化，二者在內在結構上具有某種一致性。在語言上，現代漢語就是深受西方語言影響的語言體系，特別是思想上，現代漢語大量吸收西方的術語、概念、範疇和話語方式，因而與西方語言具有內在的親緣性，具有吸收和迎納西方新名詞與新話語的傾向和潛能。在這一意義上，80 年代的新名詞與 90 年代的新話語現象作為中國向西方學習在語言上的表現具有內在的驅動力和機制的根據。因此，80 年代新名詞大爆炸和 90 年代新話語現象本質上是現代漢語親西方語言機制的啟動，或者說是現代漢語所具有的吸收西方語言潛能的發揮。因此，80 年代新名詞大爆炸和 90 年代新話語現象可以說是現代漢語機能的一種表現，體現了現代漢語的本質特徵。可以說，在思想上，吸收西方新的術語、概念、範疇和話語方式是現代漢語的發展本性，是現代漢語的固有特徵。在這一意義上，和近代至五四時期的新名詞與新話語現象的艱難過程不同，80 年代的新名詞與 90 年代的新話語則輕鬆而容易地就進入了中國。西方語言兩次進入中國都有阻力，但近代至五四時的阻力主要是來自語言內部，即古代漢語對西方語言的排斥性，而 80 年代至 90 年代的阻力則主要來自外部，即政治、倫理方面的阻力。

　　也正是在這一意義上，我認為，現代漢語在 80 年代和 90 年代雖然發生了很大的變化，但現代漢語作為語言類型不會發生根本性轉變，語言不會發生變革或者轉型。現代漢語在 80 年代和 90 年代的變化表現為，增加了大量新的術語、概念、範疇，話語方式也發生了很大的變化，新的術語、概念、範疇和話語方式造成了新問題體系和新的表述、新的言說，從而充分表現出現代漢語的西化特徵，特別是西方現代化的特徵。與過去相比，現代漢語在思想和觀念上更加現代性。過去許多長期爭論不休、懸而未決的問題，因為術語、概念和範疇以及話語方式的改變而被懸置起來，從而事實上被消解掉了。舊的術語、概念、範疇和話語方式的棄擲實際上意味著舊的思想和觀念的棄擲。大量新的術語、概念、範疇和話語方式的輸入，再加上翻譯的不可能「等值」和「等效」性，漢語辭彙在增加，詞語的意義越來越豐富和歧義，因而現代漢語意義不再經典化、精確化，詞意缺乏確定性而變得模糊不清。從表達上來說，現代漢語越來越詞語鋪張化，也即大量堆砌同義詞、近義詞，限定加多，語句變長，語義重複。意義越來越依靠語境和闡釋。古代漢語概念缺乏明晰性因而意義豐富，現代漢語則是表述複雜而意義多歧。但這些都是現代漢語的固有品性，正是這種變化使現代漢語具有世界性、現代性，同時又具有民族性、中國性，正是這種變化的品性使現代漢語保持一種活力，從而使現代漢語有很強的應變性。在這一意義上，漢語不會發生新的變革，相應地，中國文化也不會發生新的轉型。

　　本文原載《青海社會科學》2003 年第 3 期。

中西文化交流與現代漢語體系的形成

　　現代漢語作為語言體系是如何形成的？語言學界其實並沒有深入地研究這一問題。我認為，目前的語言學對於現代漢語在形式即在語言工具的層面上研究得非常好，也非常細緻，但在語言的內容即在語言思想的層面上，研究還非常欠缺。其中，對於現代漢語的西方思想資源問題，就既有根本觀念上的偏頗，又有具體觀點上的誤解。對於中西交流對現代漢語作為體系的形成，存在著明顯的方法論和認識論上的不足。本文試圖重新探討這一問題。

一

　　我認為，在語言工具的層面上，現代漢語和古代漢語都是漢語，它們可以說是漢語發展的兩個階段，它們之間主要是形式上的不同，這種不同不具有本質意義。但在語言思想的層面上，現代漢語與古代漢語是兩種不同的語言體系。而決定現代漢語與古代漢語作為兩種不同語言體系的根本因素是辭彙，更準確地說是辭彙所構成的語義體系。

　　對於語言來說，最重要的是語音、語法和辭彙三要素，現代漢語也是這樣。在語言形式上，這三因素同等重要，不能說語音

不重要，比如同樣是講漢語，如果語音不一樣，交流也很困難，當然也不能因此說語音比語法和辭彙更重要。但在思想、思維的層面上，辭彙更具有本質性。比如，同樣是現代漢語，地區不同，語音上存在著很大的差異，但這種差異並不從根本上影響思想的表達，並不影響現代漢語的性質，不能說浙江某方言的現代漢語不同於湖北某方言的現代漢語。但辭彙就不一樣，辭彙不同，在思想的層面上就表現為術語、概念和範疇的不同以及話語方式的不同，因而思想方式、思維方式就不同，對問題和現象的言說就不同，從而就使語言體系在思想的層面上存在著巨大的差異。事實上，「五四」新文化運動提倡白話文來進行語言變革，其「變革」主要來自於辭彙。作為現代漢語的白話和中國古代的白話，在語音和語法上並沒有什麼大的不同，差別是辭彙上的，古代白話主要是民間口語，其作用是日常層面上的交際，幾乎就沒有思想層面上的術語、概念和範疇，不具有完整性、體系性，而現代白話則是借用古代白話的形式，其辭彙的複雜性與豐富性，與古代白話不可同日而語。

現代漢語是白話的形式，但它既不同於古代「語錄體」的白話，也不同於民間口語的白話，周有光說：「『五四』時期的『白話文』起初像小腳放大的『語錄體』。1930 年代的『大眾語』提倡徹底的口語化，文體改革趨於成熟。」[1]現代漢語實際上是融會各種語言成分構成的。現代漢語在形成的過程中雖然是反文言文的，但實際上它並沒有和文言文完全脫離關係，所以，現代

---

[1] 周有光《白話文運動 80 年》，《21 世紀的華語和華文：周有光耄耋文存》，生活・讀書・新知三聯書店，2002 年版，第 79 頁。

漢語實際上是綜合古代「語錄體」、民間口語白話、文言文和西方語言等成份而構成的。而在這些成份中，西方語言因素是促使漢語發生變革的最重要因素，更準確地說，是西方語言在思想的層面上，即在術語、概念、範疇和話語方式上深刻地影響了現代中國白話，從而導致中國語言發生從古代漢語向現代漢語的性質轉變。

把現代漢語和古代漢語進行比較，我們看到，二者在文字上並沒有什麼變化，都是漢字，現代漢語在「字」上增加很少，主要是增加物質性名詞如「鐳」等，對於語言體系來說，這種增加極其微小，甚至可以忽略不計。在辭彙上，現代漢語詞的雙音節傾向明顯，詞綴和類詞有所增加，詞綴附加法構成的合成詞大量增加，但這都是形式上的，對於語言體系的轉變並沒有太大的意義。真正造成現代漢語與古代漢語語言體系差異的是辭彙，現代漢語增加了大量的新詞，而這些新詞很大一部分是來自西方，或者直接譯自於西方語言，或者經過日語中轉而來。西方語言以及語言文化對現代漢語的影響，最重要的是改變了漢語詞語的意義，增加了新的術語、概念、範疇，改變了中國人對現象和問題的言說，從而改變了漢語的思想方式和思維方式。我們看到，伴隨著現代漢語作為語言體系的確立，中國建立了現代意義上的各種學科話語體系，比如哲學話語體系、文學話語體系、歷史話語體系包括語言話語體系等，並且這些話語體系之間相互聯繫，具有內在的一致性，從而形成了整體的現代漢語思想方式。

二

在思想層面上，現代漢語在辭彙上最明顯的變化是從西方輸入的術語、概念和範疇在中國現代思想領域佔據了顯著的位置，成為主流和中心。比如「科學」、「民主」、「自由」、「人權」、「個性」等，這些詞語在數量雖然不多，但它卻構成了現代思想的「關鍵字」，從而從根本上改變了中國人的思想觀念，不僅僅只是導致了現代漢語作為體系的形成，導致了漢語的現代轉型，更重要的是推動了中國傳統社會向現代社會的轉型，使人們的思維方式、思想方式以及具體的思想觀念、價值觀念發生了現代轉向。

以「科學」為例。現代漢語「科學」一詞來源於西方，其英語原詞為「science」。古漢語中也有「科學」一詞，但它是「分科舉人之學」，即「考科舉之學問」的簡稱，這和西方之「科學」簡直是風馬牛不相及之兩回事。據歷史學家馮天瑜考察，最早借用古漢語詞語把「science」翻譯成「科學」的是日本啟蒙哲學家西周，並從此定格。在西周之前，日本還曾把它翻譯成古漢語詞語「學問」、「文學」、「知學」等。而最早把西周翻譯引入中國的是康有為[2]。「五四」時陳獨秀曾音譯「science」為「賽因斯」，「外號」「賽先生」，但僅風行一時。在語言形式上，古代漢語的「科學」和現代漢語的「科學」並無二致，所以從形式上我們無法把

---

[2] 馮天瑜：《「科學」：概念的古今轉換與中外對接》，馮天瑜等主編《語義的文化變遷》，武漢大學出版社，2007 年版，第 523-532 頁。

二者區分開來。但在詞義上，二者具有實質性的差別。古代漢語中沒有現代意義上的「科學」，所以也沒有相對應的詞，「格物」、「格致」、「質測」等，只能說相關，其內涵與「科學」完全不一樣。由此可見，從工具論的角度來比較現代漢語與古代漢語，實際上是沒有什麼意義的，在詞形上比較古代漢語的「科學」和現代漢語的「科學」，引申不出有意義、有價值的結論。

西方「科學」在詞語的意義上進入漢語，其意義在於，不僅僅只是在相應的層面上輸入西方現代的物理學、化學、數學等自然科學，輸入機械製造、建築建築設計等各種技術，輸入哲學、倫理學、社會學等各種人文社會科學，還在於輸入科學思想、科學意識，從而改變了中國人對於自然現象和社會現象的理念，改變了中國人的思維方式和思想觀念。與中國古代的「格物」、「理學」相比，「科學」是一種全新的思想方式，並且與古代的「氣」、「道」、「理」等相隔膜、相衝突，很難融合起來，所以，「科學」雖然可以獨立地加入到古代漢語辭彙中去，但它很難獨立地在古漢語中生存，「科學」作為一種思想意識，作為知識體系，在語言上實際上體現為一種話語體系。所以，僅僅認同「科學」這個詞是遠遠不夠的，「科學」被真正的認同是「科學」話語體系的被認同。「科學」首先是建立在具體的物理學、生理學、數學、化學等自然科學和哲學、歷史學、詩學、倫理學等社會科學基礎上的，所以，「聲」、「光」、「電」、「元素」、「力學」、「感覺」、「知覺」、「悲劇」、「喜劇」、「道德」等構成了它的基礎辭彙，而抽象的諸如「知識」、「規律」、「理性」、「邏輯」、「推理」、「判斷」、「抽象」、「具體」等構成了它的關鍵字。這些數量眾多的詞語構成了

「科學」話語體系，也可以說是「科學」的思想體系。正是在這樣一種話語體系中或者說在這樣一種思想方式下，各種具體的科學才得以不斷地衍生。所以，中國現代輸入西方的「科學」，絕不僅僅只是輸入「科學」這個詞，而是輸入「科學」的話語體系。

「民主」在思想的層面上也是一個西源詞，即英語的「democracy」，「五四」時音譯為「德謨克拉西」，「外號」「德先生」。「民主」也是古漢語的一個古老詞語，早在《尚書》和《左傳》中就開始出現，如「簡代夏作民主」、「天惟時求民主」、「其語偷不似民主」，但這裏的民主是「民之主」的意思，也即「為民作主」，或「民之主宰者」，這和西方「民主」的「人民自主」、「人民的權力」意思恰恰相反。和「科學」一樣，最早把「democracy」翻譯成漢語「民主」的是日本學者，但在日本，「democracy」一詞也譯為「民權」，在日文詞典中，「民權」意為「政治上人民的權力」，這正好契合「democracy」的本意。也就是說，在日本新漢語中，「民主」、「民權」本為一個詞。但有意思的是，在現代漢語中，「民權」和「民主」的語義卻大相徑庭[3]。在這一意義上，現代漢語「民主」僅只有古漢語「民主」的字形。

更重要的是，現代漢語「民主」和古漢語「民主」的屬於兩種不同的話語體系。在古代漢語中，「民主」是和「封建」、「君」、「臣」、「綱常」、「仁」、「禮」、「儒」、「忠」、「孝」、「節」等緊密地聯繫在一起的，其意義是在和它們的關係中確立的，它們共同

---

[3] 參見熊月之《中國近代民主思想史》，上海社會科學院出版社，2002 年版，第 8-12 頁。

構成一種中國古代「君王」話語體系。所以，孟子雖然也有重民思想，比如他說：「民為貴，社稷次之，君為輕。」（《孟子‧盡心下》）但在古漢語語境中，或者說在古代「君王」話語體系中，這種重民思想本質上仍然是輕賤民眾權力的，它不過是維護封建統治的一種策略，不過是荀子所說的「君者，舟也，庶人者，水也；水則載舟，水則覆舟」（《荀子‧王制》）的一種詮釋。而現代漢語的「民主」則來源於西方，它與同樣來源於西方的「人權」、「個人主義」、「自由」、「個性」、「憲法」、「平等」、「社會」、「公正」等在語義上比較接近，並且相互聯繫，共同支撐，從而構成現代「民主」話語體系。古漢語中的「君」、「臣」、「綱常」也構成了它的語義場，但對它的意義影響不大，主要是一種背景。

　　「五四」時，劉半農曾創造了一個漢字「她」。它表面上是「造字」，是「發明」，在語言學上具有文字學意義，也可以從文字學的角度來進行解釋，但本質上「她」是西方第三人稱「陰性」的翻譯形式，也即「she」的翻譯。事實上，劉半農提出這一想法雖然還在國內，但論證它卻是在英國留學，而所論證的理由正是英語的人稱理論。所以，「她」雖然是獨立創造的漢字，但本質上仍然是西源詞語，仍然可以看作是從西語中借用而來。「她」是典型的現代漢語詞語，從這個「字」我們可以看到現代女性意識以及更為深層的人權、自由等思想體系或者話語體系的形成過程。在詞的形式上，「她」沒有太大的意義，沒有這個詞，並不從根本影響表達，事實上，中國古代就是用「他」或「伊」來表達的，但在思想上，「她」的意義重大，它反映了現

代人女性意識的覺醒，象徵著對女性獨立人格的尊重。在中國古代，「她」為「他」所包容，實際上是「她」缺乏獨立性，現代漢語把「她」從「他」中分離出來，實際上是從深層意識上讓男女平等「合法化」，這對於中國現代文化的性別意識具有難以估量的影響和作用。在這裏，「他」和「她」就不僅僅只是指代，同時本身包藏著意識形態性，具有性別政治的意味，「使得性別可以在新的語言中塑造社會性的權力關係」[4]。回顧中國現代思想史，我們看到，「五四」時，婦女解放作為人的解放的一個組成部分充當了人的解放的急先鋒，一直走在其他解放的前沿，「她」作為概念的產生應該說起了極為重要的作用。一定意義上說，中國今天的女性文學研究特別發達，與這種深層的語言基礎不無關係。

三

西方語言對現代漢語的影響，不僅僅表現在西方辭彙大量進入漢語，從而改變了漢語的構成成份，特別是大量思想性術語、概念和範疇的進入，增加了漢語的話語方式，也即增加了漢語思想的表達，從而使新觀念新思想的產生具有了語言基礎。更重要的是，西方語言方式以及與語言方式相一致的大量思想文化現象深刻地影響了漢語，使漢語詞語在思想內涵上發生了變化，既具有傳統的內涵，又增加了西方的維度，從而既能夠言說中國傳統

---

[4]　劉禾：《跨語際實踐——文學、民族文化與被譯介的現代性（中國，1900-1937）》，生活・讀書・新知三聯書店，2002 年版，第 52 頁。

文化現象，又能夠言說西方文化現象，相容中西方兩種思想方式。在詞語的構成上，這一部分詞語構成了現代漢語思想辭彙的主體部分。由此，現代漢語作為語言體系既不同於古代漢語體系，也不同於西方的語言體系（比如英語體系），既與西方語言具有親和性，但同時又承繼傳統，不失中國性。下面我以「文學」為例來說明這一問題。

中國古代文學非常發達，並且在世界文學史上獨具特色，產生了《詩經》、「楚辭」、唐詩、宋詞、元曲、明清小說等獨特的文類和文學成就，產生了屈原、李白、杜甫、曹雪芹等一批世界級的文學大師。古漢語也有「文學」一詞，但它不具有純粹性，有時也指學術。中國古代也時也用「文」或「文章」來泛指文學，但無論是「文學」還是「文」或「文章」，它們都不是核心詞，通用程度和認同程度都不高，都不具有專屬性。更根本的是，古漢語中的「文學」缺乏西方術語的高度抽象性和系統性，內涵模糊不清、外延遊移不定。事實上，古漢語中沒有西方意義上的高度抽象的「文學」概念，甚至也沒有次一級的同樣是高度抽象的「詩歌」、「小說」、「戲曲」、「散文」等概念，有的只是具體的「詩經」、「楚辭」、「詩」、「詞」、「賦」、「曲」、「小說」等。在古代漢語中，文學話語從屬於「經」、「史」、「子」、「集」的「四部」話語體系。在這種話語體系中，現代漢語中的文學被分割在不同的「部」中，比如同樣是詩歌，《詩經》和一般的詩詞不同「部」，《詩經》在「經」部，一般詩歌在「集」部。同樣是「韻律」，「韻書」屬於「經」部中的「小學」類目，「詞譜詞韻」屬於「集」部中的「詞曲」類目。「集」部分為「楚辭」、「別集」、「總集」、

「詩文評」、「詞曲」等類目。而「詞曲」又分為「詞集」、「詞選」、「詞話」、「詞譜詞韻」、「南北曲」等「子目」。「詞集」、「詞選」、「詞話」和「詞譜詞韻」相提並論，這和現代漢語「文學」完全不同，在現代漢語話語體系中，「詞選」構不成文體類別，「詞集」和「詞選」是作品範疇，「詞話」屬於文學理論範疇，「詞譜詞韻」屬於語言學範疇。現代漢語中的「文學」基本上是西方「科」話語的產物，它和「部」話語是兩種不同的話語體系。兩種話語體系中的概念在自己的系統內各司其職，不能混用。

但現代漢語的「文學」話語也不完全是橫移西方的「文學」概念，它實際上是借用西方概念並綜合中國古代文學現象而成，所以它也適用於對中國古代文學的言說。比如，現代漢語的「詩歌」概念實際上來自於對中西方兩種詩歌的歸納，它的外延既包括西方的自由詩，散文詩、民謠、格律詩，日本的俳句等，又包括中國古代的詩、詞、賦、駢文以及現代詩——新詩。所以，現代漢語「詩歌」的概念既不同於西方的「poesy」或「song」，也不同於中國古代的「詩」、「韻文」等。「小說」也是這樣，現代漢語中的「小說」在概念外延上既包括西方的「fiction」、「story」、「novel」、「fairy tale」等，也包括中國古代的志怪、傳奇、話本小說（平話）、筆記小說、文人小說以及現代小說，實際上是綜合中外各種小說而成。現代漢語的「散文」更複雜，它主要是從西方的「prose」和「essay」而來，和中國古代的「小品文」比較接近，但同時也兼融了中國古代的各種散文。在中國古代，散文最為複雜多樣，作為概念，它最初相對於「駢文」而言，後來相對於「韻文」而言，所以文類非常寬泛，「四部」中幾乎每一

「部」都有現代所說的散文，比如諸子、行狀、雜史、奏議、訴狀、論說、述序等。更重要的，現代漢語的散文不僅僅只是綜合了中西方的散文文類，同時還發展了散文，增加了很多散文新文體，比如報告文學、通訊報導等，這樣，現代漢語的「散文」就是一種非常特殊的概念。

正是在現代「小說」、「戲劇」、「詩歌」、「散文」以及更具體的諸如「美文」、「雜文」、「抒情散文」、「抒情詩」、「敘事散文」、「敘事詩」、「散文詩」等術語、概念的基礎上，形成了現代漢語的「文學」話語系統。這種話語從根本上決定了現代漢語對於文學的言說不同於古代漢語對文學的言說。所以，中國古代談論文學，用得最多的是這樣一些概念或術語：「志」、「情」、「景」、「氣」、「道」、「理」、「韻」、「文」、「質」、「形」、「神」、「境」、「興」、「觀」、「群」、「象」、「妙」、「奇」、「意」、「辭」、「虛」、「實」、「喻」、「風」、「骨」、「淺」、「平」、「雅」、「真」、「直」、「曲」、「味」、「趣」等。而現代漢語談論文學多是用「形象」、「典型」、「內容」、「形式」、「風格」、「評論」、「欣賞」、「文體」、「體裁」、「真實」、「審美」、「體驗」、「思想」、「結構」、「反映」、「表現」、「主題」、「文學性」、「創作方法」、「敘事」、「抒情」、「文本」、「作家」、「讀者」、「接受」、「繼承」、「革新」等。這是兩套完全不同的「文學」話語體系。中國古代文學「話語」體系的屬於古代漢語思想體系，而現代漢語「文學」話語與西方「文學」更具有親近性，屬於現代漢語思想體系。對於同一文學現象，古代漢語的談論不同於現代漢語的談論，因而其思想和觀念也很不一樣。同一文學對象，其表述不同，因而其性質也存在著很大的差異。

四

綜上所述，我們可以看到，在詞的形式上，古代漢語與現代漢語並沒有根本性的不同，但在思想的層面上，古代漢語與現代漢語具有實質性的差異，它們是兩種不同的語言體系。但現代語言學對這種差異性，對古代漢語是如何向現代漢語轉變的，以及這種轉變的思想史意義卻研究得很不夠，可以說，現代語言學關於古代漢語辭彙和現代漢語辭彙的比較研究對於現代思想史、現代文化史的意義和價值實際上是非常有限的。但這不僅僅只是中國語言學的問題，也是世界語言學的普遍問題。

語言是如何變化或變異的，現在越來越受到語言學界的重視，這種研究在西方稱為「linguistic variation and change」，或者「language variation and change」[5]。但反思西方語言變異研究，我們看到，西方語言學研究語言變異並不是為了解決思想問題，也不是為了解決思想史問題，而僅僅只是研究語言現象，所以他們研究的重點是語音的變化、語法的變化以及詞語形式上的變化，而對於語義變化以及語義變化的思想價值，缺乏追問。對於語言為什麼會變化？西方語言學把原因追溯到「家庭」、「性別」等方面，我認為這是膚淺的。

對於語言的變化，西方語言學的基本觀點是：「語言的變化是一種連續不斷的、非常緩慢的過程。」「語言變化不是像隕石

---

[5] 徐大明主編《語言變異與變化》，上海教育出版社，2006 年版，第 1 頁。

一樣從天空掉下來的。變化一般是從語言中已有的因素中產生出來的，人們只是借用並且誇張了這些因素而已。這就像時裝的變化。」[6]對於西方各種語言變化在描述的意義上，這可能是客觀的，這個結論也切合古代漢語內部變化和現代漢語內部變化，但它顯然不適用於古代漢語和現代漢語兩種語言之間的轉變。漢語從古代漢語向現代漢語變「異」，其變化之快與之大，可以用「革命」一詞來表達。現代漢語的形成並不是在古代漢語內部逐漸完成的，而是以「突進」的方式進行的，其中與西方語言以及西方文化有很大的關係。現代漢語並不是從古代漢語中脫胎而來。性別、家庭以及社會變遷等都是現代漢語形成的原因，但導致現代漢語成為語言體系的最重要原因是中西方文化交流，現代漢語實際上是西方文化、思想以及社會對中國影響在語言上的表現。對於思想文化來說，語言具有深層性，中西方交流最重要的結果不是產生了中國現代社會和中國現代思想文化，而是產生了現代漢語，現代漢語作為語言體系一旦形成，中國社會和思想文化沿著現代化方向發展就具有不可逆轉性。

現代漢語學術研究迄今主要集中在語音、辭彙、語法等語言形式方面，對於在思想的層面上現代漢語是如何形成的以及這種形成對現代思想和現代文化有什麼意義和作用，對於現代漢語與現代學術之間的關係，對於現代漢語的「語言政治性」等問題，缺乏足夠的關注，缺乏深入的研究，我認為這是一種偏頗和缺陷。所以我主張研究中西文化交流對現代漢語形成的作用，並進

6　愛切生：《語言的變化：進步還是退步？》，語文出版社，1997 年版，第42、93 頁。

而研究現代漢語作為語言體系對現代思想和學術的規定性和制約性，從而從語言的角度探索現代中國思想的發展和創新問題。語言不僅僅只是日常交際工具，同時還是人類思想文化的深層基礎，語言體系與思想文化有著緊密的聯繫。語言學不應該只是研究語言技術，同時還應該研究語言的思想性，從而從語言的角度解決人類思想的發展演進問題。

本文原載《學術研究》2009 年第 9 期，同時載《「現代化社會與交流的方式——漢字文化圈的比較研究」國際學術會議論文集》（2008 年，日本三重大學出版社）。

「字思維」語言學辨論

　　由《詩探索》發起的「字思維與中國現代詩學」討論具有重大的學術價值，它所提出的問題以及討論中所引發的問題對我們研究中國文學乃至中國文化具有巨大的啟發意義。語言不僅僅只是工具形式，同時還和思想思維緊密地聯繫在一起，漢字的思想和思維性不僅事關中國詩歌的本質，也事關中國文學的本質，更大範圍內還事關中國文化的本質。不論是古代漢語還是現代漢語，都與漢字密切相關，漢字構成了漢語的最為深層的基礎。但漢字何以具有思維性以及這種思維性是如何在深層上影響中國文學和文化的？本文即從語言學上論述這一問題。

　　字思維是由畫家石虎先生在《論字思維》一文中提出來的，這篇文章篇幅雖然很短，但卻包含很豐富的內容，有很多重要的命題，這些命題都值得深入地探討下去。後來石虎又寫了《字象篇》和《神覺篇》兩篇續文，但明顯偏離了「思維」的旨意，命意也過於偏狹，無論是從其本身的價值上還是從其啟發意義上，都無法與「字思維篇」相比。

　　「字思維」是一個新概念，也可以說是一個新命題，它第一次從思維的角度來看視漢字，或者說第一次討論漢字的思維問題，這將會造成對漢字的新的言說以及「自我意識」，即不再把漢字當成是透明的無遮避的載體，而是在閱讀漢字作品時始終關

注漢字本身，關注漢字與作品意義之間的深層的聯繫。在這一意義上，「字思維」是一個非常有意義和價值的概念或命題。但石虎先生把「字思維」理解為「物象」或「字象」思維，過於專注「亞文字圖式」，這又過於拘泥和局限。石虎說：「當一個字打入眼眸，人首先感知的便是字象。這是一重字象的思維，它是由線條的抽象框架形象所激發的字象思維。它一定會去複合字所應對的物象。」[1]這明顯偏於個人經驗化了。石虎作為畫家對漢字有某種特殊的敏感，這是可以理解也在情理之中，我們不敢否認石虎本人的確有這種經驗，但這絕不是普遍的事實。「字思維」討論中有論者對此無限發揮，大做文章，從古至今，旁徵博引，大談漢字的象形性，其實於「字思維」的討論來說，特別是於漢字與中國文學乃至文化的關係來說，並沒有多大補益和建設性作用。就是撇開漢字的語音不談，對於一般人的閱讀經驗來說，即使閱讀一些比較特殊的漢字作品如中國古代的塔詩、回形詩等遊戲作品，也鮮有關注其字形的。對漢字字形及其意義的「自我意識」，我們不能在經驗事實上予以否定，但這絕不具有普遍性，不是漢字「思維」的規律。所以我認為王一川把「漢語形象」和「漢字形象」[2]作區別是非常有道理的。

從起源上來說，漢字的確始於象形，物象的確構成了早期漢字甲骨文、金文的最為突出的特點。漢字發展到今天的簡化和定型，仍然沒有改變其表意文字的本質，並且漢字的表意性至今仍然是我們記憶其形以及識別其意義的一個非常重要的標識和途

---

[1]　石虎：《論字思維》，《詩探索》1996 年第 2 輯。

[2]　王一川：《漢語形象及其基本地位》，《詩探索》1998 年第 4 輯。

徑。但是，漢字一旦成熟，形成一種體系並且和漢語體系緊密地結合在一起的時候，它就脫離了漢字初始的象形本質，而成為一種純粹的語言符號。漢字作為語言符號其字象在現代語言中的作用是非常有限的。表意文字和表音文字作為語言符號其工具本質和思想思維功能並沒有根本的差別。語音、字形、語法等語言形式並不是造成語言作為系統之間不同的決定性因素，語言本身所蘊含的文化內涵以及語言體系所特有的概念、術語、範疇和話語方式對思想和思維的規定性才是語言體系之間不同的真正的原因和標識。因此，「字思維」的意義和價值不在文字學上，而在語言學上。也正是在這一意義上，從「小學」的角度在字象的意義上討論字思維是名不符實的。相應地，在這一意義上討論字思維與中國現代詩歌的關係也是不得要領的，不可能有什麼實際的建設性貢獻。從漢字的本源來追溯漢字以及漢語的本質，從根本上是一種「起源終極」論，即誤把事物的初始本質認為是終極本質。[3]正是對漢字和漢語的誤解使「字思維」討論陷入了某種迷誤。

字思維的本質不在於它的字象性，而在於它的思維性，不在於字作為文字的書畫性而在於字作為詞的語言性。從語言單位來看，漢字代表語素，但與其他語系不同，漢字既是語素，又是詞，本質上，漢語是語素文字。特別是在古漢語中，單音節詞占絕對優勢。現代漢語中，多音節詞雖然占絕大多數，但多音節詞大多數是由作為詞的字組合而成，字在詞語中仍具有相對獨立性，具有相對獨立的意義。因此，字在漢語中具有特殊的地位和作用，

---

[3]　參見拙作《「起源終極」論批判》，《社會科學輯刊》2000 年第 4 期。

它具有相對獨立的語言功能，它是漢語的深層的基礎。「一般說來，文字學是語言學的一個分支。……除了字形之外，它的其他內容都是語言的內容，包括字音、字義、字能（組合功能），還有書面語的組織形態。」[4]這就是說，漢字除了字形以外，其他如字義、字能都具有雙重性，即既是文字學的，又是語言學的。漢字和漢語是密不可分的，特別是古代漢語，漢字學既是文字學又是語言學。因此，僅從字形上來關注字思維，即使從文字學上來說也是相當狹隘和片面的。而更為重要的是，漢字作為純粹的符號其字形與思維並無多大關涉，現代簡化漢字和印刷體其字像是無論如何難以與思維問題聯繫在一起的。只有字義、字能以及字的組合形態即字具有語言功能時才和人的思維聯繫在一起，才具有思維的功能。

字思維從根本上是由於漢字的詞性以及漢字系統的語言性所決定的，這還可以從漢語工具書字典和詞典中得到映征。古代字典如《說文解字》、《康熙字典》等是比較嚴格的字典，但本質上也是詞典。當今仍然沿用「字典」之說，如《中華大字典》、《漢語大字典》，其實都是詞典。現代詞典如《辭海》、《詞源》、《現代漢語詞典》則都不是單純的詞典，同時也是字典。與英語詞典單純的詞條排序不同，漢語詞典的詞條前都有字頭，絕大多數的字都單獨構成詞，具有獨立的意義，能夠單獨使用。詞是由字組合而成，字的意義是構成詞的意義的基礎，大多數的詞義都可以從對詞的字性拆解中得到。字構成了古代漢語的本質，而詞則是

---

[4] 申小龍：《漢字人文性反思》，《詩探索》1996 年第 3 輯。

派生的。現代漢語由於受西語影響，辭彙系統發生了根本的變化，多音節詞佔據了現代漢語的主導地位，詞在意義上明顯脫離了對字的依賴性，特別是涉及到思想思維的基本詞語越來越具有獨立性，在意義上西化。但字在現代漢語中仍然佔有很重要的地位，仍然構成現代漢語的基本特徵。與英語不同，對漢語詞的意義的認識，往往是從識字開始的，仍然遵循字、詞、句、章這樣一條線路。從漢語習得來看，字和詞、漢字系統和漢語系統從來都是難分難解的。正是在語言學的意義上，字和思維具有內在的聯繫。也正是在語言學的基礎上，「字思維」是一個非常重要的命題或概念，它對於我們認識、研究和言說中國文化、文學以及更為具體的中國詩學具有重大的價值和意義。這涉及到語言的本質問題。

關於語言的本質，我在其他地方有詳細的論述，我的基本觀點是：語言不僅僅只是交流思想表達感情的工具，同時也是思想和思維本體，既是形而下的「器」，又是形而上的「道」，這是兩個不同的層面，我稱之為工具層面和思想層面。工具觀是傳統語言觀，在名與實即物質實在意義上，語言的確是工具是符號，是對實在的命名，正是在這一意義上，傳統語言觀有它難以駁辯的合理性。但現代語言學認為，語言是人創造的，但語言一旦創造出來就有相對的獨立性和超越性，又反過來控制人。結構主義語言學認為，不是人控制語言而是語言控制人。海德格爾認為，語言是存在之家，人詩意地棲居在語言之中。根據這種語言觀，文化不過是語言的表象，語言是文化的深層的基礎，文化的類型與特點最終可以追溯到語言中去，或者說，文化問題最終可以通過

語言分析得到深刻的闡釋。語言具有體系性，具體地說，是由一定的語音系統、辭彙系統、語法系統構成的，其中，從思想和思維的角度來說，辭彙系統是最為重要的，正是一整套思想思維性術語、概念、範疇和話語方式從根本上決定了一種語言體系的思想性和思維性，也正是它們把一種語言體系和另一種語言體系以及相應的一種文化和另一種文化區別開來。表面上，說話是自由的，說什麼話以及如何說，說話者有意志自由，但在一種極宏觀和抽象的限度內，說話其實是不自由的，說什麼以及如何說其實早已由說話者所操持的語言所決定了，所謂自由是在語言限度內的自由，超出了所持語言的範圍，就只能如維特根斯坦所說的「沉默」。

從語言的角度來說，字思維即以字作為詞的形式進行思維，也即術語、概念、範疇是以字的形式呈現的，這種特徵從根本上決定了漢語思維以及漢語文化的獨異性。漢字作為單音節詞在語言過程中具有組合的靈動性。石虎說：「漢字有道，以道生象，象生音義，象象並置，萬物寓於其間。」這裏，如果不把「象」理解為字形，而理解為形象、現象或者意象，應該說這種描述和概括是非常準確且生動簡潔的。特別是「並置」理論，即「當兩個字自由並置在一起，就意味著宇宙中類與類之間發生相撞與相姻，潛合出無限妙悟玄機」，[5]深刻地顯示了漢字在思維本質上的特點。漢字與漢字的組合，既是詞語現象，又是言說行為，特別是在古漢語中，漢字組合在漢語辭彙和漢語言說中的絕對地位使漢語在語言過程中具有創造性、靈活性、無規則性，相應地，在

---

[5] 　石虎：《論字思維》，《詩探索》1996 年第 2 輯。

意義上具有模糊性、生動性和不可捉摸性，一句話，具有詩性。比如中國古代文論的氣、神、意、象、境、情、理、奇、形、景、文、質、道、虛、趣、韻、味等，作為概念，它與現代漢語中的多音節詞和英語中的單詞在功能上並沒有實質性的差別，但在組合形態和組合功能上卻迥異。這些概念很多都可以作新的組合，組合起來的新詞既可以看作是這些概念在意義上的延伸，又可以看作是新的概念，同時還可以看作是獨立的表述。以「氣」為例，中國古代文論中比較常見的有：氣象、氣質、氣格、氣脈、氣勢、氣力、氣慨、氣味、氣韻、元氣、文氣、志氣、意氣、神氣、靈氣、生氣、骨氣、體氣、才氣、清氣、剛氣、奇氣、奇氣、逸氣、俗氣、真氣等，這裏，有些詞是「氣」或者其他字作為概念在意義上的延伸，有的詞則是新的概念，而像「骨氣奇高」（鐘嶸《詩品》）則既可以看作是新詞即新概念，也可以看作是一種表述，即一種命意。

因此，漢字是一種奇妙的文字，在思想思維上具有詩意性，這還與漢字的歧義性有關。漢字起源於象形，一開始其意義就不具有嚴格的規定性，漢字在演變發展中這一性質並沒有發生根本性轉變，語言在意義上的規範化是現代才開始的。漢字在使用的過程中，根據不同的語境和個人理解的不同其意義在不斷地發生衍變，層層累積起來，最後變得非常豐富而複雜，其意義的細微差別以及情感的色彩，很多都在字外，難以言說，只有把它放置在特定的語境和篇章中才能感受，並且不同的人其感受也不盡相同。因此，在朦朧性、歧義性上，漢字與詩具有同構性，它需要言說者主體的參與才能完成其價值。

　　更重要的是，漢字蘊含著豐富的文化內涵。已經有人從文化學的角度解讀《說文解字》並卓有成就。日本美學家笠原仲二借助《說文解字》等工具書通過對「美」及與「美」有關的字的考察、分析來研究中國古人的審美意識，[6]結論令人信服，也充分顯示了漢字的文化功能。漢字不僅是中國人的思維工具，也是中國人的思維方式，漢字從起源到演變、從字形到字義都在深度上反映了中國人的思維特點。漢字的象形起源以及發展中的指事、會意、形聲、假借、轉注等衍變都說明了漢字符號與其意義之間不是硬性約定的，而具有某種內在的聯繫，也深刻說明了漢字在思維上的感性、直覺性和形象性。漢字系統在詞義上的體系性其實也折射出中國文化的某些特徵，漢字中隱藏著中國文化思想和思維的密碼，漢字符號世界也是中國文化世界或現實世界。正如有人所說：「漢字作為象形表意文字，其所指的內容往往超越了字面的意義，它蘊含了我們幾千年來的文化、社會、歷史、意識的積澱，具有更深、更廣的文化、甚至哲學色彩。」[7]比如甲骨文，甲骨文的字作為辭彙主要集中在物質性名詞比如山水、植物、動物、農耕和生活起居等方面，而抽象性的表示思想思維的名詞就很少，這其實反映了甲骨文時代中國社會經濟以及文化和思想狀況。從現象上來說，文化某一方面的內涵豐富往往表現為語言在某一方面的概念術語和範疇的豐富。愛斯基摩人有關「雪」的概念特別多，從認識論上來說，這與愛斯基摩人長年生活在冰

6　參見笠原仲二著《古代中國人的美意識》，魏常海譯，北京大學出版社，1987 年版。

7　章燕：《漢文與詩歌的現代性》，《詩探索》1997 年第 2 輯。

天雪地裏有關，從語言上則反映了他們對雪的感受和認識的深刻性。中國古代，有關禮儀和人際關係的概念術語和範疇特別發達，這其實反映了中國古代禮儀文化的發達。

字具有詞典學意義，但更深層的則是其文化的意蘊。比如「中」在漢語中主要是一個方位詞，當它表示空間方位時很簡單，但一旦引伸到人倫和道德規範並且成為一個社會範疇的時候就非常複雜。「禮」作為詞來表示人的實際行為時，它的意義是詞典性的，但「禮」同時也是中國文化特別是政治倫理文化的一個非常重要的概念和範疇，這時它的內涵就異常豐富。「仁」的詞典意義並不複雜，但作為中國古代倫常範疇，它的意義就非一時所能說清楚。「竹」是一個典型的物質性名詞，但在中國古代文化語境或者說漢語語境中，它又是一個文化意象，它的「瘦」、「清」、「潔」、「節」等使它在特定的語境中又有難以言傳的中國意味。所以，石虎說：「漢字，是中國人省律行止的式道，是中國人明神祈靈的法符；是中國人承命天地的圖騰。」「每一個漢字的內涵，遠遠不是字典所能容納的。」「一個字甚至可大於一篇文章。」[8]這些論題並不誇張，它有充分的理論和事實根據。

漢語不論是對於言說者還是接受者，都具有強烈的人文性。知識結構、文化修養不同的人在言說過程中，即使是對同一漢字的使用，其含義意圖也是不相同的。反過來也是這樣，對於同一語境中的同一漢字，知識結構、文化修養不同的人其理解在深淺、複雜性以及意蘊上也不盡相同。「綠」是大多數人都知道其

8　石虎：《論字思維》，《詩探索》1996 年第 2 輯。

字義的，但並不是所有懂得「綠」的人都明白「春風又綠江南岸」中「綠」的含義。對於此詩句「綠」所包含的文化和文學的意義，不同的人有不同的理解，並且這些理解之間還有一個層次的區別。對於「禮」和「仁」也是這樣，一般人只是從日常生活情理的角度去理解和言說它們，而哲學家、學者還從哲學、倫理學的角度去理解它，不僅把它當作簡單的漢字，同時還把它當作哲學和倫理學的概念和範疇，它同時還具有思想和思維的意義。

總之，漢字不僅是字，也是詞，不僅是文字的，也是語言的。漢字的多義性、歧義性、模糊性以及積澱的豐富的文化內涵，使漢語富有詩意性。在語言的思想層面上，這種詩意性對中國文學乃至文化具有深層的影響。中國古代文學的「古代性」和中國現代文學的「現代性」都可以從漢語的特性中得到深刻的闡釋。有人以漢字為出發點，把西語和漢語作比較，認為：「西方語言導向了邏輯化、抽象化、概念化，西方文化由此側重科學和理性的建構，漢語導向了形象化、直覺化、感悟化，漢語文化因此而側重詩性的和情感的建構，這或許是西方詩歌主智，漢語詩歌主情、主感性的一個重要根源。」[9]這非常有道理，不過這已經是另外一個話題了。

本文原載《詩探索》2000 年 3,4 合輯。

選入《字思維與中國現代詩學》一書，

天津社會科學院出版社，2002 年版。

---

[9] 鬻子：《母語，人類對世界的原始命名——漢語詩性本質探微》，《詩探索》1996 年第 3 輯。

漢字・漢語・漢文化

一

著名畫家石虎先生提出「字思維」這一學術論題，出於對語言的思維性以及語言與文學和文化之間關係的興趣，我對這一問題也非常關注，曾經寫過文章，從語言學的角度對這一命題或者說提法進行闡釋，同時也對石虎先生的某些具體觀點以及話題趨向表示存疑[1]。我的看法至今仍然沒有大的變化。我對石虎先生提出「字思維」這一問題持充分的肯定態度，我認為，提倡從漢字的角度來研究我們的思維和文化藝術，這是非常重要的學術命題和學術思路，它對我們從深層上研究中國文化、中國文學特別是中國古代文化和文學具有特殊的價值和意義，它開啟了一條從語言文字學的角度研究中國文化和文學的新路，具有廣闊的學術前景。但同時，我認為，石虎先生對漢字和漢語的理解存在著某種誤解和片面性。他強調「字象」在「字思維」中的地位以及強調「字象」對「字思維」的作用和意義這對「字思維」的學術討論造成了某種誤導，「字思維」討論越來越走向書法理論和書法

---

[1] 參見拙文《「字思維」語言學辨論》，《詩探索》2000 年 3,4 合輯。

文化、越來越走向古代漢語中的「文字學」和「訓詁學」，這明顯是偏狹了。這樣就會把問題引向過去的老思路，使問題變成老生常談，從而使「字思維」討論缺乏學術創造性。同時也會把話題局限化，會使話題的意義越來越狹小，會把「字思維」討論引向狹窄的「胡同」，最後變得無話可說。

漢字對於中國文化和文學的闡釋學意義或者說本源意義是語言學上的，而不是書法和繪畫上的。「字象」的確是漢字作為方塊字或者表意文字的最重要的特徵之一，漢字中隱藏著豐富的文化內涵，並且是漢詩包括古典詩與現代詩的詩意本源之一。從這裏入手，生發開去，應該說，也是很有學術前景的。但是，漢字最為根本的特徵還是它作為語言符號的本質。「字思維」應重在「思維」而不是「字」，「字」對於「思維」來說，具有修飾性。所以，「字思維」本質上是漢語思維。而從「漢字」到漢語言，中間要經過「詞」的仲介。所以，「字思維」討論必須由「字」到「詞」再到「語言」，然後到語言的思維意義，這樣才能把討論引向開闊的境地。這樣，「字思維」才能作為一個概念或者範疇，「字思維」作為命題才能作為言說方式或者話語方式。「字思維」一旦上升到語言的概念或者範疇、言說方式或者話語方式的層面，這不論是對於學術本身來說，還是對於闡釋中國文化、中國文學以及具體的中國詩學來說，都具有根本性。

但即使是這樣，我仍然充分肯定石虎先生提出問題並極力為他的某些具體觀點辯護。我認為他對漢字的某些理解是富於真知卓見的，是對漢字作為文化象徵和漢語作為思維方式的重大發現。從語言學和從語言的角度來研究文化、哲學、文學，在 20

世紀的西方是一個非常熱門的話題，20 世紀的西方哲學甚至被稱為是「語言的時代」。西方哲學史上的這次「哥白尼式的革命」，對中國的學術也有很大的影響，從語言的角度，具體地說，從漢語的角度來研究中國文學包括反思現代漢語和中國現代文學，這方面已經有不少的學術成果。但漢語的本質是什麼？具體地，古代漢語與現代漢語是什麼關係？它們與中國人的思維方式有什麼聯繫？這裏面還有很多問題沒有弄清楚。石虎先生把研究的基礎和起點回溯到「漢字」，這具有根本性和深層性。「字思維」作為學術命題的最重要意義就在於把「字」上升到思維的層面，它不再把「字」僅作為工具來理解，這樣就對中國古代文化、文學從一種新的視角來研究開闢了廣闊的道路。石虎先生說：「漢字不僅是中國文化的基石，亦為漢詩詩意本源。」又說：「一個字甚至可大於一篇文章。所以漢字的單字不僅僅構成語言，單字也支配思想。」「漢字有道，以道生象，象生音義，象象並置，萬物寓於其間。」[2]這裏，如果我們不把「象」作某種機械的理解，即簡單地理解為圖畫和物象，而理解為形象包括「實在」與「抽象」即物質與精神，這是非常有道理的。漢字是漢語的基礎，而語言則又從深層上制約著我們的思想，所以，漢字對於我們的思想或思維具有深層性。漢字不僅僅只是一種語言的符號，它同時具有思想性、思維性、文化性，其中蘊含著豐富的中國文化的內涵，所謂的價值和意義其實都是從其中衍生出來。正如吳思敬先生所說：「漢字的空間功能揭示了自然、社會與人的某些本

2　石虎：《論字思維》，《詩探索》1996 年第 2 輯。

質特徵，揭示了物與物、人與人、物與人之間的種種複雜關係。每個漢字就其造字的來源和演變而言，都可能衍化為一幅畫、一首詩。」[3]把「字」上升到思維的維度，這就大大開拓了我們的思路，也為我們研究中國文化及詩學提供了充分的想像和發揮的空間。

文字對任何一個國家和民族都是至關重要的，它是人類發展的最重要的分界線。如果說勞動在人從猿向人的轉變過程中起了關鍵性的作用的話，那麼，文字則在人從野蠻狀態向文明狀態的轉變過程中起了關鍵性的作用。所以，我總覺得，「文明」應該從文字算起，至少「文化」應該從文字算起。文字標誌著人類的精神開始形態化，開始獨立地運行，開始不依賴於個體和群體而走上自己獨立的發展道路，即現代語言哲學所說的語言的獨立性或自主性。語言的獨立性即思想的獨立性，它標誌著文化開始積累從而形成傳統並通過文字得以承傳。文字當然不能代表語言本身。語言在索緒爾之後被認為主要是語音，在索緒爾看來，語言的本質是語音，文字是後起的，具有附屬性，這就是我們經常所說的「語音中心主義」的重要內涵。但這一思想遭到了德里達的批評，德里達認為語言最重要的本質是文字。我認為德里達是有道理的。對於漢語來說，文字尤其具有特殊性。漢字起源於象形，所以，初始的漢語，文字的形狀具有特殊性，它和意義具有直接的聯繫，這就是石虎先生所說的「字象」的主要含義。在早期的漢語中，漢字的表意先於表音，這是和西方的拼音文字有很大不

---

[3] 吳思敬：《字思維與中國現代詩學》序，天津社會科學院出版社，2002年版。

同的。從「聖人立象以盡意」這樣的話來看，漢語似乎首先是從文字開始的，而語音晚於文字。所以，漢字作為書寫符號而不是作為語音符號對於漢語來說更具有根本性。同時，就漢語的成熟來說，文字始終具有特殊性，漢語的發展從根本上表現為漢字的增加，漢字的成熟就是漢語的成熟，漢字的形成體系即標誌著漢語形成體系。

漢字在漢語中的特殊性還表現在，在思想的層面上，文字具有意義的直接性。也就是說，聲音對於漢語的意義來說不具有本質性，漢字可以不通過聲音而直接表達意義。在日常交際中，聲音是最重要的，聲音制約交流，說不同方音的人，雖然都是說漢語，但因為聽不懂，所以很難達到交際的目的。但這一現象並不能說明聲音比文字更重要。就漢語來說，在精神文化或者說思想的層面，文字則遠比聲音重要，聲音具有工具性或者形式性，文字則更具精神性、思想性和文化性。中國的文化、精神和思想主要是通過漢字進行承傳，而不是通過語音進行承傳。漢字的古音和現代音有很大的不同，同樣是現代漢語，區域不同，讀音不同，但這些都不從根本上影響漢語的思想和意義通過文字的方式進行傳達與交流。

如果把漢語的概念翻譯成英語，漢語的「字」和「詞」在英語的同一概念之內，都屬於 word，即辭彙。但在漢語的內部，這兩個概念在內涵上是略有差異的。中國古代只有「字」的概念而沒有「詞」的概念，雖然我們今天已仿照英語把「字」統歸於詞，但在漢語的日常使用和意義的區分上，它們是不同的，它們的差異對漢語的意義生成也並不是無足輕重的。在漢語中，「字」同

時又是語素，「字」本身是詞，但它同時又作為語素構成詞。這對於漢語的變化發展、意義的生成能力等都有很大的影響。漢語的穩定性、中國古代思想體系的相對穩定性，其實都可以從這裏找到部分的根源。

石虎先生提出的漢字「並置」理論是很有創見的。他說：「當兩個字自由並置在一起，就意味著宇宙中類與類之間發生相撞與相姻，潛合出無限妙語玄機。由漢字自由並置所造成的兩山相撞兩水相融般的象象比隔和融化所產生的義象昇華，是『字思維』的並置美學原則。」[4]「並置」是漢語「詞」的組合方式，但更是漢語意義的生成過程。「從字到詞，也就是從單音詞到複音詞的組合，正是意義的生成過程。……從字到詞，通過字的並置產生表意過程，也就是意義生成的過程。……表達同樣意思的單詞會有許多個有差異的臨時性組合，它們通常可以通用。甚至兩個並置的單音詞可以任意顛倒使用。重要的是，兩個字的任意並置，以及這種並置次序的顛倒，並不僅僅是一些『同義詞』的不同表達而已，每一種不同的使用方式都顯示了說話人所敏感到的意義的細微差異，在表述時做出細緻的區分，並且因此賦予這些字詞以豐富的色彩。」[5]詞並不是漢字的簡單相加，漢字的組合千變萬化，當這種組合比較穩定時，組合就是詞，當這種組合不穩定時，組合便是句子。漢字的組合在意義上妙合無垠，並且情感色彩非常豐富，這是漢語富於詩意的非常重要的原因。漢字的

---

[4] 石虎：《論字思維》，《詩探索》1996 年第 2 輯。
[5] 耿占春：《文化的詩學──讀〈石虎詩抄〉說「字思維」》，《石虎詩抄》，作家出版社，2002 年版，第 76-77 頁。

組合是漢語最為重要的本質，所以它從根本上具有思維性，因此孫紹振先生補充說：「表面上並置的巨大可能和威力，屬於技巧範疇，實質上蘊含著對於人生，對於宇宙的一種嶄新理解。」[6]把並置原則上升到思維的高度，這是非常有道理的。也正是在這一意義上，漢字的「並置」原則才和「字思維」有機地聯繫在一起。

但同時，我們又必須指出的是，石虎先生所說的「並置」原則主要適合於古代漢語，也主要是對古代漢語有效。現代漢語不論是詞法還是句法都已經發生了很大變化，現代漢語實際上已經西化，表現為：漢字只有在造詞的過程「並置」才具有普遍性；現代漢語的習慣中，字一般不作為詞使用，現代漢語中，雙音節詞居多，比較固定化，詞義不完全是字義的組合，很多詞都不能望文生義，而具有約定俗成性。現代漢語的西化使現代漢語與古代漢語在語言體系上存在著根本的差異。現代漢語的很多詞都直接從古代漢語中來，但意義卻發生了很大的變化，甚至於完全沒有任何聯繫。就詞義而言，古代漢語的詞意義更具有靈活性，相對模糊，也可以說更具有詩性；而現代漢語的詞其意義比較固定，相對比較科學化或者說邏輯化。「在從字到詞的臨時性組合階段讓位於規範化的表達時，語言顯示說話人意旨的細微差異的能力就弱化了，個人色彩也淡化了。我們在表達中使用固定的單詞，即使用固定的意義單元。在某種程度上，這意味著意義創造生成能力的萎縮。放棄了漢字並置效果，字的臨時組合，接受一種規範的複音詞，即單詞或語義單元，既是語言演化過程的一個

6　孫紹振：《並置美學原則的突圍——讀石虎詩抄》，《石虎詩抄》，作家出版社，2002 年版，第 66 頁。

階段，也意味著統一的社會（文化交流）規範化過程。無論是規範化的表達方式，還是社會規範，都強調意義對接受者的共同理解與教化功能，而不是言說者表達新異意義的功能。在一個規範化的社會裏，表達新異意義的能力和其相關的表述方式，一直是受到壓抑的。」[7]這是古代漢語與西方邏輯化語言的比較，但也是現代漢語與古代漢語的重要區別，並且這種區別其意義是重大的。通過這種比較，古代漢語的優點和缺點也清楚地突顯出來。規範化是現代漢語的缺點，但更是它的優點，沒有這種規範化，我們今天的科學研究其混亂是可想而知的。

　　古代漢語的詩性特點當然有它的優點，特別是對於西方語言的邏輯化，它具有糾偏的作用，「它的並置、比較、互補性的思維，就可能成為工具理性時代的『另一種文明』的糾正。」[8]但這絕對構不成否定西方語言以及現代漢語的邏輯性的理由。每一種語言都有某種缺陷，現代漢語的邏輯化當然有它的缺點，但古代漢語的非邏輯化則是作為語言的更大的缺陷。對於任何一個民族和國家來說，文學都不是最首要的目標，物質及以物質為基礎的生存是更為重要的追求。古代漢語對於文學來說，固然因其詩意而有利於中國文學的發展，所以中國古代文學在世界上獨樹一幟，長期輝煌。但古代漢語對於我們的思維以及相應的科學發展來說，卻恰恰是不利的，中國古代語言的詩性化其實與中國古代

---

[7]　耿占春：《文化的詩學——讀〈石虎詩抄〉說「字思維」》，《石虎詩抄》，作家出版社，2002 年版，第 77 頁。

[8]　耿占春：《文化的詩學——讀〈石虎詩抄〉說「字思維」》，《石虎詩抄》，作家出版社，2002 年版，第 76 頁。

的科學技術不發達有著某種內在的聯繫。古代漢語在詩學方面有優越性，但在科學上卻有嚴重的缺陷，所以，我們不能簡單地用文學的標準來評判古代漢語。我們今天能夠清楚地看到古代漢語的在文學上的優越性，恰恰是現代漢語的產物，也就是說，我們實際上是站在現代漢語的角度，更具體地說，是站在邏輯的角度而發現古代漢語的詩性功能以及相應的優點的。假如我們現在放棄現代漢語而重新回到古代漢語，我們的語言重新詩性化、感性化而不再科學化、理性化，這不論是對於個人來說還是對於民族來說，都是相當恐怖的。

文化是以文字和語言的方式留存下來的，並且是以語言文字的方式進行承傳的，即使建築等非語言文字的文化形態其背後也隱含著語言文字的支配性，也就是說，建築在本質上是思想或思維的產物，也即語言的產物。沒有抽象的文化、精神和思想，語言也不是思想和精神的承載體，思想不能脫離語言而存在。現代語言哲學已經充分揭示出，語言和思想具有一體性，沒有語言之外的思想。在這一意義上，語言構成了思想文化的深層的基礎，我們可以從語言的角度對漢文化以及表層的中國文化現象進行深刻的闡釋。從語言的角度來研究中國文化包括中國文學，這有著非常廣闊的前景。

漢字和漢語其實隱藏著中國文化的部分秘密。漢字的表意性使我們可以通過對漢字的起源和初始意義進行分析研究從而研究中國古代的思想和思維方式。日本人笠原仲二《古代中國人的美意識》，主要通過對與「美」有關的文字的分析來研究中國古代的美學觀念，很有代表性。其實，不僅可以對古代中國人的美

意識作文字的考證，對其他意識，比如歷史、文學等觀念意識也可以作文字的考證。這方面的研究成果相對比較多，但有待深入研究的東西還很多。比如有人對商及商以前的漢字作過歸類統計，發現中國早期的辭彙多是物質性名詞，關於動植物的名詞比較多。而抽象性辭彙則比較少，而少有的抽象性辭彙又多集中在宗教活動方面，有關儀式的詞比較多。[9]這不僅具有語言學的價值，其實也有很高的思想史價值。它反映了中國夏商社會的進程和思想的發展狀況。中國社會的文明之初，主要是農業社會和畜牧業社會，與人的生活密切相關的是動物和植物。人的精神生活還不發達，僅有的精神生活主要集中在宗教方面，最早的精神規範是從禮儀開始的。可惜的是語言學對這些問題並不關心。

二

但是，對於思想文化的語言學研究來說，這種「文字考古學」還是相當初淺的。本質上，考證漢字的形、音、義以及漢字的起源、漢字的思維性等，這些都屬於廣義的「說文解字」。我感覺，多年來的「字思維」討論多集中在「說文解字」的層面，這是非常令人遺憾的。如果「字思維」僅僅只是「說文解字」，那麼這樣一個話題其實並沒有多大創意。「說文解字」在中國古代屬於文字學的範圍，它作為一種考據方法和體例其實早在東漢時期的

9　王紹新：《甲骨刻辭時代的辭彙》，程湘清主編《先秦漢語研究》，山東教育出版社，1992 年版。

許慎就已經相當完備了，並且它在中國古代學術中一直是一門
「顯學」，今天仍然有很多新的成果，比如南京學者藏克和的《說
文解字的文化說解》，「從傳統小學（文字、聲韻、訓詁）入手，
融會人類學等某些方法，貫徹中國文字『取象勾形』的理論，以
『意象』為考察單位，推原其源頭發生，追蹤其流變歷史。」
作者認為，「會通整部《說文》九千多個字形結構，字詞本義，
就會建構中國上古三代以來的文化觀念系統，而且，較之其他傳
世文獻的記錄，來得更純粹、著名。」[10]這應該說是相當深刻的
見解。

　　由於漢字的越來越簡化，越來越符號化，漢字「說文解字」
意識和思維方法在我們普通人中已經越來越淡泊。對於普通人來
說，一般不會看到「美」而想到「羊大為美」，看到「好」而想
到「女子為好」。「說文解字」其實已經遠離我們的日常生活，它
只是對研究中國古代文化的人才構成了基本的學術背景。而與我
們息息相關的是語言的現實意義，大多數人更關心的是，當我們
說「美」時，「美」的當下含義是什麼？當我們說「好」時，「好」
的當下含義是什麼？對於學者來說，我們更關心的或更應該深究
的是語言如何控制我們的思維和思想。具體地，漢字與現代漢語
是什麼關係？漢字在我們的語言活動中扮演著什麼角色？漢字
對我們現在的思維有什麼影響？把漢字和漢語緊密地聯繫在一
起，由漢字到漢語到中國人的思維方式以及這種思維方式與中國
文化之間的關係，這才是意義和價值之所在。我認為這才是「字

---

[10] 藏克和：《說文解字的文化說解》，湖北人民出版社，1994 年版，「說明」。

思維」的真正旨意。所以，我主張從語言學的角度來研究中國人的思維和文化而不是從文字學的角度來研究中國人的思維及文化。

對於語言的本質，我曾在其他地方有詳細的論述，我的看法是，語言不僅僅只是工具符號，同時還是思想本體，是世界觀和思維方式，這是兩個不同的層面，即「器」的層面和「道」的層面，或者說工具層面和思想層面。語言既是形而下的，又是形而上的。在形而上的意義上，文化問題本質上可以歸結為語言問題。[11]在思想的層面上，漢語與中國文化具有深層的聯繫。中國文化和文學的品格可以從中國語言中得到深刻的闡釋。具體地，我們可以從兩個方面對這一問題展開論述：古代漢語體系與中國古代文化類型之間的聯繫；現代漢語體系與中國現代文化類型之間的聯繫。

當我們說「漢語」和「中國文化」時，其實是在中西比較意識上言說的。就中國內部而言，並不存在統一的「漢語」和「中國文化」。漢語實際上是由古代漢語和現代漢語組成的；中國文化實際上也是由中國古代文化和中國現代文化組成的。漢語在漢字的意義上具統一性，漢字不論是對古代漢語還是對現代漢語都具有制約性，這是古代漢語與現代漢語具有內在聯繫的根本原因。但漢語的這種統一性過於寬泛，對於我們認識中國文化並沒有太大的實際意義。站在漢語內部，古代漢語和現代漢語是明顯的兩種不同的語言系統，在語言工具的層面上，它們沒有實質的

---

[11] 參見拙文《語言本質「道器」論》，《四川外語學院學報》2001 年第 2 期。

不同（在工具的層面上，漢語和英語實際上也沒有實質性的不同），但在思想的層面上，它們具有本質的區別。它們各有自己的術語、概念和範疇的體系，在話語方式上也明顯不同，正是在術語、概念、範疇和話語方式構成體系的不同的意義上，古代漢語和現代漢語在思想的層面上其實又是兩種思想體系。這也從根本上決定了中國古代文化和中國現代文化作為兩種不同類型的文化之間的根本差別。

考察漢語發展與中國文化發展之間的關係，我們看到，二者的發展具有驚人的同步性。中國語言在殷商時期起步，中國文化也是在這一時期開始形成。春秋戰國時期，是中國文化的大交匯時期，是中國文化的大發展時期，中國文化作為類型就是在這一時期形成。而漢語在這一時期，也是大交匯時期，大發展時期，作為語言體系也是在這一時期形成。漢語體系形成了，中國文化作為類型也就形成了。《說文解字》其實是對秦以前的漢字的一次總結和整理，它的完備性充分說明了漢語作為語言體系在這一時期已經成熟。《說文解字》的另一功用是統一（秦是字形上統一，《說文解字》是字意上的統一），它實際上為漢以及漢以後漢語提供了詞典意義規範，有了這樣一種大家都遵守的範本，語言就再也不會出現戰國時的大混亂。漢以後，漢語雖然仍然有發展，特別是在佛教的傳入過程中，古代漢語在字和辭彙上都有很大的增加，但「佛語」並沒有從根本上衝擊古代漢語作為體系。古代漢語作為完整的體系維持了二千多年，中國古代文化作為類型也維持了二千多年。語言在五四時受西方語言的衝擊發生了根本性的變化，白話文取代文言文，語言從此進入了現代漢語時

代,中國文化也相應地從此進入了現代文化時期。有充分的根據
證明現代漢語作為系統與中國現代文化作為類型之間存在著深
層的聯繫[12]。

中國現代文化革命是從白話文開始的。為什麼白話文運動導
致了新文化運動的成功,這裏面其實有很深的理論。文化革新運
動,文學革新運動早在晚清就開始了,但晚清的文化和文學革新
並沒有成功,這與語言有很大的關係。在古漢語的思想體系中,
單獨性地引入「憲政」、「人權」這些西方的核心概念是沒有多大
意義的。現代語言學已經充分證明,獨立的詞構不成意義。詞的
周圍到處都是詞,使用的詞是顯在的,而周圍的詞則是隱在的。
詞的意義是由這周圍的詞控制的,任何一個詞的意義背景都是詞
典。瑞恰慈的「語境」理論認為,詞的意義不僅與「寫出的或說
出的話所處的環境」有關,「還可以進一步擴大到包括該單詞用
來描述那個時期的為人們所知的其他用法,例如莎士比亞劇本中
的詞;最後還可以擴大到包括那個時期有關的一切事情,或者與
我們詮釋這個詞有關的一切事情。」[13]後現代主義語言學則認為,
任何意義都不是文字的字面上的,而具有隱喻性,美國解構主義
文學理論家哈特曼認為,語言本身是一張錯綜複雜的網,其中每

---

[12] 參見拙文《語言變革與中國現代文學轉型》,《文藝研究》2000 年第 2 期。
《中國文學「古代轉型」與「現代轉型」之語言論》,《學術論壇》2000
年第 3 期。《五四白話文學運動語言學再認識》,《中國現代文學研究叢刊》
2001 年第 3 期。《現代漢語與中國現代文學》,《河北學刊》2001 年第 3
期。《語言運動與思想革命──五四新文學的理論與現實》,《文學評論》
2002 年第 5 期。等。

[13] 瑞恰慈:《論述的目的和語境的種類》,趙毅衡編選《〈新批評〉文集》,
百花文藝出版社,2001 年版,第 333 頁。

一個詞、每一句話不僅必須聯繫上下文才能確定其含義，而且還必須與全部語言相聯繫才能把握其意義，因為詞並不依賴於它自身，而是依賴於其他的詞。西方的科學民主思想引入古代漢語語境，失去了原有環境和語境，最終會被「歸化」而變得面目全非。所以，對於晚清來說，語言沒有實質性的變化，而想思想發生根本性的變革，這根本就是不可能的。

新文化運動用白話代替文言，實際上是從根本上更換了語言系統。白話文絕不是古代口語的白話，也不是大眾語的白話，只是在工具的層面上它與古代白話和民間口語的白話相同，五四時形成的白話實際上是一種新的語言系統，即現代漢語。就思想而言，它既從中國古代吸收了營養，表現為古代思想術語、概念和範疇的沿用，又從西方語言中吸收了養分，表現為大量的外來詞。而在現代漢語中，西方語言的比重更大，所以，在思想的層面上，現代漢語與西方語言更具有親和性。現代漢語是一種新的語言系統，也是一種新的語境，它既不同古代漢語，也不同於西方語言。現代漢語雖然沿用了古代漢語的思想術語、概念和範疇，但古代的思想不是以整體的方式進入現代漢語的，而是以碎片的方式進入現代漢語的，也就是說，語境變化了，詞語的功能也發生了變化。同樣，西方語言也不是以原生形態進入現代漢語的，西方的思想術語、概念和範疇被翻譯成白話的形式而進入漢語，語境發生了變化，其相應的意義和功能也發生了變化。比如科學、民主、人權等在漢語中就既不是古代漢語漢字組合意義上的意義，也不是西方原本的意義，而是現代漢語的特殊的意義。正是通過語言的這種變革，中國現代文化發生了根本性變革。所

以，中國現代文化包括中國現代文學既不同於中國古代文化和文學，也不同西方文化和文學，是第三種文化和文學，它已經形成了新的傳統。

漢字的表意符號體系與英語的表音符號體系的差異決定了中西方語言本質上是不同的表達系統。現代漢語與古代漢語雖然同為漢字語言，但在語言體系上也存在著根本差異。古代漢語以及相應的文化和文學實際上已經進入純粹的知識領域。現代漢語更多地學習了西方語言，在辭彙上特別是在思想性的術語、概念、範疇和話語方式上大量吸收西方語言的成分，所以它與西方語言更具有親和性，表現為理性、科學化、規範化等。比較而言，現代漢語的確背棄了古代漢語的語言傳統，現代漢語其實只留下了一些古代漢語的「蹤跡」。但我們不能據此就認定現代漢語沒有民族性，沒有中國性。也不能據此就認為現代漢語就是洋人的東西。相對古代漢語我們的確是「失語」了，但這並不是說我們不會說話了，恰恰相反，我們現在的言說不是落後了，而是進步了；不是困難了，而是方便了；不是禁錮了，而是豐富了。現代漢語既具有民族性、中國性，又具有現代性和世界性。在文學方面，現代漢語使我們的許多傳統喪失掉了，但我們不能因此對現代漢語持一種否定的態度，我們不能僅從這一點就對簡化字、現代漢語以及現代文化進行否定。現代文化和文學有它更為現實的理由。現代漢語即使在文學方面，其實也具有雙重性，它有「失」但同時也有「得」，中國現代文學許多優點則是中國古代文學所沒有的。對現代漢語以及相應的現代文學進行反思，這是必要的。漢語可以是另外一個樣子的，漢語在五四之後其實存在著多

種選擇，現在的現代漢語可能不是最好的，但現代漢語成為目前
這種狀況絕對有它的歷史根據和現實根據。

　　孫紹振先生說石虎的詩文具有西方的先鋒與中國的傳統二
重性，「先生之文也如其畫，從精神到文字無不充滿傳統文化的
執著，甚至有排斥西化的語言；然而其要旨，卻與西方前衛文論
有殊途同歸之妙。」[14]我贊同這一定位。略作補充的是，我認為
石虎先生的先鋒與傳統都趨於兩極。他的先鋒不同於簡單地學習
西方的先鋒，而是反叛性的先鋒，不論是對於中國來說還是對於
西方來說，都具有叛逆性。他的傳統是真正的回歸性的傳統，是
精髓的傳統，具有先鋒意義上的反叛性。所以，傳統與先鋒在石
虎身上達到了高度的統一，這非常特殊。石虎先生的畫及詩是明
顯的例證。石虎提倡字思維，這對於詩歌來說，有特別的價值，
對於新詩即現代漢語詩歌來說，也是一種非常大膽的探索，他自
己的詩就充分體現了這種探索性。讀石虎先生的詩，我看到了更
多的遊戲的成分。對於他自己來說，這些詩的意義可能是明白曉
暢的，但對於一般人至少對於我來說，解讀起來感到很困難。石
虎的詩，由於詩句的「字的組合」而不是「詞的組合」以及相應
的現代漢語語境，所以大多數詩其意義非常模糊和朦朧，難以索
解，可以作多種理解。如何評價石虎先生的文論觀點，我認為他
對現代漢語和中國現代文化存在著某種誤解，其中用文言來表述
是一個明顯的例子。其實，「字思維」從根本上並不是一個古代
漢語問題，恰恰相反，它本質上是一個現代漢語問題，「字思維」

---

[14] 孫紹振：《並置美學原則的突圍──讀石虎詩抄》，《石虎詩抄》，作家出
　　版社，2002 年版，第 66 頁。

作為問題是在現代漢語語境中提出來的。「思維」作為問題潛藏著比較意識，它包含著很深的西方文化的背景，包含著對西方語言和文化的深刻理解。文言中缺乏完備和精確的術語、概念和範疇來表述和言說漢語的思維問題，我認為這是「字思維」討論這麼長時間還存在著諸多混亂的一個很重要的原因。

綜上所述，我重申從思維、從語言的角度來討論「字思維」問題的看法。我認為，從這一方面來研究「字思維」，「字思維」作為話題和問題具有廣闊的學術前景。

本文原載《詩探索》2002 年 3、4 合輯。

重審中國近現代「啟蒙」話語

　　啟蒙自近代以來一直是中國思想領域最重要的主題之一。但什麼是啟蒙？啟蒙具有什麼特點？學術界卻歷來眾說紛紜，有很多誤解和誤用。我認為，「啟蒙」從根本上是一種話語，作為話語，它具有思想性，是思想形態，是一種精神特性，而不是某種內容範圍，我們不能根據內容來區分什麼是啟蒙和什麼不是啟蒙，關於這一問題，筆者另有文章論述，本文主要是討論中國近現代啟蒙的特性問題。我認為，中國近現代「啟蒙」主要是學習西方科學與文化，是一種知識普及運動，啟蒙從根本上是一種話語，是思想範疇，不是社會實踐，但它指向實踐，所以中國近現代啟蒙話語具有知識性、普及性和實踐意向。

一

　　上世紀 40 年代初，李長之曾經對啟蒙運動有一個概括：「啟蒙運動的主要特徵是理智的，實用的，破壞的，清淺的。我們試看五四時代的精神，像陳獨秀對於傳統的文化之開火，像胡適主張要問一個『為什麼』的新生活，像顧頡剛對於古典的懷疑，像魯迅在經書中看到的吃人禮教（《狂人日記》），這都是啟蒙的色

彩。」[1]我認為這個概括非常好，雖然是一種很描述化的語言，但它道出了中國近現代啓蒙話語的精髓。

　　啓蒙首先是一種知識，在表面知識的背後是深層的理性基礎。在西方，啓蒙總的精神就是理性的精神。「啓蒙」，英文為enlightenment，本義是指用光芒把事物照亮，引申為使蒙昧者變得有知識、教養和理性。以此為詞根而有「啓蒙運動」（the Enlightenment）一詞，指 18 世紀歐洲以反對傳統社會、宗教和政治觀念為標誌，崇尚理性主義的哲學運動。「啓蒙」在《現代漢語詞典》中的解釋是：「使初學的人得到基本的、入門的知識；普及新知識，使人們擺脫愚昧和迷信。」啓蒙時代也被稱為「理性的時代」，也即以「理性」為最高原則的時代，恩格斯描述啓蒙時代的思想家：「他們不承認任何外界的權威，不管這種權威是什麼樣的。宗教、自然觀、社會、國家制度，一切都受到了最無情的批判；一切都必須在理性的法庭面前為自己的存在作辯護或者放棄存在的權利。思維著的悟性成了衡量一切的唯一尺度。」[2]正是理性精神使西方社會走出了漫長的中世紀，建立了以人文精神和科學精神為主體價值觀的現代社會。

　　在啓蒙時代，理性主要是兩方面的內涵：一是合理性，二是自然性。表現為，合情理，合法理，合哲理，合自然法則，合人性法則，合邏輯，合規律等。不僅科學知識是理性的產物，公平、

---

[1]　李長之：《五四運動之文化的意義及其評價》，《李長之文集》第 1 卷，河北教育出版社，2006 年版，第 20 頁。

[2]　恩格斯：《反杜林論》，《馬克思恩格斯選集》第 3 卷，人民出版社，1972年版，第 56 頁。

公正、權利、民主等社會倫理也是理性的產物,「『合理性』還意味著,人們所習慣的身份或出身不應該成為判斷人的品德與才能的標準:人是生而平等、自由的,儘管無時不在枷鎖之中。」[3]隨著社會的發展,西方啟蒙時代的「理性」在具體內容上後來有所變化和發展,但根本原則並沒有變。中國自晚清以來的啟蒙思想深受西方各種思想的影響,所以啟蒙在理性上也從根本上沒有脫離這兩方面的內容,演繹和概括起來實際上就是兩方面的知識:自然知識和人文知識,包括人文科學、社會科學、自然科學和技術等。

我們看到,中國近現代啟蒙是從科學向社會向文化逐漸深入的,鴉片戰爭的失敗使中國人認識到我們在器物上的不如人,所以著力發展實業,比如製造業、航海、開礦等,但實業的基礎是自然科學,所以伴隨著洋務運動,中國早期的啟蒙思想主要集中在自然科學領域,數學、物理學、化學、地理學、地質學、光學、電學、天文學、植物學、生理學等紛紛進入中國,這樣,中國現代科學技術學科體系或者說知識體系得以初步建立。康有為說:「泰西之強,不在軍兵炮械之末,而在其士人之學,新法之書。凡一名一器,莫不有學:理則心倫、生物,氣則化、光、電、重,蒙則農、工、商、礦,皆以專門之士為之,此其所以開闢地球,橫絕宇內也。」[4]《日本書目志》這在今天看來是一本索然無味

---

[3] 尚傑:《西方哲學史》第五卷(《啟蒙時代的法國哲學》),鳳凰出版社,江蘇人民出版社,2005 年版,第 6 頁。

[4] 康有為:《日本書目志・自序》,《康有為全集》第 3 卷,上海古籍出版社,1992 年版,第 583-584 頁。

的書，但在當時卻影響很大，國人對知識的渴求顯然是其最重要的原因。洋務運動中科學啟蒙雖然沒有動搖中國封建思想的根本，但它對中國封建專制制度構成了一定的衝擊，因而緊接著洋務運動的就是社會制度變革運動，即戊戌變法。與作為社會實踐運動的戊戌變法運動相一致，這一時期中國人在社會思想上開始大量介紹、翻譯並接受西方法學、政治學、社會學、經濟學、歷史學等，產生了丁韙良、傅蘭雅、嚴復、林紓、孟森等一批著名翻譯家，特別是嚴復譯的《天演論》、《法意》、《原富》、《群學肄言》、《群己權界論》等對中國的社會思想產生了巨大的影響，再加上康有為、梁啟超等人對西方各種學說的介紹，中國人的社會觀念在這一時期發生了根本的轉型，並大致完成了社會科學知識體系的建構過程。「五四」新文化運動使中國的啟蒙深入到最深層的文化領域，現代邏輯學，詩學（廣義）、語言學、哲學、宗教學、藝術學、文化學、心理學等人文科學普遍地建立起來。

當然，中國近現代啟蒙從自然知識到社會知識到文化知識的逐漸深入，並不意味著洋務運動時中國只有科學技術啟蒙沒有社會啟蒙，或者「五四」時期只有文化啟蒙沒有科學技術啟蒙，事實上，中國自洋務運動至「五四」新文化運動，任何時候的自然科學啟蒙與人文社會科學啟蒙都是交織在一起的，只是不同的時期有不同的強調或者不同的突破。「五四」時期，文化啟蒙非常顯著並取得了巨大的成就，但自然科學啟蒙仍然在進行，並且借助文化啟蒙的力量而取得了長足的發展，李長之認為：「『五四』這個時代在文化上最大的成就是自然科學。很有一般人誤會，認為『新文化運動』中最大的成績是思想和文藝，這是不對的，我

們只消看中國的學術團體的成立，以屬於自然科學者為最早，並最有成績。」[5]洋務運動時期的啟蒙使科學和技術在中國得到了廣泛的認同，並成為生活的主體，但文化上我們仍然是傳統的，所以當時有「中學」、「西學」，「為體」、「為用」的爭論，「五四」新文化運動則更進一步確立了科學精神作為我們文化精神的一個基本組成部分，而科學精神作為文化精神的確立又反過來促進了科學和技術的進一步發展，這是自然科學在「五四」時期取得巨大成績的重要原因。

自洋務運動至「五四」新文化運動，經過科學啟蒙、社會啟蒙和文化啟蒙，中國在輸入和接受西方現代知識並融合中國傳統知識精華的過程中逐步建立了比較完備的現代知識譜系，從而整體性地置換了傳統的人文「類」「科」四部之學以及具體的「義理學」、「經學」、「小學」、「辭章學」、「諸子學」、「六藝」、「格致」等。現代知識譜系的建立意味著傳統知識譜系的瓦解，傳統的各種「學問」或成為歷史陳跡，或發生現代轉化以知識和精神的方式融入到現代學科體系中。因而現代知識譜系的建立也意味著中國人最終完成了知識結構的轉型，或者說最終確立了現代社會的基本價值觀，這樣中國社會就不可逆地進入了現代化時期。

正是在啟蒙作為知識譜系建構的意義上，中國近現代啟蒙具有強烈的知識性，在知識性的意義上具有理性。當然，當時的所謂知識現在看來也有一些缺乏充分理性審視的想當然，但在當時，它們是作為知識形態引入的。西方的基督教也在晚清傳入中

5　李長之：《五四運動之文化的意義及其評價》，《李長之文集》第 1 卷，河北教育出版社，2006 年版，第 24 頁。

國，但它不是啓蒙，因為它是信仰而不是知識。馬克思主義最初是作為知識輸入到中國的，所以它也是啓蒙的範疇。

二

如上所述，中國近現代啓蒙在內容上主要是輸入西方從自然科學到社會科學到人文科學的各種知識，這些知識雖然最初也是通過科學家、思想家和哲學家經過深思熟慮的研究得出來的，並且也是經過漫長的積累而形成的，但經過從文藝復興到啓蒙運動等漫長的普及過程，它們在 20 世紀的歐美可以說已經是常識，是基本知識。中國近現代啓蒙運動具有一定的自發性或者說自生性，主要表現為對封建思想的反思和批判，但這種反思和批判主要是借助或者說運用西方的科學知識和「先進」的思想來進行的。所以，中國近現代啓蒙主要是介紹西方的各種知識和具有知識形態的各種思想，正是在這一意義上，中國近現代啓蒙具有知識和思想的普及性，在普及性的意義上，中國近現代啓蒙不是「研究」的形態，不是「創造」的形態，不是自然科學研究而是自然科學普及，不是社會科學研究而是社會科學普及，不是人文科學研究而是普及人文科學。

今天重新檢視從魏源到王韜到梁啓超到陳獨秀、胡適等人的著作，我們可以看到，當涉及到西方問題時，他們的研究和發明其實都非常有限，他們關於西方問題的成果不是研究的結果而是學習的結果。梁啓超一生所著字數超過千萬，就是今天來看也是一個龐大的數字，但實際上，梁啓超所寫文章和著作很多都是介

紹性的，比如《生計學學說沿革小史》、《論希臘古代學術》、《亞里斯多德之政治學說》等，雖然冠有「論」之類的，但實際上是「述」，主要是知識介紹，具有啟蒙的價值，它開闊了國人的視野，增長了國人的見識，但本身並非科學研究，可以說有「學問」而無「學術」，其對學術的貢獻主要是前期準備價值。

在中國近現代史上，思想啟蒙與學術研究之間存在著很大的差異，思想啟蒙主要是普適價值的推廣和應用，而學術研究則主要是對問題的探討，結果是創新和發現。我們當然承認梁啟超、胡適等人學術大師的地位，《清代學術概論》、《先秦政治思想史》、《中國哲學史大綱》、《白話文學史》等都是中國現代學術史上相關領域的奠基之作，具有經典性，但同時也必須承認，梁啟超、胡適以及陳獨秀、李大釗等人，他們對中國現代社會的影響主要是思想上的，他們對西方現代思想的介紹和宣傳其作用遠大於他們在學術上提出的新觀念和新思想，他們從根本上是知識份子，更準確地說是啟蒙知識份子，而不是學問家。事實上，「五四」時期的思想很多都不具有純粹的學術性，不論是批判傳統的思想還是引入西方的新思想，都不是經過深入的研究之後得出的結論，恰恰相反，今天看來還有簡單化、片面化的毛病。「五四」新文化運動很有點像當今美國的選舉文化，把複雜問題簡單化——簡單的對與錯，簡單的是非判斷。對於同樣的問題，「學衡派」也深受西方思想的影響，他們不僅學理上非常周密，而且非常辯證，是非常嚴謹的學問，其得出的結論更能反映出事物的複雜性，但就影響來說，「學衡派」的學術研究根本就沒法和「新文化派」的啟蒙思想相提並論。回頭看，胡適、陳獨秀等人的著

作都沒有什麼特別深奧之處，他們所講的大多是一些普通的道理，一些基本的常識，但也正是因為如此，他們所介紹的思想能夠廣泛地被國人理解並接受，從而對中國現代社會進程發展起了巨大的推動作用。

中國近現代啟蒙思想的普及性不僅表現在內容上的知識性、介紹性，還表現在形式上的明析性，李長之曾引漢斯・呂耳的話：「啟蒙運動乃是在一切人生問題和思想問題上要求明白清楚的一種精神運動。」[6]「明白清楚」這是中國近現代啟蒙思想在形式上一個很重要的特點。事實上，中國古代的「蒙學」就非常重視形式上的通俗易懂，《三字經》、《百家姓》、《增廣賢文》等都非常簡潔、口語化、易誦易記。中國近現代思想啟蒙也非常重視形式，特別是重視語言形式，比如提倡白話文就是一個明顯的例子。戊戌變法時，裘廷梁明確提倡白話文，認為「白話為維新之本」[7]，晚清時曾有一場廣泛的白話文運動[8]，而「五四」新文化運動也可以說是白話文運動，或者說是以白話文為其突破口。30 年代，瞿秋白等人認為「五四」白話太歐化，所以主張用更淺顯的語言即大眾語言來寫作，因而產生了「大眾語文運動」。思想啟蒙從晚清到整個現代都非常重視語言問題，都強調語言的通俗性，這從根本上是由啟蒙的特點決定的。啟蒙的任務並不是

---

[6] 轉引自李長之《五四運動之文化的意義及其評價》，《李長之文集》第 1 卷，河北教育出版社，2006 年版，第 20 頁。

[7] 裘廷梁：《論白話為維新之本》，舒蕪等編《近代文論選》（上），人民文學出版社，1959 年版，第 176 頁。

[8] 參見陳萬雄：《五四新文化的源流》，生活・讀書・新知三聯書店，1997 年版。

要國民都成為學問家，都成為學者，而是提高國民素質，向國民宣傳新思想，使國民擺脫盲目和愚昧，但國民所接受的傳統語言教育非常有限，它們絕大多數都不能閱讀和理解文言文，在工具的層面上，白話文是最好的語言方式，清楚，淺顯，明白，通暢，能夠為絕大多數人所理解和接受，這是晚清以來白話文一直被提倡的邏輯。使用白話文這其實是「五四」新文化運動能夠取得廣泛影響並能最終取得成功的一個非常重要原因。當然，現在看來，「五四」白話文運動其白話文的特點、性質以及對新文化運動的作用與意義遠比胡適想像的要複雜，它絕不是簡單的語言工具運動。

三

「啟蒙」從根本上是一種話語，作為話語，它是思想形態，而不是實踐形態，也就是說它不是社會實踐活動。但「啟蒙」的思想性並不是說啟蒙與社會實踐無關，恰恰相反，「啟蒙」話語與一般的哲學思想最大的不同就是它不是玄思性的，不是抽象問題的抽象思考，而是指向實踐，始終與社會實踐緊密地結合在一起，既來源於實踐又回到實踐，從而具有實踐性，更準確地說是具有實踐意向。

「話語」（Discourse）與其說是一個語言學概念，還不如說是一個哲學概念，它外在表現為語言形式，但它並不是單純的語言問題，而是思想以及相應的歷史以一種語言方式的表達，它與傳統的「語言」概念最大的不同就是它不是純粹的語言形式，它

是概念體系，是言說方式，並且強調言說與實踐之間的緊密關係。福科說：「話語也許同語言不同，它基本上是歷史的，它不是由可擁有的成分構成，而是由人們不能在話語展開的時間範圍以外對它進行分析的真實和連續的事件構成。」[9]也就是說，話語始終與事件具有一體性，從而構成「話語實踐」，具有人文力量與實踐力量的二重性。話語從根本上是一種言說方式，人在言說中改變觀念和思想以及行為方式從而改變世界。在這一意義上，當我們說中國近現代「啟蒙」是一種話語時，實際上就是說，中國近現代啟蒙不是空疏的，不是理論性的，而具有實踐操作性，始終強調實踐效果。

比如，「五四」時期，胡適曾提倡「全盤西化」。今天我們看得很清楚，實際上，「全盤西化」在理論上是不成立的，在實踐上也是不可能的，胡適本人也非常清楚這一點，但胡適仍然這樣提倡，他實際上不是從理論上考慮問題，而是從實踐上考慮問題，胡適真正的目標不是「全盤西化」，而是充分世界化，提倡「全盤西化」真正原因在於：「取法乎上，僅得其中，取法乎中，風斯下矣」，「全盤接受了，舊文化的『惰性』自然會使他成為一個折衷調和的中國本位新文化」。[10]魯迅曾說過：中國人的性情是總喜歡調和，折中的。譬如你說，這屋子太暗，須在這裏開一個窗，大家一定不允許的。但如果你主張拆掉屋頂，他們就會來調和，願意開窗了。沒有更激烈的主張，他們總連平和的改革也不

---

[9]　福科：《知識考古學》，生活‧讀書‧新知三聯書店，1998 年版，第 256 頁。

[10]　胡適：《編輯後記》，羅榮渠主編《從「西化」到現代化》，北京大學出版社，1990 年版，第 416 頁。

肯行。[11]這是一個道理，都是著眼於實際的效果。在中西方文化的選擇上，「學衡派」提倡「論究學術，闡求真理，昌明國粹，融化新知。以中正眼光，行批評之職事。無偏無黨，不激不隨」[12]，看似有理，但只是理論上的，實際上並不可行，就是胡適所說的「所謂『選擇折衷』的議論，看去非常有理，其實骨子裏只是一種變相的保守論。」[13]胡適提倡「全盤西化」，理論上激進，實踐上中正，事實上中國現代文化就是一種折中性的文化，即整合中西兩種文化而成。「學衡派」提倡「無偏無黨」，理論上中正，實踐上保守，事實上也是這樣，「學衡派」在當時主要扮演了文化守成的角色。

所以，中國近現代啟蒙雖然從根本上來說是思想形態，是觀念性的，不是物質形態，不是社會實踐，但這並不是說它就是書齋化的，是哲思的，恰恰相反，它始終與中國近現代社會實際密切相關，「科學」、「民主」、「自由」、「人權」、「個人」等雖然都是西方話語，都是從西方借鑒而來，但它們對中國的社會問題都具有很強的針對性，在解決中國社會問題時具有強大的工具力量。事實上，在中國近現代史上，「科學」、「民主」、「自由」、「人權」、「個人」等都不是抽象的名詞，它和實業、政治制度、文化形態、文學精神等具體社會實踐聯繫在一起，它們都是中國

---

11 魯迅：《無聲的中國——二月十六日在香港青年會講》，《魯迅全集》第4卷，人民文學出版社，1981年版，第13-14頁。

12 《學衡派雜誌簡章》，《學衡》第一期「卷首語」，江蘇古籍出版社，1999年影印版。

13 胡適：《充分世界化與全盤西化》，《胡適文集》第5卷，北京大學出版社，1998年版，第453頁。

現代思想關鍵字，無數人談到它們，但都不是在學術層面上討論它。

中國近現代啟蒙思想家可以說都是公共知識份子，他們也研究問題，但都是從社會現實出發，又回歸解決社會現實的問題。1991 年胡適在《每週評論》第 31 號上發表《多研究些問題，少談些主義》一文，曾經引起討論。胡適當然「並不是勸人不研究一切學說和一切『主義』」，他承認，「凡『主義』都是應時而起的。……主義初起時，大都是一種救時的具體主張。」胡適準確的意思是：「多提出一些問題，少談一些紙上的主義」，即反對不切實際、遠離實際、空洞的「主義」，胡適認為：「凡是有價值的思想，都是從這個那個具體的問題下手的。先研究了問題的種種方面的種種的事實，看看究竟病在何處，這是思想的第一步工夫。然後根據於一生經驗學問，提出種種解決的方法，提出種種醫病的丹方，這是思想的第二步工夫。然後用一生的經驗學問，加上想像的能力，推想每一種假定的解決方法，該有什麼樣的效果，推想這種效果是否真能解決眼前這個困難問題。」[14]從問題入手，解決問題，這是中國近現代啟蒙思想家最重要的品性之一。

魯迅也是非常典型的啟蒙知識份子。魯迅是「文人」但不是通常意義上的「文人」，是學者但不是書齋型的學者，是知識份子但不是專門化的知識份子，是作家但不是純粹的作家，「魯迅在啟蒙思想上的成就不在學理上的討論，而主要在於通過對人生的觀察，以啟蒙思想解決人生的根本問題，所以，魯迅的啟蒙思

---

[14] 胡適：《問題與主義》，《胡適文集》第 2 卷，北京大學出版社，1998 年版，第 249-252 頁。

想是一種人生思想。」[15]魯迅是救世者，具有憂國憂民的情懷，是人生派作家，他的創作不是為了藝術而文學，而是為了開啟思想，為了救人進而救國，在《我怎麼做起小說來》一文他說：「說到『為什麼』做小說罷，我仍然抱著十多年前的『啟蒙主義』，以為必須『為人生』，而且要改良這人生。我深惡先前的稱小說為『閒書』，而且將『為藝術而藝術』，看作不過是『消閒』的新式的別號。所以我的取材，多採自病態社會的不幸的人們中，意思是在揭出病苦，引起療救的注意。」[16]在《〈吶喊〉自序》中魯迅明確地說他寫小說是為了改變國民的精神：「所以我們的第一要著，是在改變他們的精神，而善於改變精神的是，我那時以為當然要推文藝，於是想提倡文藝運動了。」[17]在魯迅這裏，文學不是終極目的，它不過是工具，是用來「啟人智」[18]，重構國民素質，宣傳新思想的工具。與胡適重文化啟蒙和社會啟蒙不一樣，魯迅的啟蒙主要集中在人的重建問題上，「立人」的目的是為了「立國」，救國與救民才是終極目的。對於魯迅來說，個人與社會，人個主義與民族主義，救亡與啟蒙是有機地統一在一起的。魯迅後期主要以雜文創作為主，這同樣有著深層的啟蒙精神的原因，因為雜文在思想上比小說更直接。

---

[15] 周海波：《魯迅與胡適：現代啟蒙的兩種可能性》，《理論學刊》2008 第 10 期。

[16] 魯迅：《我怎麼做起小說來》，《魯迅全集》第 4 卷，人民文學出版社，1981 年版，第 512 頁。

[17] 魯迅：《〈吶喊〉自序》，《魯迅全集》第 1 卷，人民文學出版社，1981 年版，第 417 頁。

[18] 魯迅：《文化偏至論》，《魯迅全集》第 1 卷，人民文學出版社，1981 年版，第 45 頁。

　　所以，從根本上說，啟蒙是一種話語方式，是思想範疇，但它具有實踐性，指向實踐的層面，就中國近現代來說，在大的方面，啟蒙是為了救國，圖強，在具體的方面，啟蒙是為了技術進步，是為了發展科學，是為了人的解放，是為了提高國民素質，是為了發展教育，是為了革命等等。正是因為如此，所以中國近現代啟蒙思潮不同於西方的啟蒙運動，它對中國近現代社會的發展構成了深遠的影響，中國現代社會形態以及文化精神正是在啟蒙思想的指導下完成的。

　　　　　　　　　本文原載《雲南社會科學》2009 年第 6 期。

「啟蒙」與「救亡」關係之再認識

　　「救亡」和「啟蒙」是中國近現代史上兩個非常突出的問題，它們之間的「關係」問題自 80 年代以來一直是學術界的一個熱門話題，一些觀點至今仍然被沿襲使用，對中國近現代思想以及文學研究都有很深的影響。本文將對這一問題進行重新探討。

　　在近現代思想史、文學史等研究中，「啟蒙」是一個老話題，「救亡」也是一個老話題，但把「啟蒙」和「救亡」作為二元對立範疇並置，研究它們在中國近現代史上的「消長」關係，則與李澤厚有很大的關係。1986 年，李澤厚在《走向未來》創刊號發表了題為《啟蒙與救亡的雙重變奏》的文章，在這篇文章中，李澤厚認為，「五四」時，啟蒙和「政治運動」「相互促進」，是「合流」的，「一拍即合，彼此支援」，「啟蒙的主題、科學民主的主題又一次與救亡、愛國的主題相碰撞、糾纏、同步」，「啟蒙沒有立刻被救亡所淹沒」，相反，「啟蒙又反過來給救亡提供了思想、人才和隊伍」。而「五四時期啟蒙與救亡並行不悖相得益彰的局面並沒有延續多久，時代的危亡局勢和劇烈的現實鬥爭，迫使政治救亡的主題又一次全面壓倒了思想啟蒙的主題」，「從新文化運動的著重啟蒙開始，又回到進行具體、激烈的政治改革終。政治，並且是徹底改造社會的革命性政治，又成了焦點所在」，「救亡的局勢、國家的利益、人民的饑餓痛苦，壓倒了一切，壓倒了知識

者或知識群對自由平等民主民權和各種美妙理想的追求和需要，壓倒了對個體尊嚴、個人權利注視和尊重」[1]，一句話，「救亡壓倒啟蒙」。李澤厚的這一觀點在表述上後來略有修訂，但基本觀點不變，比如他後來說：「關鍵在於，經過戊戌、辛亥之後，五四主要人物把重點放在啟蒙、文化上，認為只有革新文化，打倒舊道德文學，才能救中國，因此不同於以前康、梁、孫、黃把重點放在政治鬥爭上，但中國現代歷史的客觀邏輯（主要是日本的侵略）終於使文化啟蒙先是從屬於救亡，後是完全為救亡所壓倒。」[2]

李澤厚的這一思想早在 70 年代就有端倪，比如他在《中國近代思想史論》的「後記」曾這樣說：「燃眉之急的中國近代緊張的民族矛盾和階級鬥爭，迫使得思想家們不暇旁顧，而把注意和力量大都集中投放在當前急迫的社會政治問題的研究討論和實踐活動中，因此，社會政治思想在中國近代思想史上佔有最突出的位置。」[3]也就是說，在中國近現代史上，由於民族矛盾和救國，政治鬥爭和戰爭一直佔據社會的中心，這妨礙了思想問題深入細緻的探討。其實，這種觀點最早是由美國學者施瓦支提出來的，比如他說：「每當他們試圖批判封建禮教的時候，救亡的緊迫和他們試圖兼及政治革命的慾望，往往使他們中斷自己的努力。」[4]李澤

---

[1] 李澤厚：《啟蒙與救亡的雙重變奏》，《中國現代思想史論》，安徽文藝出版社，1994 年版，第 17、19、36、44-45 頁。

[2] 李澤厚：《啟蒙的走向（「五四」一七十周年紀念會上發言提綱)》，《走我自己的路》，安徽文藝出版社，1994 年版，第 530 頁。

[3] 李澤厚：《中國近代思想史論》，人民出版社，1979 年版，第 475 頁。

[4] 施瓦支：《中國的啟蒙運動——知識份子與五四遺產》，山西人民出版社，1989 年版，第 378 頁。

厚主要是把這一觀點加以詳細的申論並大大豐富和延伸了，並進一步演繹出「告別革命」等學說。

　　李澤厚的文章發表之後，影響很大，曾引起學術界廣泛的討論，有很多人贊成，特別是得到很多青年人的認同，直到今天，這一觀點在學術界仍然有很大的市場，有人把它稱為是「元話語」[5]，很多學者有意識或無意識地在沿襲他的觀念，「雙重變奏」、「救亡壓倒啟蒙」說在很多人那裏似乎是不易之論，被不加懷疑地引用作為論據和前提。但反對的意見也不少，比如金沖及先生認為：「在災難深重的舊中國，救亡和啟蒙一直是兩個突出的課題……從根本上說，是救亡喚起了啟蒙，還是救亡壓倒啟蒙？我想是前者而不是後者。」[6]還有諸多不同的觀點[7]。對於李澤厚具體的論述以及表述，也有一些批評，比如有人這樣評價：「『啟蒙與救亡雙重變奏』說，作為一個被極為精簡化了的思想模式，它本來是半封建半殖民地的社會性質模式與反帝反封建的時代任務模式的邏輯推進，具有一定的合理性。但引進『壓倒』，『中斷』說之後，由於該論題未能從概念、邏輯、思維模式與思想路向上一以貫之，結果成為殘缺不全的敘事話語。」[8]

---

[5]　任南南：《元話語：八十年代文化語境中的「救亡壓倒啟蒙」》，《當代文壇》2008 年第 2 期。

[6]　金沖及：《救亡喚起啟蒙──對戊戌維新的一點思考》，《人民日報》1988年 12 月 5 號。

[7]　關於啟蒙與救亡的各種觀點，可參見陳亞傑《評關於救亡與啟蒙的五種論說》，《理論學刊》2005 年第 5 期。

[8]　陳占彪：《重估「啟蒙與救亡的雙重變奏」說》，《西北師大學報》2008年第 1 期。

　　現在看來，李澤厚的文章在具體的論述和表述以及邏輯演繹上都有不妥和不嚴謹的地方，比如他把「政治」和「革命」簡化，認為政治一定是激烈的，並且是社會性的活動，革命一定是政治上的，主要是階級鬥爭，而忘記了「五四」新文化運動也叫「思想革命」，忘記了政治也可以是思想範疇的。再比如，他說：「革命戰爭卻又擠壓了啓蒙運動和自由理想，而使封建主義乘機復活，這使許多根本問題並未解決，卻籠蓋在『根本解決』了的帷幕下被視而不見。啓蒙與救亡（革命）的雙重主題的關係在五四以後並沒有得到合理的解決，甚至在理論上也沒有予以真正的探討和足夠的重視。」[9]這個結論實在太大，很容易得出但很不容易論證，相反，很容易就能找到相反的例證。實際上，「五四」新文化運動時，封建主義並沒有被完全打倒，因此 20 年代之後封建主義的存在就談不上是「復活」。而且我認為，就封建主義的存在狀況來說，「五四」時期封建主義實際上是非常強大的，否則新文化運動也不至於提出一些極端的諸如「打倒孔家店」等口號，而經過「五四」新文化運動之後，封建主義的勢力大減，越來越衰弱，中國社會以及思想各方面總體趨勢是越來越現代化，封建主義在思想上越來越不得人心。而所謂救亡壓倒了美妙理想的追求，壓倒了對個體尊嚴的尊重，這也不符合事實，是否有美妙理想的追求，是否重視個人尊嚴，這是非常生活化的內容，與生活語境、個人性格和文化品格等有很大的關係，與「救亡」的「大政治」也不是完全沒有關係，但非常遙遠而間接。而

9　李澤厚：《啓蒙與救亡的雙重變奏》，《中國現代思想史論》，安徽文藝出版社，1994 年版，第 44-45 頁。

且，大的來講，在當時，「救亡」可以說是全體中國人最大的美妙理想和追求。諸如此類，還有一些其他的問題。但全面評價這篇文章及其論證，不是本文的目的。

我認為，李澤厚的「救亡壓倒啟蒙」說似是而非，根源在於，在李澤厚的文章中，不論是「啟蒙」還是「救亡」，都缺乏充分的限定，可以說概念混亂。李澤厚認為「啟蒙」與「救亡」是中國近現代史上的「雙重主題」，這是符合歷史事實的，事實上，「啟蒙」和「救亡」是兩種話語，它們在內容上有交叉，有重疊，有互補，當然也有矛盾和衝突，在矛盾和衝突的時候有「壓倒」和「消長」的問題，但總體上，「啟蒙」與「救亡」不是二元對立概念，所以李澤厚在二元對立意義上探討他們之間的「關係」並得出「救亡壓倒啟蒙」的結論是值得商榷的。因為「啟蒙」與「救亡」是「雙重主題」，所以研究「啟蒙」是有意義的，研究「救亡」也是有意義的，二者之間的「關係」也值得研究，但「壓倒」是一個不適用的概念，「壓倒」根本就是一個偽問題。李澤厚始終強調啟蒙的「個人」性，把啟蒙等同於「五四」時期自由、民主、人權，這是一種誤解，其實，個人解放和個人自由等具有「五四」歷史性，啟蒙在「五四」時期最突出的是「個人」的問題，但啟蒙的內涵是複雜的，中國近現代各歷史時期的啟蒙主題也是變化的，「五四」之前最突出的是科學啟蒙和社會啟蒙，「五四」之後最突出的是政治啟蒙，「救亡」在思想的層面上也是啟蒙，並且在中國近現代史上是自始至終的主題，李澤厚實際上是把救亡的思想和救亡作為具體的社會實踐活動比如武裝鬥爭等混為一談了，因而同樣造成了誤解。

　　什麼是啟蒙？大家一般都會想到康德在《答覆這個問題：「什麼是啟蒙運動」》中對啟蒙的定義：「啟蒙運動就是人類脫離自己所加之於自己的不成熟狀態。不成熟狀態就是不經別人的引導，就對運用自己的理智無能為力。當其原因不在於缺乏理智，而在於不經別人的引導就缺乏勇氣與決心去加以運用時，那麼這種不成熟狀態就是自己所加之於自己的了。」[10]非常明顯，康德這裏所說的啟蒙主要指提升人的思想水準和精神能力。康德的文章發表在《柏林月刊》1784 年第 4 卷 12 期上，而在同刊同卷第 9 期上有孟德爾松的同類文章《關於「什麼叫」啟蒙（運動）？》一文，在這篇文章，孟德爾松明確將「啟蒙 Aufklaerung」，「文化-Kultur」，「教養-Bildung」作了區分，認為「啟蒙」重在「理論」，「文化」重在「實踐」，而「教養」是二者的綜合。[11]就是說，啟蒙是觀念形態，而「文化」則是實踐形態。不論是康德的定義、孟德爾松的限定，還有西方種種關於啟蒙的定義，都說明，啟蒙

---

[10] 康德：《答覆這個問題：「什麼是啟蒙運動？」》，《歷史理性批判文集》，商務印書館，1990 年版，第 22 頁。有不同的翻譯：比如尚傑著《西方哲學史》第五卷翻譯為：「啟蒙就是使人類從自身所遭受的幼稚狀態中解放出來。所謂幼稚，就是說一個人倘若沒有其他人的指導，就沒有能力使用自己的理解力」（尚傑著《西方哲學史》第五卷，鳳凰出版社、江蘇人民出版社，2005 年版，第 33 頁。）還有人翻譯為：「它是指人走出由於其本身的缺陷而身處的少數狀態。少數狀態指人無力在沒有他人指引的情況下運用自己的理解力。」（轉引自讓·魯瓦《啟蒙思想與惡的問題》，《啟蒙的反思》，江蘇教育出版社，2005 年版，呂繼群譯，第 117 頁。）看得出來，三種翻譯有一定的差距，究竟應該是「啟蒙運動」？還是「啟蒙思想」？還是「啟蒙」？其實中文的涵義有很大的不同。

[11] 見葉秀山：《康德之「啟蒙」觀念及其批判哲學》，《中國社會科學》2004 年第 5 期。

從根本上是思想範疇，或者說是一種精神特性，而不是某種內容範圍。

正是在思想的意義上，在精神特性的意義上，有各種各樣的啟蒙，諸如：「愛的啟蒙」、「情商啟蒙」、「道德啟蒙」、「科技啟蒙」、「邏輯啟蒙」、「國學啟蒙」、「聲律啟蒙」、「古詩啟蒙」、「電腦啟蒙」、「鉛筆字啟蒙」、「習字啟蒙」、「簡筆劃啟蒙」、「圍棋啟蒙」、「莎士比亞戲劇啟蒙」、「高爾夫啟蒙」、「奧數啟蒙」、「二胡啟蒙」、「吉它啟蒙」、「豎琴啟蒙」、「古箏啟蒙」、「鋼琴啟蒙」、「爵士鼓啟蒙」、「小提琴啟蒙」、「手風琴啟蒙」等，王夫之被認為是「啟蒙的先驅」[12]，龔自珍、曹雪芹被認為是「啟蒙文學的先驅」[13]，詩經、孝經、忠經和易經被稱為是「國家啟蒙經典」[14]。即使在精神的特性上，啟蒙的內涵上也是非常豐富而寬廣的，根據尚傑先生的總結，西方 18 世紀啟蒙哲學主要有這樣一些內涵：「風俗或內心動作」、「理性」、「人」、「自由」、「微妙精神」、「情趣與快樂」、「焦慮」、「財富」、「人權：自然權利、自由、平等」、「自然與社會」、「社會科學」、「發展與進步的觀念」、「道德烏托邦」等[15]。我們當然可以在約定俗成的意義上使用啟蒙，比如把

---

[12] 參見：趙秀亭：《啟蒙先驅——王夫之》，南方出版社，2000 年版。彼得洛夫：《王充——中國古代的唯物主義者和啟蒙思想家》，科學出版社，1956 年版。

[13] 參見鄒進先：《啟蒙文學的先驅：龔自珍、曹雪芹研究》，黑龍江人民出版社，2000 年版。

[14] 參見張為才：《國家啟蒙經典：詩經、孝經、忠經、易經》，青島出版社，2005 年版。

[15] 尚傑：《西方哲學史》第五卷（《啟蒙時代的法國哲學》），鳳凰出版社，江蘇人民出版社，2005 年版，第 2-32 頁。

啟蒙定義為解決人的思想問題，理性問題，或者說是提高國民的素質問題，把人從專制思想統治下解放出來等問題。我們也可以在廣義的意義來理解啟蒙，把它擴展到精神的所有領域。但無論怎樣理解，我覺得啟蒙不能超越思想領域，不是所有的思想都是啟蒙，但啟蒙一定是思想。思想性、知識性以及理性這是「啟蒙」概念的最基本特徵。

「救亡壓倒啟蒙」說的似是而非就在於作者不是從思想和實踐的層面上來區分啟蒙與非啟蒙，而是從內容上來區分什麼是啟蒙以及什麼不是啟蒙，在李澤厚看來，自由、民主、個人權利、個性解放等是啟蒙，而革命、救亡、愛國、政治等則是非啟蒙，或者說，涉及到個人和個性問題的思想和運動是啟蒙，而涉及到國家、社會的思想和運動則不是啟蒙。按照這種邏輯，30-40 年代的中國的確是救亡壓倒了啟蒙。但實際上，「啟蒙」與「救亡」並不是對立的概念，啟蒙主要是思想範疇，解決的是人的思想觀念和意識的問題，而「救亡」既可以是思想範疇，也可以是實踐範疇，當它主要是一種觀念時，它是思想範疇，在思想性的意義上，它是啟蒙，而當它主要是一種社會實踐活動比如革命、民主運動、戰爭等時，它與啟蒙有關，但本身不是啟蒙。也就是說，當我們討論革命、討論民主、討論抗日救國時，這還是啟蒙的範疇，但當我們從事建黨、遊行示威以及走向抗日前線時，這就走出了思想領域而進入了社會實踐領域，就不再是啟蒙了。

中國近現代時期，啟蒙與救亡就是非常複雜的關係，很難說誰壓倒誰。「五四」時期，思想啟蒙可以說是救亡的一種方式，

或者說是救亡的一個組成部分，它是近代以來中國「救亡」思想的合理延伸。其背景在於，中國自鴉片戰爭以來，節節敗退，甚至有亡國的危險，中國的統治階級曾經嘗試實業救國，曾經嘗試改良社會制度來救國，但均以失敗告終，於是一批留學海外或者深受西方思想影響的知識份子走向前臺，他們認為，洋務運動和戊戌變法對於救亡來說都不具有根本性，文化和思想革命才是最根本的，器物上的優良、制度上的先進都具有表面性，它們是結果而不是原因，所以陳獨秀、胡適等人發動了新文化運動，新文化運動從根本上來說是思想運動，一方面是批判傳統思想，另一方面是輸入西方思想，在思想運動的意義上，「五四」新文化運動從根本上是啟蒙運動。與近代的科學啟蒙、社會啟蒙不同，「五四」時期的文化啟蒙主要是解決人的問題，或者說是解決人的思想問題，所以「國民性」問題、重建中國人的價值觀問題成了「五四」時期中國思想的主要問題。解決人的問題從根本上是為了解決國家和民族的富強問題，是為了救亡，所以，「五四」啟蒙運動在深層上可以說是救亡運動。與西方的個人與社會的二元對立不同，「五四」五四時期陳獨秀、胡適等人所提倡的科學、民主、人權、自由等，不是個人對抗社會的工具，恰恰是通過個人來拯救社會的工具。人的問題是「五四」思想啟蒙最突出的問題，但不是唯一的問題，傳統的實業問題、社會制度問題、教育問題、宗教問題等仍然是思想領域的重要問題，在思想的層面上，它們都是「五四」啟蒙思想的重要組成部分，並且在不同程度上與救亡具有一體性。因此，「啟蒙」與「救亡」在「五四」時期不是二元對立的，也不是兩個不同的問題。

　　「五四」新文化運動基本上完成了中國思想從古代向現代的轉型，確立了中國現代社會的思想基礎。「五四」之後，中國社會主要是具體貫徹和實施「五四」思想啟蒙的成果，所以政治革命、教育改革、宗教革新、鄉村運動、社會主義運動等實踐活動成了當時社會的中心和主體，但這並不意味著啟蒙就結束了，或者說就沒有啟蒙了，「五四」以後，啟蒙思想繼續延傳並且隨著社會的發展而有了新的內涵，比如「五四」時期，「民主」和「自由」具有強烈的反封建專制思想的性質，諸如反君權、反封建禮教、人身自由、婚姻自主等，而 30-40 年代的「民主」和「自由」則具有濃烈的反現代專制意味，比如言論自由、新聞出版自由、社會參與權利、社會公共性等。再比如抗戰之後，抗日思想就成為啟蒙思想的一個重要內容，所以 30 年代張申府等人宣導「新啟蒙運動」，在「五四」啟蒙思想的基礎上，增加了「民族的自覺與自信」等內容，這顯然與抗日戰爭的民族救亡有很大的關係。

　　由此可見，救亡實際上包括救亡思想和救亡活動兩個部分，救亡思想屬於啟蒙，救亡活動則是屬於實踐，「五四」時期，救亡主要在思想的層面上，這時的「救亡」主要屬於啟蒙，「五四」之後，救亡的重心則轉移到社會實踐方面，這時的「救亡」就主要屬於實踐。也就是說，救亡實際上是兩個層面的：一是思想的層面，在思想的層面上，它是啟蒙；二是實踐的層面，在實踐的層面上，它不是啟蒙。比如，馬克思主義思想和後來的馬克思主義實踐即社會主義運動都可以看作是救亡的內容，但它們具有不同的性質，在「五四」時期，馬克思主義思想是整個啟蒙思想的一個方面，後來馬克思主義思想付諸於社會實踐，陳獨秀等人建

立政黨、走革命的道路，走槍桿子奪取政權的道路，這時它才超越了思想啟蒙的範疇。因此我們可以說，「五四」時期救亡思想啟蒙壓倒救亡社會實踐，30年代之後，救亡社會實踐壓倒救亡思想啟蒙，但不能簡單地說某個時期啟蒙壓倒救亡或某個時期救亡壓倒啟蒙。

救亡在思想上是非常複雜的，在具體的社會實踐上也是多方面的。究竟是重思想啟蒙還是重社會實踐，這取決於思想的進程和社會的進程，還與具體的歷史語境有關。「五四」時期主要是解決思想的問題，確立現代社會的基本價值觀念、基本目標和方向，以及設計現代社會的基本藍圖或方案，所以思想啟蒙是主體。30年代之後，大的思想問題已經解決，社會急需要解決的是實際問題，主要是具體落實「五四」所確定的社會發展目標，即把思想啟蒙的成果運用於社會實踐，所以社會實踐是主體。

但是，中國近現代任何時候救亡思想啟蒙與救亡政治實踐都是共生的，不可能有救亡啟蒙而沒有救亡實踐，或者只有救亡實踐而沒有救亡啟蒙。啟蒙自近代以來從來沒有停止過，有人把近現代啟蒙分為四個階段：「戊戌前啟蒙、戊戌辛亥啟蒙、五四啟蒙和五四後新啟蒙四個歷史階段。」[16]啟蒙在「五四」時期達到高潮，並形成「運動」。「五四」運動實際上是兩個層面的運動，一是思想文化運動，二是反帝愛國運動，前者是思想啟蒙運動，後者則是社會實踐運動，但這兩個層面的內容是有機地統一在一起的，啟蒙正是為了反帝愛國，反過來，反帝愛國運動正是啟蒙

16　龔鵬：《近代中國啟蒙思潮的研究回顧》，《社會科學家》2008年第8期。

運動的結果。就是說,「五四」新文化運動不僅僅只是思想革命,即啟蒙,還包括一系列的文化社會活動,比如辦報刊,出版、文化集會、演講、街頭宣傳等實踐活動,這兩方面很難說哪一方面壓倒哪一方面。

「五四」之後政治救亡成為社會的主流,但啟蒙仍然在承傳和延伸,只不過不再那麼顯赫。就以李澤厚非常強調的個人、民主、權利等內容來說,「五四」之後它們一直是思想界的主題,也是文學的主題,並且有新的發展,主要表現為反抗國民黨專制統治,爭取人權和自由,包括思想自由、表達自由、信仰自由等。胡適的《人權與約法》、羅隆基的《論人權》都是發表於 1929 年。只要翻翻《新月》、《獨立評論》、《觀察》等現代期刊,我們就可以看到,民主、自由、人權等問題仍然是 30-40 年代思想領域的中心議題,它們和《新青年》、《新潮》、《每週評論》可以說是一脈相承的。1937 年之後,抗日當然成了中國社會最重要的任務,但中國社會生活並不只有抗日,仍然有思想,思想領域除了宣傳抗日包括從理論上探討救亡的深層問題以外,民主、自由問題仍然是重要的議題。有人認為:「作為百年主題,啟蒙和救亡從來沒有誰壓倒誰的問題,即使抗日戰爭這一新的民族危亡局勢下,啟蒙的文化主題依然主流性地存在。」[17]我贊同這種說法,在中國近現代史上,個人主義思想在任何時候都在頑強地掙扎,自由、民主問題的探討和宣傳從來就沒有停止過。

---

[17] 藍愛國:《啟蒙與救亡主題新論——1840-1949 中國文學史的常態史觀》,《文藝爭鳴》2007 年第 11 期。

40 年代，特別是抗日戰爭以後，「國家」意識在思想領域被強調，「國家」聲音成為最強音，但強調國家高於個人，這並不是對個人的否定，而是對「個人」的合理定位，即把「個人」放在「國家」話語中來進行探討，這在西方也是基本的方式，這不是否定啟蒙，恰恰也是啟蒙，並且是「五四」啟蒙傳統。胡適、陳獨秀、李大釗都非常重視個人，並且主張個人優先，但它們從來不否認國家和集體，比如陳獨秀說：「集人成國，個人之人格高，斯國家人格亦高；個人之權鞏固，其國家之權亦鞏固。」[18] 李大釗說：「個人與社會，不是不能相容的二個事實，是同一事實的兩方面……離於個人，無所謂社會；離於社會，亦無所謂個人。[19]胡適說：「爭你們個人的自由，便是為國家爭自由！爭你們自己的人格，便是為國家爭人格！」[20]在中國近現代史上，國家與個人不是對立的。救亡是為國家，啟蒙是為個人，這似乎是把問題簡單化了。

李澤厚的問題在於他沒有明確把啟蒙定性在思想的範疇上，並且從內容上把啟蒙簡單地等同於個人主義、自由主義、民主、民權等，相應他把「救亡」、「愛國」等理解為革命、戰爭、政治鬥爭具體的社會實踐，實際上是把「啟蒙」的部分內容和「救亡」的部分內容獨立出來進行對立，並且把這種對立進行理論抽

---

[18] 陳獨秀：《一九一六年》，《陳獨秀著作選》第 1 卷，上海人民出版社，1993 年版，第 172 頁。

[19] 李大釗：《自由與秩序》，《李大釗文集》第 4 卷，人民出版社，1999 年版，第 62、63 頁。

[20] 胡適：《介紹我自己的思想》，《胡適文集》第 5 卷，北京大學出版社，1998 年版，第 511 頁。

象上升成對歷史的高度概括，從而人為性地製造或者說虛構出啟蒙與救亡的矛盾與衝突。中國近現代史理論研究中有很多二元對立問題，比如「中」與「西」、「古」與「今」、「國家」與「個人」，「理想」與「現實」，包括我們上面所說的「理論」與「實踐」等，它們都是非常擾人的問題，但「啟蒙」與「救亡」不是這樣的問題，它們不具有「二元」對立性，因而它們之間不存在「東風壓倒西風」或者「西風壓倒東風」的關係。

本文原載《山東社會科學》2009 年第 6 期。
發表時題為《「啟蒙」與「救亡」》。

文學翻譯研究與外國文學學科建設

　　高玉（以下簡稱高）：我知道 90 年代以後，您的研究似乎有所轉移，主要研究外國文學。我讀過你的《回顧與思考》、《面向21 世紀的外國文學》這兩篇長文，都是非常厚重的論文，既對過去進行了總結，又對未來的外國文學研究進行了展望，具有指導性。所以，下面我主要就這方面向您請教一些問題。

　　我曾在一篇文章中提出兩種外國的概念。即「原語外國文學」和「譯語外國文學」。這兩種外國文學當然有內在的聯繫，但也有本質的區別。我認為區別這兩種外國文學概念對於我們確立中國的外國文學這一學科的性質和品格等是非常重要的。外國文學在翻譯的過程中，由於語言體系、語境、文化背景等各種因素的影響而發生了歧變。所以，外國文學被翻譯成中文以後在特點、性質和文學性上都會與原來的外國文學有很大的不同。研究也是這樣，直接研究原語的外國文學和研究中文的外國文學是有很大不同的。外國人研究他們自己的文學（即我們所說的外國文學）與漢語中國人研究外國文學是有很大不同的。在這一意義上，中國人研究外國文學具有它獨特的視角，具有它自己的特色，就如外國人研究中國文學和中國人自己研究我們的文學有很大的不同一樣。

在目前，我們研究外國文學，實際上分為兩種類型。一種是外語系的外國文學研究，二是中文系的外國文學研究。這兩種類型的研究各有自己的特色，並且各有自己的優長。但都是一種中國視角的外國文學研究。在這一意義上，中國的外國文學研究有自己的獨特性。我非常贊同您提出的「中國學派的外國文學研究」這一觀點。事實上，「中國學派的外國文學研究」已經形成了，只是缺乏總結，特別是缺乏從語言和翻譯理論上的總結，缺乏有意識地進一步建構。

林紓不懂外文，但卻是那一時代最為知名的翻譯家之一。這一現象，至今缺乏深入的追問。80 年代，很多研究外國文學的人都不懂外語，至今這種狀況仍在延續。這種現象過去被看作是笑話，但我覺得它很正常。不懂外語可以成為大翻譯家，不懂外語當然可以搞外國文學研究。林紓的翻譯有它獨特的價值，我認為錢鍾書先生的辯護非常好，但還有待深入。我們研究中文的外國文學也有它的價值，包括評價的價值和借鑒的價值、對外國的價值和對中國的價值。我這一觀點可能太大膽，不知您是如何看待的？

吳元邁（以下簡稱吳）：對於我個人來說，從前的研究文學理論和現在的研究外國文學，這只是形式上的不同，或者說與我一段時間的工作有關。這兩個領域不論是從理論上來說還是從我個人經驗來說，都具有一體性。只是由於學術體制的緣故，它們分屬於不同的學科。至少在我的學術意識和實際研究中，這兩個學科沒有嚴格分開。過去，我主要研究蘇聯文學和文學理論，這可以歸屬到文學理論，也可以歸屬於外國文學甚至比較文學，現

在我主要研究外國文學流派、文學思潮，這屬於外國文學，但也可以歸屬於文學理論。過去我主要研究文學理論問題，但從來都非常關注文學創作，現在我主要研究外國文學現象，但也非常關注文學理論發展。即便如此，那一方面的文章，我多少都寫一點。

你的《論兩種外國文學》這篇文章我已經注意到了。對這個問題，我一直比較感興趣，我寫的「把歷史還給歷史」的文章，就有這個意思，不過沒有你這樣講得清楚明白。就我的經驗和感覺來說，的確是這樣。對於俄語，我可以說是粗通，我發現有些俄語詩歌，翻譯成中文之後，其味道並不一樣。高爾基《海燕》，瞿秋白翻譯得非常成功，但與俄文原文相比，其味道還是差一些。反過來也是這樣，有些中文詩詞翻譯成俄文之後，其文學性完全變了。有些俄文詩歌，非常有意蘊，讓人回味無窮，但翻譯成中文之後，像白開水。有些在俄文中非常優美的句子翻譯成中文之後，索然無味。過去我們總認為這是翻譯的技術問題，是沒有翻譯好，這些問題可以通過翻譯的改進而消除，但現在看來，恐怕不是這樣，恐怕是翻譯本身的問題。當然也有另外一種情況，有些俄語作品在俄語文學史上並沒有很高的地位，在俄語文學史上算不上經典，但翻譯成中文之後卻很流行，並且影響很大，在翻譯的層面上成為經典。有些句子，在俄文中並沒有太大的味道，但翻譯成中文後卻很有意味，很有文學性。

文學作品，尤其是詩歌是很難翻譯的。道理非常簡單，文學是語言的藝術，翻譯從根本上把語言改變了，因而相應地也把文學性改變了。特別是修辭比如雙關語極少有能完全對應地翻譯。成語也是這樣，成語中積澱了很深厚的文化內容，字面上的翻譯

是很難傳達其固有的文化意味和文學意味的。小說、戲劇等文學作品因為重在敘事和情節，翻譯之後還不失基本骨架，而詩歌翻譯之後就完全是另外一個東西了。因此有人說詩歌是不能翻譯的。比如普希金的詩歌，在俄國是被傳唱的，語言上非常優美，具有特殊的語言的音樂性，翻譯成中文之後就不可能有這樣一種效果。其實，唐詩、宋詞也是這樣，唐詩、宋詞的文學性就藏在古漢語之中，就藏在古漢語的詩性之中，包括特殊的節奏、韻律和意味之中，脫離了特殊的語言，唐詩、宋詞就不再是唐詩、宋詞。把唐詩、宋詞翻譯成外語，包括翻譯成現代漢語，其特殊的節奏、韻律和詩味就會失去，失去了節奏、韻律和詩味的唐詩、宋詞還能叫唐詩、宋詞嗎？德里達講「蹤跡」，我覺得詩歌作品翻譯之後就只能留下一些「蹤跡」。龐德的詩歌深受中國古典詩詞的影響，這是大家都知道的。據說他曾提到一首唐詩，是用英文表述的，但經過很多專家考證，至今還不能確定他提到的這首唐詩究竟是唐詩中的哪一首。為什麼不能確定，因為翻譯之後形式完全變了，意思也完全變了，只留下一些「蹤跡」，怎麼能確定呢？有人把這歸罪於龐德的翻譯觀，但我認為這不是龐德個人的翻譯問題，而是翻譯本身的問題。

我說文學是很難翻譯的，並不是說不能翻譯，恰恰相反，我高度肯定翻譯文學，它從來都是本民族本國文學及其進程的參與者。我說的真正的意思是，翻譯文學和被翻譯的文學是兩種不同的文學，就是你說的「兩種外國文學」。所以，我完全同意你的這一提法，這種區分對於重新定性我們今天的外國文學學科是非常有意義的。兩種外國文學當然具有聯繫，並且翻譯外國文學依

賴於原語外國文學，但兩種外國文學在文學性上不同。我們經常說某部外國文學作品不好，有時指的是翻譯的不好，指的是中文外國文學的不好，而不是原語外國文學的不好，因為我們根本就沒讀原文的作品。一個中國人，要想對外語文學作品的文學性有很好的感悟並且能夠達到評判的程度，這並不是一件容易的事情。所以，我們今天的外國文學史是以漢語作為語言背景的，這和域外的文學史，比如英國人寫的英國文學史、法國人寫的法國文學史是有很大不同的。

在這一意義上，我充分肯定我們自己的外國文學研究。語境不同，文化背景不同，再加上翻譯意義上的闡釋，因為文學翻譯從來不是複製，而是永遠的闡釋，所以，我們的外國文學研究具有獨特的價值和意義。過去我講「中國學派的外國文學研究」，其實「中國學派的外國文學研究」並不需要刻意的追求，這是文化和語言的使然。中國的外國文學研究在資料、理解的深度等方面與外國的「本國」文學研究肯定有差距，但中國的外國文學研究也不是沒有長處，從另外一種文化和藝術的角度反而能發現一些新的東西。

中文系的外國文學研究和外語系的外國文學研究的確有很大的不同，但它們各有特點，各有優長，因而是互補的。的確如你所說，有不少正在研究外國文學的人，或者正在從事外國文學教學的人並不懂外語。這是一種明顯的缺陷，但這構不成對他們進行根本性否定的理由。他們也在研究外國文學，但他們不是從外語進入的，而是從中文即從翻譯進入的，他們對外國文學的研究具有獨特性，或者說具有更強烈的中國性。他們對外國文學的

研究實際上是和文學翻譯家合作完成的，文學翻譯家把外國文學作品翻譯成中文，他們則對這種翻譯作品進行研究。你剛才說到林紓不懂外文，但他是中國近代史上與嚴復齊名的翻譯家，他的翻譯也是合作完成的，正確地說，是合譯的。決不是不懂外文就能翻譯。魏易把外國文學原著的大意講給林紓聽，林紓再對它進行文學的加工和改造，從而用文言文「翻譯」成作品。當然，現在看來，這裏面是有很多問題的，為什麼魏易的口譯不能直接形諸文字而成為「作品」？對於兩人合作翻譯的具體細節，現在已經無從知道，理論上講，魏易的口譯應該更準確，更忠實於原文。但為什麼「林譯」卻得到認同？這說明，在當時的文言語境下，林紓的翻譯被認為是「標準」的翻譯，而魏易的口譯可能反而是不「標準」的。這涉及到「翻譯觀」和「文學性」的問題，涉及到民族文化心理問題。有人認為，林紓的翻譯不是嚴格意義的翻譯，而是改寫，這實際上是站在現代翻譯理念的立場而言的。也許，幾十年或上百年之後，當漢語方式發生很大變化之後，再回過頭來看我們現在的翻譯，現代所謂「標準」翻譯何嘗又不是「改寫」呢。

　　高：在《回顧與思考》一文中，您這樣說：「在我國。外國文學研究始終與外國文學翻譯緊密相連，這是我國外國文學工作的傳統和特點。」我認為這是一個非常重要的結論，帶有方向性。所以，這裏，我特別想向您請教一下關於文學翻譯的問題。

　　前一段時間，我寫過一篇文章。題為《論「忠實」作為文學翻譯範疇的倫理性》，大意是說，文學翻譯不是技藝，而是一種創造性的藝術活動，根本上是兩種文學以及更為深層的兩種文化

之間的交流和對話，不存在客觀實在意義上的忠實。文學沒有所謂客觀價值或終極價值，它不是哲學意義上的知識範疇。文學翻譯中的「忠實」本質上不是哲學概念，而是倫理概念，它強調翻譯者的道德意識，而不是科學意識。文學翻譯的客觀性標準本質上是建構起來的，並不具有絕對的客觀性。在這一意義上，翻譯改變了外國文學。翻譯具有跨文化、跨文明性，它是聯繫中文外國文學與原文外國文學的紐帶和仲介。翻譯實際上是對外國文學的一種解讀，所以翻譯可以無限制地進行下去。從翻譯這裏入手進行深入的追問，我們將會對中國的外國文學研究在特點和性質上有很多新的看法。所以，我覺得外國文學的翻譯研究新方向是值得重視的。我主張從翻譯的角度來研究外國文學，研究外國文學對中國文學的影響。不知道您現在是否有新的思考？

　　吳：你的觀點對我也很有啟發。翻譯在這裏實際上有兩層含義，或者說有兩種翻譯，一種是「顯翻譯」，即把外國文學文本翻譯成中文文本。二是「隱翻譯」或者「潛翻譯」，即形式上的不翻譯而實質上的翻譯。其實，這兩種翻譯觀古已有之。古羅馬的西塞羅有一句名言：翻譯不是重讀一遍作品，而是斟酌每一詞語。西塞羅並肯定了那時一位《聖經》翻譯者的說法：不是從詞語到詞語，而是從含義到含義。現在很多人都注意到了「潛翻譯」作為現象的客觀存在，但並沒有對這一問題展開研究，特別是沒有注意到它對於外國文學研究的意義。事實上，絕大多數以漢語為母語的外國文學研究者，特別是生活在漢語文化氛圍中的外國文學研究者，他們在閱讀和研究外國文學作品時，總是有意識或無意識地把外國文學翻譯成中文，總是用漢語的方式、用中國文

學的方式，以一種中國人的思維去理解、闡釋外國文學，在當今的外國文學研究中，極少有人是完全的外語思維，極少有人是完全站在外語的立場和語境去理解和研究外國文學。所以，對於中國的外國文學研究來說，即使是外語方式的外國文學研究，也與外國人對於他們自己文學的研究有很大的不同，我認為，中國的外語外國文學研究在特點和性質上更接近於中文外國文學研究而不是更接近於外國人的「本國文學」研究。

關於翻譯的忠實性，這是一個長期爭論不休的問題。在西方也是這樣，翻譯究竟是「藝術」還是「科學」，一直存在著爭論，西方翻譯學理論家如奈達、泰特勒等人所廣泛討論的「等值」理論也與此有關。對這一問題我沒有深入的研究，我覺得你講的是有道理的。在科技領域，翻譯是科學，要求忠實於原文，達到等值或等效；而在文學藝術領域的翻譯則是藝術，不可能絕對地忠實於原文，它不是兩種語言符號系統的簡單轉換，也不可能等值或等效。從閱讀的角度來說，文學作品永遠具有一種變動不居的接受性，不同地域的讀者、不同時代的讀者、不同文化和文學層次的讀者、不同性格和個性的讀者，對同一部文學作品的感受和理解是有很大差異的，僅就這一點來說，文學翻譯就缺乏科學意義上的「忠實」的前提。影響文學翻譯的因素是多方面的，與兩種語言之間的差異程度有關，與翻譯者個人的文學休養、興趣愛好有關，與一般性的文化語境和特定的現實語境有關，還有很多因素，這多種因素就決定了文學翻譯不可能等值或等效。事實上，文學翻譯在作品的文學性上總是有所增加和減少。譯文和原文是兩種不同的語言，讀原文和讀譯文在文學性上怎麼會感覺一樣呢？有些

用特殊的語言表現出來的文學性是沒法翻譯的，比如唐詩的節奏和韻律在英語中是無法表達的。另一方面，翻譯的過程中又會無意性地增加某些文學性，比如唐詩翻譯成英文（如龐德翻譯的唐詩）後，漢語的節奏和韻律沒有了，但又增加了英語的韻味。

　　文學翻譯從根本上不同於科學技術翻譯，它不可能絕對「忠實」，不可能等值和等效，每個翻譯者實際上都是根據自己對於文學的理解、對於原作的理解，在闡釋的意義上進行翻譯，所以，一部文學經典在各國都有多種譯本，如《浮士德》在蘇聯就有 20 種譯本。現在，我國的《紅與黑》也有很多種譯本。文學翻譯具有創造性，但這種創造不同於原作的創造，而是以原作為基礎的第二度創造。翻譯文學實際上具有二重性，既具有中國性，又具有外國性，既是中國文學，又是外國文學。在今天的中國文學研究中，中國近代文學史把翻譯文學納入其研究範圍，這是正確的；中國現代文學史把翻譯文學排斥在研究範圍之外，使之成為「棄兒」，這是不對的。當今，認為翻譯和創作完全不能相提並論並因而輕視外國文學的翻譯，也是不對的。翻譯文學從來都是本土文學及其進程的參與者，對於歷史上那些新興的民族文學來說，更是如此。車爾尼雪夫斯基在談到俄國文學時說：「在普希金以前翻譯文學實在比創作還重要，直到今天（即 1857 年）要解決創作文學是否壓倒了翻譯文學還不是那麼容易。」中國現代文學深受西方文學的影響，這是公認的事實，這種狀況至今仍然在繼續。但西方文學對中國現代文學的影響是通過什麼方式實現的？你說得對，是通過翻譯的方式實現的，翻譯中實際上隱藏著西方文學對中國現代文學影響的秘密，這一點我們現在重視不夠。

　　中國現代文學多少年前就在提「重寫文學史」，但我覺得現在的中國現代文學史「重寫」得還不夠，其中一個很重要的方面就是對翻譯文學不夠重視，對翻譯文學對中國現代文學的影響這一問題研究不夠。五四以後的中國文學，處處都受外國文學的影響，中國現代文學史上重要的作家，沒有不受西方文學影響的，只是受影響的程度不同。錢鍾書先生說過：不懂外國文學，就不能觸摸到中國現代文學的底蘊。寫中國現代文學史，如果不寫翻譯文學對中國現代文學的影響，是很難深刻的。但如何在翻譯文學對中國現代文學影響的意義上寫中國現代文學史？這是一個非常複雜的問題。我認為把中國現代翻譯文學納入中國現代文學體系，用一定的篇幅或章節來介紹翻譯文學，這還是極表層的，也是有疑問的。最重要的是要有翻譯的意識，寫出翻譯文學對中國現代文學的影響，重要的是解釋中國現代文學是如何受翻譯文學的影響以及影響的程度從而形成目前這樣一種歷史形態的。

　　高：通過翻譯文學來研究外國文學，這是當今中國外國文學研究的基本現狀，過去是這樣，現在是這樣，並且我認為這種狀況還將會持續很長一段時間。我們今天所說的外國文學，主要是指以翻譯形態存在的外國文學。真正懂外文的外國文學研究者並不是很多（我這裏所說的「真正」是指能熟練地閱讀外國文學），而真正可以欣賞外國語言的就更少。這對於我們的外國文學研究來說，當然是一種困境。但另一方面，也迫使我們思考我們的研究出路，我們恐怕不能像外國人那樣研究外國文學，我們恐怕只能走跨文明、跨文化的模式。

　　從現在的西方漢學來看，西方人對於中國文學，包括對於中國古代文學和中國現代文學的理解顯然還非常不夠，就知識來說，多數不過是我們的一般水準。但我們應該充分肯定西方人對中國文學的研究，他們的研究有它們自己的特色，是我們所沒有的，很多觀點和方法都值得充分的肯定和借鑒。外國人常常能發現我們不能發現的東西。反過來，中國研究外國文學也是這樣，能夠發現外國人不能發現的東西。我覺得我們研究外國文學比外國人更有優勢。外國人站在他們的文化立場上、從語言內部進行研究，因為視野的問題，很多問題反而被遮蔽了，有點「不識廬山真面目」。中國人研究外國文學實際上具有「超越性」，我們實際上站在更寬敞的視野、更高的高度在研究外國文學。跨文明、跨文化明顯比單一視角或者說內視角要優越。不知道這種想法是否有道理？

　　吳：你這個判斷是正確的，其實，西方的漢學水準一般來說並不高，這與資料、文化環境、語言背景以及整體的漢學研究隊伍等多種因素有關。而且有意思的是，在海外的漢學研究中，高水準的學者多數都是華裔，很多學者就是直接從大陸、港、台出去的。但另一方面，海外漢學又有它特殊的價值，他們以一種異域的視角，「第三隻眼」看中國文化，常常能有一種獨特的發現，從而和本土的中國文化研究構成互補。比如中國現代文學研究中的錢鍾書發現、卞之琳發現、張愛玲發現、沈從文發現等，都與海外的中國現代文學研究有很大的關係。在這一意義上，我們應該充分肯定海外的中國文學研究。

　　反過來也是這樣，我們的外國文學研究，不論中文方式的外國文學研究還是外語方式的外國文學研究，顯然在總體水準上沒法和外國人的「本國文學研究」相比，這同樣是由語言背景、資料、文化環境、相應的文化素養等多種因素決定的。中國人的外語水準再高，也不可能高過外國人，對於外國文化的瞭解還是外國人理解得最透徹、最清楚，這是事實。但另一方面，中國人對外國文學的研究，又有它獨特的地方，它構成了外國人「本國文學研究」的補充。這獨特的地方在哪裡？就在中國文化背景、中國的現實語境、中國人獨特的思維方式以及對文學、哲學、宗教等問題的獨特觀念。所以，中國的外國文學研究本質上是一種跨文化、跨文明的文學研究。

　　上面我們談到翻譯，把翻譯的維度加入到外國文學研究中，始終意識到翻譯在外國文學的無處不在這種狀況，這是非常重要的。正如你所說，翻譯改變了外國文學的表述方式，也因而改變了外國文學的性質，我們所研究的實際上是另一種外國文學，一種進入中國語境的外國文學。但另一方面，我們不能滿足於簡單的跨文明研究，而要有所超越，既不能完全站在中國文學的立場上來研究外國文學，也不能完全站在外國文學的立場上來研究外國文學，而要站在一個更高的層面即「世界文學」的立場上來研究外國文學。有人主張取消中國文學與外國文學的界線，不再分「中國文學」和「外國文學」，而籠統地稱「語文學」。這當然是有道理的，並且是一個很重要的方向，在某些國家也的確是這樣的。而在中國，現在還缺乏可行性。「語文學」的前提條件是，不僅能夠熟練地運用二門外語，能自由地進出入外語語境中去，

而且對中國的古今文化與文學都得十分熟悉。不管怎麼樣，造就一批學貫中外的通才，仍將是我們的奮鬥目標。

高：與上面問題相關，這裏實際上牽涉到比較詩學和比較文學的問題。現在比較文學與外國文學同屬於一個學科，稱為「世界文學與比較文學」。我認為，把這二者歸併到一起是非常有道理的，某種意義上說，世界文學就是比較文學，其實中國的外國文學研究從根本上就是比較文學。比較在外國文學研究中如影隨形，無處不在，只不過沒有明確這樣說罷了。我們總是站在我們的知識結構、文化背景、語境上來看外國文學，我們總是以我們自己的眼光來看外國文學，我們總是以我們自己對於文學的理解和文學趣味來理解和詮釋外國文學，這其實就是一種比較。

另一方面，比較文學某種意義上就是外國文學研究。比較文學從根本上是以中國文學為參照來研究外國文學。當然，「比較」有特殊的含義，它不是一般意義上的比較，而是超越，即跨文明、跨民族、跨語言、跨學科。包括闡釋研究、影響研究、平等比較、譯介學等。比較文學的最終結果是走向世界文學，而不是走向外國文學。「外國文學」是「二元」對立概念，當我們說「外國文學」時候，我們實際上是站在中國文學的立場上而言的，「外國文學」與「中國文學」相對。而「世界文學」則具有更廣闊的視野，它超越了國別意識，它包容了中國文學與外國文學。所以，在「世界文學」中，包含了深層的比較意識，即跨民族、跨語言、跨文明。我不知道最初把「外國文學」改名為「世界文學與比較文學」的時候是否有這一含義在裏面。

比較詩學也是這樣。把兩種文論進行比較，更進一步確定其優劣，這並不是比較的目的。比較的最終目的是為了更清楚地認識各種文論的本質，和更深刻地認識文學理論的本質。仍然是為了建設文學理論。您 80 年代的蘇聯文學理論和文學思潮研究其實就是廣義的比較詩學。研究蘇聯文學理論和文學思潮的最終目的還是為了建設我們自己的文學理論。希望您能談談您研究比較詩學和外國文學的體會與心得。

吳：當初學科調整把「外國文學」改為「世界文學」，並把比較文學和世界文學合併起來，稱為「世界文學與比較文學」，這有一定道理。「比較文學」和「世界文學」看似研究不同的現象，但實際上二者具有共同性，文學研究中，甚至在日常生活中，可以說處處都有比較，這是因為，事物總是在比較中認識的，世界文學研究也不例外。上面我們談到翻譯，其實翻譯就是比較。錢鍾書、錢穆、牟宗三，他們的著作都不以「比較」標識，但卻處處有中西比較，他們的學術研究始終有一種很深的比較意識。比較文學不應該只是中西文學比較，還可以是英美文學比較，俄英文學比較，英法文學比較等，還可以是漢語文學和少數民族文學比較。我不贊成把「比較」限制得過於狹小。比較文學的結果不一定要尋找人類文學的共同規律，這是一個太大的目標。把比較的雙方作為參照對象，通過比較達到對兩種文學更為深入的認識，這其實也是一個非常重要的目的。但是，世界文學研究並不等同於比較文學研究，一部世界文學史也不是一部比較文學史，前者的內涵要比後者的內涵廣泛得多。

　　我非常贊同你對「世界文學」與「外國文學」的區分，這兩個概念在過去是沒有多大區別的，二者基本上是指稱同一對象，我們過去說「世界文學」實際上就是指外國文學。但現在看來，這兩個概念具有實質性的差別，這種差別不僅表現在對象上的不同，即你說的「世界文學」包容中國文學，而「外國文學」則不包容中國文學，更重要的是它們反映了兩種不同的文學意識，「外國文學」是站在中國文學的立場上而言的，而「世界文學」則是站在更高的文學立場上而言的，即站在超越中外文學的立場上而言的。

　　「世界文學」在中國很長一段時間都只是一種對文學現象的純粹範圍性描述，印度文學、埃及文學、法國文學、英國文學包括中國文學等國別文學的簡單加和就是世界文學。但實際上，「世界文學」是一個具有特殊內涵的概念，是一定時代的產物。世界文學這一概念最早是由歌德提出來的，1827 年 1 月 31 日歌德在同愛克曼談話時說：「民族文學在現代算不了很大的一回事，世界文學的時代已快來臨了。」《歌德文集》第 12 卷有一篇文章專門收集了歌德關於「世界文學」的觀點，題為《關於「世界文學」的最重要言論》，其中說到：「我堅信一種普遍的世界文學正在形成，而且為我們德意志人保留了其中的一個光榮的角色，」「世界文學並不要求各民族的思想變得一致起來，而只是希望它們相互認識、相互理解。」（按：本句話，係本人根據德文原文進行重譯的。）從這些話來看，歌德所說的「世界文學」是一個和「民族文學」相對的概念。它是指各民族文學的互相交流和互相影響日益密切，決不是指各民族文學的消亡，由一種一體化的「世界文學」所取代。

在歌德提出「世界文學」之後大約 20 年，馬克思恩格斯也講到了「世界文學」。馬克思恩格斯是否看到了歌德關於世界文學的觀點，現在不得而知。但馬克思恩格斯的「世界文學」和歌德的「世界文學」的理論基礎並不一樣。在馬克思恩格斯看來，在資本主義的大工業的時代裏，生產和消費都衝破了國家和地區的界限，都成為世界性的了：不僅市場成為世界市場，歷史成為世界歷史，而且文學成為世界文學。馬克思恩格斯的原話是這樣的：「過去那種地方的和民族的閉關自守和自給自足狀態，被各民族的各方面的互相往來和各方面的互相依賴所代替了。物質的生產是如此，精神的生產也是如此。各民族的精神產品成了公共的財產。民族的片面性和局限性日益成為不可能，於是由許多種民族的和地方的文學形成了一種世界的文學。」（《共產黨宣言》）馬克思恩格斯的「世界文學」概念是建立在歷史唯物論這一思想基礎上的。因此，馬克思恩格斯筆下的「世界文學」並非古已有之，並不是國別文學的算術加和。同時，它又不是非民族、反民族和凌駕於各民族文學之上的一種一體化的世界文學。他們說得十分明白：世界文學由許多種民族的和地方的文學「形成」，而不是由前者取代後者。世界文學是通過世界各民族各國文學的相互往來和相互依賴的長期動態過程而展現出來。馬克思恩格斯所說的在世界性的生產和消費過程中，民族的片面性和局限性日益成為不可能，並非指文學的民族的獨特性或特色從此不復存在。這兩者並不是一回事。從他們往後的著作中可以看到，他們十分重視文學的民族特色。所以，世界文學也並不是如有人所聲稱的是文化或文學的全球化。在這一意義上，把「外國文學」改為「世

界文學」，表面上是名稱的變化，實際上是加入了比較意識，引
進了新的觀念。

本文係作者對中國社會科學院外國文學研究所吳元邁先生
的訪談，原載《外國文學研究》2005 年第 1 期。
《外國文學研究》2005 年第 6 期複印。

人文精神討論中的文學理論批評述評

　　人文精神討論是 90 年代人文學界自發形成的一場非常深刻、廣泛的學術討論。它始於文學界，但它所論及的問題絕不僅僅限於文學理論和批評，而幾乎可以囊括整個人文社會科學。參加討論的人也非常廣泛，涉及文史哲各界包括很多知名人士。

　　人文精神討論是以 1993 年 6 月號的《上海文學》發表王曉明等五人的「談話體」文章《曠野上的廢墟——文學和人文精神的危機》一文為標誌的，在這篇文章中，王曉明等人第一次提出當代文學和人文精神危機的問題。但這並不是說當代文學和人文精神的危機是從 1993 年才開始的。對這種危機的討論其實也早在危機之初就開始了，王曉明自己也說：「其實，在這些座談舉行之前，至少在上海，在思想史、文學和文化批評乃至哲學的領域裏，都有過頗長時間的醞釀性的討論。」[1]人文精神討論是一次純學術討論，但它不是由純粹學術問題引起的，不是那種學術權威振臂一呼響者雲集方式的，它的發起從根本上淵於人文科學和文學藝術的現實，從根本上說，源於文學和人文精神的危機。

　　80 年代中期至 90 年代初期，由於經濟體制從計劃經濟向市場經濟和商品經濟的轉型，中國的社會生活發生了翻天覆地的變

---

[1]　王曉明：《人文精神尋思錄・編後記》，文匯出版社，1996 年 2 月版，第271 頁。

化，人們的生活方式和價值觀念也發生了巨大的變化，在這種大的社會潮流中，中國的人文學術和文學藝術也受到了前所未有的衝擊和挑戰，表現為：文人們再也經不起物欲的誘惑，或者「下海」經商，完全追求世俗的物質享樂，或者以文學藝術作為謀利的工具，通過寫作來賺錢，通過寫作來達到某種世俗的目的。學者不再願意承擔人類的精神痛苦和孤獨，不再對學術抱一種真誠的信仰和執著，不甘寂寞和清苦，學術完全成了一種職業，做學問不再是為某種使命，不再是為了追求真理，而是為了評職稱、晉級、賺錢、謀生，過一種舒適的生活。文學藝術從前的那種神聖感、使命感、崇高感，對人類精神振弊起衰的那種宗教感再也沒有了，代之而起的是商業氣息、世俗氣息。有人描述世紀末的中國文學及文學批評是：「詩人死了」，「長篇小說在喧嘩與騷動中墮落」，「貧血的青春美文與貧困的名家隨筆」，「報告文學等於廣告文學」，「沉默與聒噪的文學批評」，其根本原因就是文人們在商品大潮面前沒能很好地把握自己，「他們由產生失落、困惑、焦慮、浮躁、憤怒直至放棄理想、責任、操守、良知、道德，以極其庸俗的精神和相當卑劣的姿態出現在嶄新的歷史舞臺上，他們和那些假冒偽劣產品製造商混在一些，以消極的態度投機於市場經濟，以醜惡的方式追逐著商業利潤，在市場經濟面前，我們的一些作家缺乏理性的認識和積極的適應，他們只關心商業利潤，不在乎文學價值，從而使自己的作品喪失了文學的意義，顯而易見，是作家自己遭踏了文學，扼殺了文學。」[2]這雖然在言

---

[2]　陳耀明：《中國文學，世紀末的憂慮》，《新世紀》1996 年第 2 期。

辭上顯得過激，但現時的文化和文人表現出「失落」、「頹廢」和「腐朽」，卻是客觀的存在。在提倡人文精神的人看來，《廢都》和王朔就是最明顯的例子。

《廢都》是 90 年代文壇最熱鬧的話題之一，對於《廢都》，可以說是眾說紛紜，但在最後，有一個觀點卻沒有很大的爭議，就是認為《廢都》真實而深刻地反映了當代中國知識份子的頹廢、墮落，甚至於作者本人也表現出一種頹廢意識。這種頹廢現狀和頹廢意識正是後來人文精神討論中所謂人文精神「失落」的最重要的表現之一，只是當時沒有把它泛化。

王朔可以說是整個新時期文學中最有爭議的一個作家，他是以一種叛逆者的方式從另一條道路殺入文學界的。王朔的小說在總體上表現出一種玩世不恭、油滑、調侃、遊戲、嘲諷、通俗的特點，王朔自己說他是在其他方面無所作為，覺得寫作很容易才來「玩」文學的，他把他的寫作稱為「碼字」，他通過他的小說創作和創作談，把文學的神聖性可以說完全消解掉了，這可以說把文壇完全激怒了。再加上王蒙以他特有身份和地位站出來為王朔說話，其評價之高，讓很多人大跌眼鏡，這可以說也是人文精神討論的一個重要契機。不管承認不承認，後來的人文精神討論正是針對此而來，而且王朔、王蒙都是作為「失落」的代表人物而成為整個討論中的一個重要內容。

當然，從後來的關於人文精神的討論的內容來看，所謂人文精神的危機，其內涵遠比上面所述豐富和深刻，但不論是承認還是否認，是有意還是無意，人文精神的討論是由以上這些問題引發的。所以王曉明開頭的話就是：「文學的危機已經非常明顯，

文學雜誌紛紛轉向，新作品的品質普遍下降，有鑒賞力的讀者日益減少，作家和批評家當中發現自己選錯了行當，於是踴躍『下海』的人，倒越來越多。」[3]蔡翔說：「我想，人文精神的重建，首先是針對這種在思想解放及商品大潮中的困惑。」[4]

人文精神大討論，被稱為是「世紀末之爭」，其過程比較複雜，涉及的內容也非常廣泛，本文主要從文學理論批評的角度對這次討論進行一個總結和回顧，內容主要包括：人文精神及失落的內涵；王朔的評論；「二張」之爭；「二王」之爭等。

關於什麼是「人文精神」，王曉明等人一開始並沒有對它進行嚴格的限定，他們顯然是在「意會」的意義使用它的，只是在後來的追問之後，袁進才給了一個概定：「我理解的『人文精神』，是對『人』的『存在』的思考；是對『人』的價值、『人』的生存意義的關注；是對人類命運、人類痛苦與解脫的思考與探索。人文精神更多的是形而上的，屬於人的終極關懷，顯示了人的終極價值。」[5]但這個概定明顯地是非常勉強的，從整個的討論來看，「人文精神」的內涵遠比這要豐富，各人的理解不同，強調不同。陳思和強調「道統」即「穩定悠久的精神傳統」，他後來說：「提倡人文精神，就是應該提倡知識份子在現實的各種壓力下日益萎縮的現實戰鬥精神，至少在社會風氣的層面上為保護人

---

[3] 王曉明、張宏、徐麟、張檸、崔宜明：《曠野上的廢墟——文學和人文精神的危機》，《上海文學》1993 年第 6 期。

[4] 許紀霖、陳思和、蔡翔、郜元寶：《道統、學統與傳統》，《讀書》1994 年第 5 期。

[5] 高瑞泉、袁進、張汝倫、李天綱：《人文精神尋蹤》，《讀書》1994 年第 4 期。

的權力和尊嚴而鬥爭。」[6]李天綱理解為信仰主義的宗教精神；而王彬彬則主要是在道德理想主義的意義上使用的。不逐一列舉。這也難怪，因為人文精神危機的命題是以集體的方式提出來的，其問題是在討論中逐漸明朗化的，所以開始時在概念上不嚴密、不同強調、不一致甚至矛盾，是極在情理之中的。但聯繫問題提出的背景以及討論的語境，它大致的意思卻是明顯的，即人文關懷、理想、崇高、責任等人類美好的精神，陳思和後來說它不過「是一個象徵性的符號」，大概是在這種意義上而言。

也許正是因為這種概念的矛盾、不嚴密，導致後來關於什麼是人文精神的廣泛的爭論，比如陳沖評論說：「幾位學者在反覆強調提倡『人文精神』的重要性、必要性、緊迫性之餘，卻未能說清楚他們提倡的這個精神究竟是什麼。」「你提倡一個東西，又說不清這東西究竟是什麼，讓別人怎麼想？別人想了半天，講了半天，你又說你不是那個意思，能有什麼結果？」[7]應該說這是非常有道理的。 王蒙的討論文章其實就是這樣，他不得不先猜測對方所說的「人文精神」倒底是什麼意思。後來上海有人抱怨人文精神討論「竟然弄成了這個樣子」，其實，並不是別人裝糊塗，而是自己首先沒有把問題說清楚。當然，後來朱維錚先生緊扣字眼，通過考證古今中外「人文精神」的具體內涵來把握王

---

[6] 陳思和：《關於「人文精神」討論的兩封信──致阪井洋史》，《大潮文叢》第 4 輯，1994 年 12 月。

[7] 陳沖：《「人文精神」插話》，《文論報》1996 年 4 月 15 日。

曉明等人所說的「人文精神」[8]， 我覺得明顯地是脫離了特定的語境。把概念放在對具體問題的討論中來理解應該說也是可以的。許紀霖後來說：「我們無法在一個抽象的、思辨的層面上確定人文精神的標準含義，因為一個詞的意義總是能動的，與具體的語境相關的。」[9]這也可以看作是一種解釋吧。

雖然提出問題時「人文精神」這一概念比較模糊，但對於什麼是人文精神「危機」或「失落」，王曉明等人一開始卻是有比較嚴格的限定的，王曉明說：「今天的文學危機是一個觸目的標誌，不但標誌了公眾文化素養的普遍下降，更標誌著整整幾代人精神素質的惡化。」崔宜明說：「我們正處在一個堪與先秦時代比肩的價值觀念大轉換的時代。舉凡五千年以來信仰、信念、信條無一不受到懷疑、嘲弄，卻又缺乏真正建設性的批判。不僅文學，整個人文精神的領域都呈現出一派衰勢。在商品經濟大潮的衝擊下，窮怕了的中國人紛紛撲向金錢，不少文化人則方寸大亂，一日三驚，再也沒有敬業的心氣、自尊的人格。」[10]後來王曉明在編《人文精神尋思錄》時有更高度的概括，其中一共有七條，包括危機的現狀，危機的來源以及提倡人文精神作為對策的根本原因。在這個總結中，王曉明仍然強調：「知識份子或文化人的這種普遍的精神失據，並非僅由他們自己所造成，也絕非僅是最近這十年所造成，而是在近代以來的歷史過程中，由各種政

8　參見朱維錚：《何謂「人文精神」？》，《探索與爭鳴》1994 年第 10 期。

9　許紀霖：《人文精神在俗世中的意義》，《尋求意義——現代化變遷與文化批判》，上海三聯書店，1997 年版，第 234 頁。

10　王曉明、張宏、徐麟、張檸、崔宜明：《曠野上的廢墟——文學和人文精神的危機》，《上海文學》1993 年第 6 期。

治、軍事、經濟和文化因素合力造成的。」[11]不管怎樣對「人文精神」作寬泛或狹隘的理解，認為人文精神從近代以來就開始「失落」了，我覺得這是值得商榷的，把魯迅這一代知識份子也劃入人文精神「失落」的範圍，把魯迅的對於「國民性」的批判也作為「人文精神失落」的一個現象，這無論如何都是難以令人信服的。如果魯迅的那種極度憂民憂國的價值理性都還不是「人文精神」，那「人文精神」就是一種太玄虛的東西了。

所以王蒙正是在這種意義上提出疑問，他說：「如果現在是『失落』了，那麼請問在『失落』之前，我們的人文精神處於什麼態勢呢？如日中天麼？領引風騷麼？成為傳統或者主流麼？盛極而衰麼？」[12]不能說這種反問是沒有道理的，比較起來，我們今天能夠自由地談論人文精神這一話題，恰恰是人文精神「複得」而不是「失落」，這本身就是有人文精神的表現，只是這種人文精神遠還沒有達到我們滿意的地步。所以我們更願意關注現實，就現狀本身而討論問題。撇開這種用詞上的不嚴謹給人造成的誤會，所謂「危機」和「失落」，表明的是對當代文學以至整個當代人文領域現狀的一種深層的憂慮、一種深刻的不滿。在這個意義上，人文精神大討論是富於現實性和建設性的。

在具體文藝理論批評問題上，王朔始終是人文精神大討論的一個焦點問題之一。對王朔的評論始終存在爭議，評論界最初似乎想對他冷處理，視而不見，當無法漠視的時候，主要是否定性

---

[11]　王曉明：《人文精神尋思錄・編後記》，文匯出版社，1996 年 2 月版，第 272 頁。

[12]　王蒙：《人文精神問題偶感》，《東方》1994 年第 5 期。

的評價。有諷刺意義的是，當王朔已經大紅大紫的時候，還有人在爭論他究竟算不算作家，他的作品到底叫不叫文學。在一遍否定聲中，王蒙寫了一篇文章叫《躲避崇高》，在這篇文章中，王蒙給予了王朔以深層的理解，他為王朔的「玩」、「痞子」、「調侃」進行辯護，認為王朔是另外樣子的作家，他的作品是另外樣子的作品：「不打算提出什麼問題更不打算回答什麼問題的文學，不寫工農兵也不寫幹部、知識份子，不寫革命者也不寫反革命，不寫任何有意義的歷史角色的文學，即幾乎是不把人物當作歷史的人社會的人的文學；不歌頌真善美也不鞭撻假惡醜乃至不大承認真善美與假惡醜的區別的文學，不準備也不許諾獻給讀者什麼東西的文學，不「進步」也不「反動」，不高尚也不躲避下流，不紅不白不黑不黃也不算多麼灰的文學，不承載什麼有份量的東西的文學……」[13]後來他又說：「批評痞子文學的人又有幾個讀懂了王朔？……王朔他們是太痛恨那種偽道德偽崇高偽姿態了，他們繼承了中國文人的某些佯狂的傳統，故意用糟蹋自己、糟蹋文學的方法——這樣比較安全——來說出皇帝的新衣的真相。」[14]王蒙主張理解和寬容，他認為，魯迅作為一種榜樣值得學習和效法，絕對是必要的，但王朔作為另一種形態的存在，也絕對是合理的。

但提倡人文精神的人與此完全相反，在他們看來，王朔是當代文學人文精神滑落的最典型的代表，在寫作態度上，王朔是「玩」和「遊戲」，他的作品總的基調是「調侃」。張宏說：「調

---

[13] 王蒙：《躲避崇高》，《讀書》1993 年第 1 期。
[14] 王蒙：《人文精神問題偶感》，《東方》1994 年第 5 期。

侃恰恰是取消生存的任何嚴肅性，將人生化為輕鬆的一笑，它的背後是一種無奈和無謂。」「調侃的態度沖淡了生存的嚴肅性和嚴酷性。它取消了生命的批判意識，不承擔任何東西，無論是歡樂還是痛苦，並且，還把承擔本身化為笑料加以嘲弄。這只能算作是一種卑下的孱弱的生命表徵。」[15]

應該說，這是一種真誠的意見分歧，它反映的是兩種不同的文學觀的衝突，從終極關懷的角度，從理想主義的角度，從傳統價值觀的角度，王朔對文學神聖性的玩世不恭，對人類生存意識、崇高感的調侃、褻瀆，是無論如何都無法令人容忍的。而王蒙對王朔的評論，更多的是以自己的人生經驗作為價值參照物的，在王蒙的人生經歷中，耳聞目睹，他看到了太多的對崇高的褻瀆，所以他更願意把王朔的調侃和褻瀆看成是一種「反諷」。特別是王蒙本人的強烈的幽默感和敏銳的諷刺意識更加強了這種「理解」。其實，王蒙對王朔的肯定是相當不徹底的，他還是以一種傳統的文學價值觀，用傳統的話語方式來評論王朔，他只是「寬容」和「理解」王朔的「躲避崇高」，而不是肯定王朔調侃和褻瀆崇高。他認為王朔的反抗只是「策略」上的而不是「精神」上的，這其實並沒有真正理解王朔，也難怪他的評論不能令人信服的。今天，我們從後現代的角度來看王朔，對其價值和意義也許看得更清楚些。

與王朔的情況相反，張煒和張承志則被提倡人文精神的人看成是具有人文精神的代表，特別是張承志，被看作是人文精神的

---

[15] 王曉明、張宏、徐麟、張檸、崔宜明：《曠野上的廢墟──文學和人文精神的危機》，《上海文學》1993 年第 6 期。

一面旗幟，張承志後來乾脆寫了一篇文章叫《以筆為旗》，自我張揚。由此引出了一系列話題，被稱為「二張之爭」。

人文精神討論之初，發起者們並沒有把張煒作為正面「形象」。1993 年 10 月，山東幾所大學發起組織了「93 張煒文學周」，大舉推崇張煒，但主要是就其文學創作的總體成就而起，並沒有刻意地標舉他有所謂「人文精神」，當有學生問他「是否感到──獨在高處的寂寞」時，他的回答是「不太感到」。[16]後來有人說「『歸來的』的張煒因此而成為我們時代的一個精神象徵。」[17]則顯然是過於誇張了。1995 年華藝出版社出版的「抵抗投降書系」把張煒列在其中，張煒也儼然成了人文精神的「守望者」，他自己則寫了一篇言辭激憤的文章──《拒絕寬容》，算是正式加盟「人文精神」的行列。但整個人文精神討論中，關於張煒的爭論並不多，也構不成對文學理論批評有多大的啟發意義的話題。

張承志則不同，他被認為是「在一片廢墟中依然聳立的斷垣，在遍地碎瓦中顯現出孤傲的寂寞」（崔宜明語），他不僅抵抗投降，是「人文精神」的「守望者」，是清潔者，而且簡直就是「精神聖戰者」、「精神義勇軍」，是荊軻似的勇士。在一次採訪中，他對記者所列舉的王朔、賈平凹等人「表示憤怒和痛心」：「一個像母親一樣的文明發展了幾千年，最後竟讓這樣一批人充當文化主體，肆意糟蹋，這真是極具諷刺和悲哀的事。我不承認這些人是什麼作家，他們本質上都不過是一些名利之徒。……其中一

---

[16] 張煒：《文學是生命的呼吸──與大學生對話錄（節選）》，《作家》1994 年第 4 期。
[17] 尹昌龍：《『歸來的』張煒》，《中華讀書報》1995 年 2 月 8 日。

些人甚至沒有起碼的榮辱感、是非觀，只要自己能撈到利益，哪怕民族被侵略、祖國被瓜分也不會在意。就這樣一批無原則、無操守的文人……」又說：「現在的知識份子太髒了，甚至以清潔為可恥，以骯髒為光榮，以庸俗為時髦。」他自認為是在「孤身奮鬥」，「與整個文壇決鬥」。[18]這明顯是太「狂」了，太富於侵略性，說話的口氣似曾相識。也許正是這種過於激烈的言辭和過於偏執的觀點，使得後來的爭論帶有很多情緒的東西。

劉心武等人說張承志是「原教旨紅衛兵」、「原紅旨主義」，對現實不滿，於是苦悶、孤獨地走向「荒蕪英雄路」。客觀地說，「北戴河對話錄」中關於張承志的評論雖然不乏真知卓見，但感情的成份的確太多。相對地，張頤武的文章就客觀些，也比較令人信服。張頤武認為張承志不過是「90 年代的一個膨脹的神話」，「張承志的信仰與超越的『崇高』是遠離『後新時期』文化所面臨的種種問題的，他的神奇般的本文中只有玄遠的不著邊際的，超越得極為渺茫的承諾。」「張承志在斥責大眾的時候卻迎合了他們。」「他的姿態和訴求恰恰最好地適應了這個時代的某些文化消費的走向，他的充滿『終極關懷』的『神』的宣諭並未脫離當下的世俗文化。」[19]王朔也認為張承志是一種矯情地憤世疾俗，事實上他並沒有也不可能回避世俗。有意思的是，當張承志正在宣稱他是在孤獨地奮戰時，正在宣稱他只有一小批讀者時，1995

---

[18] 邵燕君：《張承志談文壇墮落》，《作品與爭鳴》1994 年第 10 期。
[19] 張頤武：《張承志神話：後新時期的人間喜劇》，《文學自由談》1995 年第 2 期。

年，他的書卻非常尷尬地是大紅大紫的暢銷書。看來，關於張承志及其現象，這的確是一個有進一步討論前景的話題。

人文精神大討論中，還有一個富有戲劇性的話題，就是所謂「二王之爭」。有人認為這只是一個插曲，但事實上，由「二王之爭」引起的關於寬容問題的討論和對王蒙本人的評論，仍然屬於人文精神討論的範圍，而且是非常重要的內容。從人文精神提倡者的基本觀點來看，對王蒙的批評具有必然性。

話題是由王彬彬起頭的，1994 年年底，他寫了一篇文章叫《過於聰明的中國作家》，在這篇文章中，他點名批評了王蒙和蕭乾，認為王蒙太聰明了，太世故了，王蒙對王朔的肯定其實可以看作是對自身的肯定。王蒙的這種聰明正是中國文學難得有大的成就的原因之一：「形而下的生存智慧過於發達，形而上的情思必定被阻斷、被遏制；內心被現實感被務實精神所充塞，非現實的幻想和不切實際的瑰麗的想像必定無存身之地。」又說當年北京批判胡風反革命集團時，蕭乾也在座，但他沒有像呂熒一樣上臺表示反對，而是沉默，「沉默，也就意味著默認，意味著贊同，在這種場合，不說真話，就意味著說了假話，意味著褻瀆了某種神聖的原則、道義，意味著認可、助長了邪惡。」[20]真是一種道德理想主義，一種書生的議論，但這種文章的攻擊性和言辭的過於偏激卻是明顯的，富於挑逗性的。

所以王蒙也盡失風度，先是在《新民晚報》上發表《黑馬與黑駒》一文，對王彬彬進行諷刺與挖苦，後來又在《滬上思絮錄》

---

[20] 王彬彬：《過於聰明的中國作家》，《文藝爭鳴》1994 年第 6 期。

中用「關於壯烈意識」一節為自己究竟是不是太「聰明」了作辯護[21]。後來王彬彬又有反駁文章，但這明顯地是題外話了，偏離了正常的學術討論，與本文沒有關係。倒是由此而引起的關於寬容和對王蒙本人的評論對於文學理論批評有很多啟發意義。什麼是寬容？在什麼條件下寬容？寬容在當下有什麼文化學意義？究竟如何看待王蒙的「聰明」和蕭乾的「沉默」？如何看待現世主義與理想主義？甚至更遠一些，我們今天應該以一種什麼樣的價值觀來評論過去的中國文學史？等等。其實，如果我們能心平氣和地討論這些問題，應該說是非常有意義的。可惜的是，由於種種原因，人文精神大討論在這些問題上無法深入下去。

縱觀整個人文精神大討論，我認為，這是一次非常廣泛而深入的學術討論，它具有強烈的現實性和批判意識，它的作用和意義是重大的，特別是對文學理論批評有很多建設性的貢獻。但有些問題，在討論者現有的文化知識結構、思維模式、話語方式和價值觀念，是不可能得出什麼肯定的結論的。也許，對有些問題，必須要有一定的時間，我們才能夠認識清楚。

本文原載《襄樊學院學報》1999 年第 1 期。

---

[21] 王蒙：《滬上思絮錄》，《上海文學》1995 年第 1 期。

學術大視野與文化建設

　　高玉（以下簡稱高）　曹老師，今天我準備就一些與學術有關的比較宏觀的問題向您請教。比如學術的現實意義、學術的終極價值、當代學術與當代文化建設、大國文化地位、中國文化現代化等，在一般人看來，這些問題也許超出了我們的專業範圍。但我認為，對於學術研究來說，這些問題其實是不能回避也沒法回避的，否則學術的意義就值得懷疑。

　　曹順慶（以下簡稱曹）　不用客氣，有什麼問題提出來，我們共同討論。這些都是很有意思也很有價值的問題。對這些問題我雖然有些思考，但缺乏系統的研究和表述，今天正好借此討論作些清理。

　　我同意你的看法，這些問題並沒有超出我們的學術專業範圍，比較文學也好，比較詩學也好，文學理論也好，作為學術它們都必須面對這樣一些追問。我們為什麼要研究比較文學，為什麼要研究比較詩學，為什麼要研究文學理論，它們對我們自身的意義是什麼？它們對於社會的意義是什麼？當代中國學術與當代中國文化建設是一種什麼關係？這些都是我們應該思考的問題。這裏其實涉及到如何對「學術」進行界定，涉及到對「專業」的基本看法。對於自然科學來說，專業範圍劃分得相對比較嚴格，每個專業負責一塊領地，各司其職，通過各自的深入研究達

到對整個自然研究的總體推進，這是合理的。自然科學的專業性充分發揮了社會分工的優勢。但社會科學則不同，文、史、哲的學科劃分是相對的，不論是從理論上來說還是從現實的學術性來說，文、史、哲從來都是不分家的。很難想像，如果不懂文化學，對中西文化的歷史和現實缺乏深入的研究，怎麼能很好地研究比較文學；同樣很難想像，如果沒有哲學的基礎，怎麼能研究文學理論。文、史、哲以及文化學、社會學、人類學等學術分工有它的合理性，但這些學科的過分分割則會造成對這些學科本身的巨大傷害。文、史、哲當代的專業化則可以說集中體現了社會分工的弊端。學術的現實意義、終極價值，當代中國學術與當代中國文化建設的關係等問題，這本來是我們研究比較文學、文學理論也應該思考的問題，但它卻因為學科的劃分而被我們大多數人排除在思考和研究之外，這樣，我們的文學理論和比較文學很多問題以及應有的展開就被遮蔽了，從而表現出局限性。

高 文、史、哲過分分割所造成的學術局限，這可能也是中國學術在總體上比較落後，沒有出現世界影響性的學術大師的一個很重要的原因。讀海德格爾、伽達默爾、福科、德里達、胡塞爾等，我們非常驚詫他們在學術的各個領域和各個方面都有建樹。按照系統論的觀點，整體功能大於部分功能之和，當學術的各方面被他們貫通起來之後，就可能產生一種功能性的巨大能量，也許這正是西方現代學術大師成功的一個很重要的原因而不是結果。這是一個很有意思的話題，我希望能再找一個時間我們專門討論這一問題。還是把話題回到學術的價值和意義上來。

　　就現狀而言，我感覺對於學術的態度和視角明顯存在著「實用主義」和「學術主義」的差異，即康德所說的實踐理性和價值理性的差別。學者更關注學術價值、學理價值，當然這並不是說學者不重視學術的現實關懷，學者都在不同程度上具有某種現實的情懷，但這種現實的情懷通常比較深層，比較間接。在他們看來，學術過分地介入現實，便會捲入現實，學術在價值觀和方向上都會為現實所左右，從而喪失獨立性。所以在有些學者看來，學術似乎越遠離現實便越具有「學術」性。當學術以現實為問題和對象、特別是對現實進行辯護的時候，便有「粗鄙」與「媚俗」之嫌。觀念以及特殊的歷史比如「文化大革命」的慘痛教訓，使「學術」這個詞語在中國發生了變異。在大多數語境下，它與「政治」相對立，二者構成「二元」性。我們看到，當思想「出格」時，「學術」常常是一張非常重要的擋箭牌。某一種「過激」的看法最後被定性為「學術觀點」時，學術界心知肚明地都能意會到這是一種友好和善意。但問題是，「學術」和「政治」相隔真是如此遙遠嗎？學術真的這樣遠離現實包括現實中的政治嗎？

　　曹　你這個感覺是對的。我知道你下面想要表達什麼意思。打斷一下。學術不具有絕對的純粹性，也不具有絕對的客觀性。社會科學不同於自然科學，雖然都稱為「科學」，但自然科學的「科學」與社會科學的「科學」在內涵上是有差別的。自然科學追求客觀性和可檢測性，而社會科學追求意義和價值，具有主觀性和人文性，所以社會科學又被稱為「人文科學」。經常聽到有人說「純學問」，我不知道這裏「純」是什麼意思。什麼樣的學問是「純」的，什麼樣的學問是「不純」的，「純」與「不純」

的分界在什麼地方，這其實值得深入的追問。帶「古」字的學問可能是最純粹的學問，比如文獻學、考古學、古代文學史、古代哲學史、古代漢語等，但它們真的是那麼純粹嗎？我看不見得。過去，我們講「古為今用」、「借古諷今」，這未必沒有道理。當我們選擇研究什麼和不研究什麼時，其實這種選擇作為主觀行為其本身已經顯示了我們研究的不「純」。很難想像，一種學問如果與我們的生活和文化沒有任何關係，這種學問還有什麼意義和價值，還有什麼存在的理由。克羅齊說，所有的歷史都是當代史。柯林伍德認為所有的歷史都是解釋的歷史，本質上都是強調歷史與現實的關懷，這是非常有道理的，它有充分的解釋學理論根據。

　　學歷史的人經常掛在嘴邊的話是「以事實說話」，我不知道他們是如何限定「事實」的。但社會科學中的「事實」顯然不同於自然科學中的「事實」。自然科學中的事實具有物理性，而社會科學中的事實具有人文性，它不是來自於自然，而是來自於社會，本質上是人的社會活動及其認識的產物。所以社會科學中的事實充滿了人的理解性，理解對於事實來說不只是附屬性的工具與方法，而是本體，也就是說，理解構成了事實本身。這是現代闡釋學的基本觀點。所以，不帶人的主觀理解的事實在社會科學中是不存在的，歷史的事實是如此，現實的事實更是如此。純粹客觀的事實不過是一種神話。社會科學始終具有一種現實關懷的品性，只不過很多人沒有明確意識到這一點罷了。我同意你的看法，當代中國學術在觀念上存在著某些問題，其中一個重要的表現就是把學術狹隘化、個人化，為學術而學術，把學術本身當作目的。學術不是從現實出發，不是從問題出發，而是從傳統出發，

沿襲和師承某種傳統及其相關的問題，這樣就使學術越來越遠離現實，遠離社會。

對西方稍加瞭解就知道，西方的學術不是這樣。你剛才也提到，中國當代為什麼沒有產生世界性影響的學術大師，最深層的學術觀念可能也是一個很重要的原因。在中國，由於學術一直遠離我們的現實生活，所以，與歷史有關的學科通常被認為最有學問。比如文學，通常認為中國古代文學比中國現當代文學有學問。中國現當代文學中，通常認為現代文學比當代文學有學問。而當代文學研究中，搞評論的人被認為是最沒有學問的。中國當代學術普遍存在著一種重歷史輕現實的傾向。學術似乎變成了「屠龍術」，變成了一種沒有任何實用性質的技術。所研究的問題越冷僻、涉及的領域知道的人越少，就似乎越有學問。說難聽些，在有些人看來，越是沒有用就越有學術價值。

當代中國學術還存在著一個很大的缺陷，就是重「功夫」輕思想。在知識上博古通今的人通常被認為是最有學問的人；懂外語門數最多的人通常也被認為是最有學問的人。我們看到，當代很多所謂知名學者，都是屬於「知識型」，其學術可以稱之為「述學」，他們不過是轉述中國古代的思想或西方的思想，他們本身並沒有思想，就是馮友蘭所批評的「照著講」。他們的文章和專著很多，但講的或者是中國古人的或者是外國人的，或者它人的，而唯不是他自己的。對於學術來說，這其實很悲哀。我承認知識和外語對於學術來說是非常重要的，做學問，如果沒有一定的「功夫」，將是一種巨大的缺陷和限制，但對於學術來說，所有的「功夫」最終都要歸結到思想上。如果沒有思想，空有古今

中外的知識或者外語水準，最多不過是「百科全書」或「外語詞典」，我們總不能說「百科全書」和「外語詞典」有學問吧。學術必須對他人或社會發生某種影響，否則只能算作是「死學問」。而學術要對他人和社會發生影響，最重要的是要有思想，所謂「影響」從根本上說是思想的影響。對於學術，胡適的口號是「大膽假設，小心求證」，過去只重視「小心求證」，而對「大膽假設」重視不夠，這是片面的。當今，人們把學術中的「知識失誤」看得很重，一旦文章或著作中出現知識性錯誤，文章和著作便似乎一錢不值。我對此是不以為然的。李澤厚的《美的歷程》最初出版時有一些知識性錯誤，但我們不能因此而否定這是一本好書。我們提倡學術的嚴謹，但「嚴謹」不是學術的最終目的。

　　為什麼中國當代學術中存在著這樣諸多偏見和缺失？我認為，學術的「現實關懷」品格的缺乏始終是一個非常深層的原因。西方很多原創性的學術思想都根源於現實問題，都是產生於直接解決現實問題。很多重大的哲學思想都是從現實中衍生出來，都是一些具有強烈現實針對性的學術觀點向深層的回溯與延伸。上面你提到的海德格爾、伽達默爾、福科、德里達、胡塞爾、薩義德等人，他們的學說都有強烈的現實性，既來源於現實，同時又對現實問題特別是學術問題的解決具有思想指導意義和方法論指導意義。這些人都是學術大師，他們的思想是超越國界的，在他們那裏，學術與現實不是對立的，恰恰是相諧和的，現實性不是削弱了他們的學術性而是加強了他們的學術性，不是妨礙了其影響性而是擴大了其影響性。這些大師的學術都是高深的，真正理解它們的人並不是很多，但這並沒有妨礙它們的現實應用價

值，這說明高深與現實性並不必然構成矛盾。至於學術與政治的關係，這是一個非常敏感的問題，也是一個非常複雜的關係。這裏我只想表明一點，就是，政治與學術並不是二元對立的概念。二者不在同一層次上，「學術」概念比「政治」概念在外延上要大得多，它包容政治。任何社會現象都可以作為學術研究的對象，政治也是如此。只是政治家和學者的視角不同，學者更客觀冷靜，它要求不憑個人的偏好說話，其結論和觀點都要建立在充分的學理的基礎上。

　　高　這又回到我剛才沒有表述完的話上來。學者更關心學術價值、學理價值，走入極端便導致學術遠離現實，實際結果是「學術無用」。而另一方面，政治家，或者政府、官方、意識形態則更關心學術的實用價值、應用價值，走到極端便是「粗鄙實用主義」。學術無用論當然是錯誤的，但把學術強調到另一個極端，可能也是非常有害的。我們看到，無論是申報課題，還是評獎，填寫表格時都有一欄，該課題或該成果的應用價值、經濟效益等。這對於自然科學特別是技術科學來說，是非常重要的目標，但對於社會科學也作這種要求就比較牽強了。應該說，社會科學也具有某種實用價值，社會科學之間也有應用的問題，但此「應用」非彼「應用」。社會科學的實用價值主要是精神範疇的，一般不具有直接的經濟效益。

　　在這一意義上，如何把握學術的學理價值與實用價值，這並不是一個簡單而自明的問題。具體涉及到我們所研究的領域，古代文論也好，比較文學也好，包括文藝理論，其實都面對這樣一種價值取向和功能選擇的問題。我反對把學術神聖化，把專業神

秘化。反對把學問講得非常玄虛、莫測高深，讓人生畏。有些人有一種很不正常的心態，以為選擇了某個專業就是佔領了某個領地，便容不得其他人置喙。似乎職業就是一種特權。這是典型的霸權心態。但是另一方面，我也反對把學術低俗化、日常情理化，以為學術是婊子，人人都可以搞，並且很容易就能搞。前一段時間，我專門寫了一篇文章，題為《學術情理化批判》，對當代中國學術中的低品位現象進行了批評。但如何調節這二者之間的關係，如何把握學術的功利性與非功利性之間的「度」，如何做才能使學術既保持明白曉暢而又不陷入日常情理化，這其實是值得深入討論的問題。過去幾年裏，您提出了很多重要的學術觀點，非常有影響。比如中國古代文論的現代轉化問題、中國文論的失語症及其重建的問題、比較文學包括比較詩學的跨文明研究問題。在一些學者看來，您的這些問題離現實太近；而從政治家的視角來看，您的這些問題可能現實性還不夠。但我認為，您的學術在現實與學理之間是把握得非常好的。

　　曹　任何學術包括具體的觀點都不可能十全十美，我的這些觀點和看法也有不完善的地方，也可能存在包括你上面所提到的某些弊病和缺陷，需要更深入的研究。但從主觀上來說，我是非常重視學術的現實針對性和價值理性的。我覺得你所說的兩個方面都不能偏廢，它實際上是學術的兩種品質。一種學術，如果沒有理論深度，可不只是沒有品位的問題，而是沒有價值的問題。觀點和想法人人都可以提出，但只有那些經過了充分論證，具有充分的學理根據的觀點才稱得上是學術。同樣，一種學術，如果沒有現實意義，不能解釋現實問題，也是沒有價值的，沒有價值

的學術即使品位再高，最多也只能是一種裝飾。學術一旦淪為這個社會的裝飾，成了文化的點綴，這就非常悲哀了。

過去我提出了一些學術觀點，很欣慰的是這些觀點得到同行們的回應，在文學理論和比較文學甚至其他學術領域都產生了一些積極的影響。我的總體考慮是，中國應該建立自己的學術，這種學術是從中國人的生存體驗和中國社會的現實出發的，是我們自己的觀點，而不是前人和別人的觀點。就是馮友蘭所說「接著講」的東西。對於文化和學術來說，語言具有深層性，它從深層上控制和制約著我們的思想和思維，即福科所說的話語的權力性。所以，我對中國的文學理論現狀從語言學的角度進行了一些檢討和反省，提出了中國文論的失語症和話語重建的問題。我知道你在這方面也很研究，發表了一系列的文章。其實這裏面值得研究的問題還很多，並且這些問題對中國文論建設乃至中國文化建設都具有關鍵性。這個問題是很有現實意義的，只是其中的現實意義至今還沒有充分地闡發出來。

對這一問題，我近來有新的思考。中國文論的失語，中國文論沒有了自己的話語，中國當代的文學理論正在納入西方的文藝理論體系，越來越西化，這不僅對中國的文學理論建設和文化建設是一個損失，對整個全球文學理論和文化建設都是一種損失。這裏實際上涉及到文藝生態的問題。文藝生態不僅僅只是中國範圍內的，更是世界範圍內的。幾年前，曾經讀過兩本書，一本是《增長的極限》，一本是《人類處於轉捩點》，即著名的「羅馬俱樂部報告」，印象比較深。「報告」的一個基本觀點是，單一化的政治和文化結構是一種脆弱的結構。高度一元化對於人類來說是

危險的，因為某一種政治和文化的破壞便意味著整個人類政治和文化的破壞。所以，人類的政治和文化應該是多元的，因為多元的政治和文化具有彈性。湯因比、福山、亨廷頓的歷史文化理論都在不同程度上對世界文化多元論具有論證性。

從世界體系來看，文化應該是越多越好。各種文化之間相互雜交、融合，便會生髮出更加健康、更有活力、更有創新性的新文化。這實際上是一種文化生態。但現在，世界文化生態卻遭到了嚴重的破壞，這種破壞基本上是西方主要以美國的價值觀、意識形態，比如民主、人權、基督教等過度膨脹而導致世界文化格局的失衡。不管是有意還是無意，必須承認，美國文化正在急劇擴張，大有一統全球的趨勢。客觀也好，主觀也好，西方文化有一種全球化的趨向，換句話說，西方正在全面性推行他們的價值觀。西方之所以不遺餘力地推行他們的價值觀，這裏面有一個理論問題，那就是，西方認為他們的文化具有普適性。也就是說，他們認為他們的文化不僅適應於西方，同時對全世界都有效，是放之四海皆準的真理。西方人具有一種明顯的文化優越感，並且以一種神聖的使命推行他們的文化，似乎推行西方文化是為了世界的進步和發展。西方人的進取精神和理想主義這是值得稱道的。但西方文化的推行不僅對其他文化構成了傷害，而且對西方文化本身也構成傷害。這中間的理論少有人認真地思考過。

其實，每一種文化都具有普適性與非普適性的兩重性。西方文化有它普適性的一面，但也有它非普適性的一面，有些文化它只能在西方的土壤中生長，換了社會環境便無法生存。同樣，中國文化、印度文化、阿拉伯文化，有它非普適性的一面，但也有

它普適性的一面，其中有些文化不僅能夠在中國、印度或者阿拉伯地區生存，同樣也能在西方生存，並且能夠發揮巨大的潛力。大熊貓既是「國寶」，也是世界性的珍寶，大熊貓如果滅絕了，不僅是中國的巨大損失，也是整個世界的巨大損失。文化生態如果遭到破壞，情況也是如此。中國文化沒有了，這是中國文化的巨大損失，但更是世界文化的巨大損失。沒有中國文化的世界文化是殘缺的文化，不僅在色彩上在大大地打折扣，而且在創造力上也會大大地降低。

　　高　所以，中國文化建設既是本土文化建設，同時也是世界文化建設。以一種世界性的眼光或全球性的眼光來看中國文化，中國文化需要的是本土性、民族性、獨立性而不是模仿和移植西方。建設中國現代文化應該走創新的路子，而不是模仿的路子。文化要具有本土性、民族性和獨立性，就要認真地對待傳統。

　　曹　是這樣。但現實卻非常令人擔憂。我們的傳統正在喪失。中國自近代以來一直在走西化的路子，我們的社會和文化越來越西化。就文學理論來說，我們傳統的文論基本上從現實的文學生活中消失了，目前的文學理論體系基本上是西方模式的，對於西方的文學理論我們正在亦步亦趨地效響。我們已經沒有了自己的話語，開口就是西方的。年青人對於我們祖先的東西知道得越來越少，相反對西方卻越來越感到親切。一些年青學者，除了西方以外對其他文化簡直一無所知。當初我們學習西方的目的是為了趕上西方，但結果卻是我們一直處於追趕西方的被動狀態。長期的追隨西方，我們的創新活力正在喪失，現在似乎只能永遠跟在西方的後面，整體性地成了西方的「大後方」。中國的科技

人員在絕對數量上要高於西方很多國家，但中國的科技成就卻遠遠落後於西方，有重大成就的科學家很少，本土科學家中至今沒有人得諾貝爾獎。為什麼？最重要的原因就在於缺乏創新力，跟著西方走。別人出題目我們做，做得再好也不可能超越。社會科學中這種情況更甚。比如文學理論，在中國，有中文系的地方都有研究文學理論的，再加社科院、文聯以及其他單位的專職研究人員，中國的文學理論研究隊伍是非常龐大的，但我們的文學理論研究卻非常落後，沒有原創性，沒有在世界範圍內發生影響的理論。迄今中國有影響的文學理論都是從西方翻譯過來的。歷史、哲學、倫理學、心理學等，情況也大致與這差不多。問題出在什麼地方，值得深思。

上面我提到「沿襲」，這是一個非常重要的學術概念。中國當代學術面臨的一個很大問題就是「沿襲」，沿襲古代，沿襲外國。我們的許多學術問題不是來自於我們的生存體驗，不是來自於解決現實矛盾，而是來自於傳統或者是從外國輸入的。檢視中國的文學研究，我們看到，很多學術成果究竟有多大的意義和價值，實在值得懷疑。中國古代文論蘊含著非常豐富的文學理論思想，但古代文論主要是中國古代人的文學理論，它是中國古代文學的理論，是中國古代人對文學的一種言說方式，並不能直接為今天的人所用。我們承認西方文論的合理性，特別是它的科學性以及對於闡釋中國文學的價值，但西方文論主要是西方人的文學理論，它淵於西方的社會現實和文學現實，它是西方人對於文學的一種言說和表述，同樣不能直接為我們所用。所以，我提出中國古代文論的現代轉化和文論話語重建問題，正是基於中國的社

會現實、文學現實以及具體的文論狀況。「轉化」是針對古代文論，「重建」在現實的層面上主要是針對西方文論。在現實的層面上，中國古代文論對於中國人的理論思維以及言說來說，已經變得非常陌生和遙遠，所以古代文論要為現代人所用，要對現時代具有實際意義，就必須進行現代轉化。西方文論也是這樣，要為中國人所用，要適應中國的文學現實，成為中國文學理論的一個組成部分、一個因素就必須進行語言轉換，進行新的整合和建構。語言對於文藝理論來說具有深層性，所以，中國古代文論的現代轉化主要是話語的轉化，中國文論的重建主要是話語重建。

高　究竟如何建設中國現代文論，這其實是很多人都在思考的問題。50 年代之後，主流文學理論家借鑒蘇聯的經驗，提出建立中國的馬克思主義文學理論體系，並且一直在這一方面進行努力和實踐，這也可以說是一種方案和嘗試。但完全把中國古代文論排斥在中國現代文論的構架之外，這顯示出了激進主義的某些弱點和缺陷。您提出的話語轉化和話語重建的觀點和思路，我認為是非常實際的。既保持了中國性與民族性，又具有世界性與現代性，這是一種非常好的品質。同時，話語對於文學理論建設來說具有根本性和可操作性。所以您的觀點提出來以後，在學術界影響很大，引起了廣泛的討論。

我覺得，您的思路不僅對於文論建設是有意義的，對於整個中國當代文化建設也是非常有現實意義的。中國當今明顯在向大國邁進。在一般人的理解中，所謂「大國」主要是指經濟大國和軍事大國，但我覺得文化也有大國的問題。而且文化大國明顯不同於經濟大國或軍事大國。過去，我們認為經濟與文化具有一體

性，經濟繁榮也往往意味著文化的繁榮，只有經濟大國才可能是文化大國，現在看來，這沒有充分的理論根據，實際上是經濟決定論。經濟上不是大國，文化也可能成為大國。經濟大國和文化大國在結構上具有不同，在建設上也並不完全遵循同一邏輯思路。對於這一問題，馬克思、恩格斯早就有專門性的論述。如何建設文化大國，這裏面有很多問題值得探討。文學理論也好，比較文學也好，其實都存在著這樣一種戰略的問題。過去，中國的文學理論和比較文學似乎一直是小國，或者說處於小國的地位。這其實也是一個心態的問題。在建設文學理論問題上，我們過去一直強調獨特性，更具體地說，強調中國性、民族性。這當然是重要的，但只是強調這一點還是遠遠不夠的。強調我們的文學理論的世界性、現代性、先進性以及對世界其他文學理論的影響，我認為這才是最根本的。「特色」在現在是一個使用頻率很高的詞。到基層走一走，我們看到，似乎到處都在搞特色，特別是經濟比較落後的地方，更是大打特色旗子。學術上也是這樣，很多學校申報博士點或碩士點，宣傳材料上不是說他們學術上達到了多高的水準，而更多的是宣傳他們有什麼特色。給人的感覺是，大路行不通便走小路。我認為，只有自我意識不太好的時候、自甘落後的時候才特別強調「特色」，一味地強調特色實際上反映了我們意識深處的自卑情結。所以，建設中國文化，特別是實現中國文化的偉大復興，確立中國文化的大國地位，「特色」固然重要，世界性、先進性、影響性則更為重要。

　　曹　這個問題很有意思。的確有這種情況，特色實際上反映了我們在文化上的落後、被動與防禦。比如林語堂寫中國人，寫

了中國人很多負面的東西，比如寫中國女人的小腳，寫中國男人的女性化，在美國很受歡迎，銷售很好。張藝謀早期的電影也有這種情況，描寫了很多中國落後的方面，很受西方人青睞。中國越是落後的東西，西方人越是願意看。有些我們自己看了都不好意思的東西，在西方卻很走紅。這也是一種特色，但我們顯然不能以這種特色而取悅於西方。文學在藝術上不如西方，電影在藝術上不及西方，就用特色來彌補，這是一種很不正常的心態。

中國人應該恢復正常的心態。我們的文化包括文學理論，是否具有世界性，是否走在世界的前列，是否對其他文學理論發生影響，是否得到廣泛的認可和借鑒，這才是我們思考問題的要點。我們提倡比較文學的中國學派，有人反對，說西方都不提「學派」。可是為什麼非要西方說了我們才能說呢？為什麼我們就不能提出自己的觀點呢？說的是否是西方的這並不是最重要的，重要的是我們所說的是否具有真理性。事實上，全世界的比較文學已經走到一個非解決學科理論不可的關鍵時刻，不解決學科理論比較文學就難以往下發展。比較文學作為學科，是西方人首先創立的，但由於視野的限制，最初的比較文學是在同一種文明圈內展開的。這對於比較文學來說是很大的限制，它嚴重地妨礙了比較文學的跨文明研究。現在，隨著中國以及其他國家和民族的比較文學的發展，比較文學事實上已經在不同文明圈之間展開，而我們的比較文學學科理論還是建立在同一文明圈的基礎上，就明顯存在著矛盾和困難。就中國的比較文學來說，中西方文明衝突、對話、交匯、交融等構成了學科的背景和基礎，也對比較文學的學科理論提出了新的挑戰，這是比較面臨的一個重大問題，

也是西方比較文學無法解決的問題。我們首先提出比較文學的跨文明問題並試圖解決這一問題，就走在世界的前面，對世界比較文學就也是一個推進。因此，強調跨文明特性的中國比較文學實際上超越了西方的比較文學，它既有中國特色，又具有世界先進性。

高　既有中國特色，又具有世界先進性，說起來容易，但做起來並不是那麼容易把握。這實際上又回到文化現代化這個老話題上來了。文化現代化，這是一個長期爭論不休的問題，但又是一個不能回避的問題。文學理論、比較文學都涉及到現代化的問題，涉及到民族性、時代性、現代性、世界性等一系列的問題。我的基本看法是，文化現代化不同於經濟現代化，其中一個很重要的區別就是，經濟現代化是物質性質的，中西方不存在實質性差別，而文化現代化是精神性質的，中西方存在著根本性的差異。全球化是現在非常熱門的話題，我覺得我們應該把經濟全球化和文化、政治全球化區別開來，經濟全球化本質上是求「同」，即世界的一體性，而文化的全球化則是求「異」，即世界在文化上更加多元、更加豐富多彩。就文學理論來說，完全走西方的路子，採用西方的言說方式，研究西方的問題，把中國的文學經驗納入西方的闡釋框架之中，這不叫現代化。您的中國文論失語症和話語重建理論提出來之後，也有一些批評意見，其中多集中在操作即如何重建的問題上。就是說，大家都認同您對失語症現狀的描述，大多數人都認為重建中國現代文論是必要的、迫切的，但對於如何重建，特別是對您提出的古代文論的現代轉化問題，很多人持懷疑和觀望的態度。

　　曹　這很正常。在給你的《現代漢語與中國現代文學》一書的序中也說過，學術觀點能得到積極的回應，這當然值得高興，但遭到反對，也未必就不是好事，它至少會激勵我更深入的思考。對於文論失語症和話語重建的問題，我在其他地方談得比較多。這個話題其實可以作更寬泛的引伸。宏觀地，文化狀況也是如此。我們的固有文化正在失落，當代中國文化正在日趨西化。中國現代文化需要進行新的整合和重建。如何重建，這是一個非常複雜的問題，途徑是多方面的，但有一點是非常肯定的，那就是，建設中國現代文化絕不能把我們的傳統完全拋開。但傳統又不能直接進入中國現代文化，而有一個現代轉化的問題。過去我們講「古為今用」，這在理論上是無可懷疑的，但現實卻是，我們很多人講的「古為今用」實際是把中國古代文化材料當成了當代文化特別是西方文化的注腳。

　　中國古代文化要實現現代轉化，需要很多條件，其中一個基本條件就是我們必須瞭解古代，如果我們對中國古代文化缺乏基本的瞭解與理解，何談轉化？但現狀卻是，我們學西方的東西很多，甚至對西方的傳統和歷史我們都非常熟悉，很多人滿口都是柏拉圖與亞里斯多德，達到了毛澤東所說的「言必稱希臘」的地步。但我們自己的文化歷史和傳統，在我們的青年學者甚至一些中年學者中間，卻非常陌生。當今的學者包括一些已經很有名氣的學者，有幾個人真正地讀過「十三經」、讀過「二十四史」、讀過「諸子集成」。談轉化，我們首先要清楚地知道我們要轉化的是什麼東西，要對轉化的對象有同情的理解而不是先入為主的偏見。否則，轉化就是空談。我認為，中國文化建設最大的失誤就

是丟掉了傳統，在現代語境中，傳統文化甚至沒有了發揮作用的機會，中國古代文化事實上是被歧視的。我們的年青人對西方的經典很熟悉，但對我們自己的經典卻很陌生。現在小學生也讀唐詩宋詞之類的，但這只能看作是一種點綴，因為中國文化核心的東西是經典，特別是儒家經典而不是唐詩宋詞。批判也好，繼承也好，轉化也好，前提條件是知道它，不知道它、不理解它，批判、繼承、轉化，一切都是空的。對於一個民族來說，不曉得自己的經典，這是不成熟的表現，這樣的民族在文化實力上是否有前景是值得懷疑的。

談轉化，第二個大問題是轉化什麼東西。如果說轉化就是把古代的東西搬過來，把孔子搬過來，把《文心雕龍》搬過來，把文言文搬過來，這就大錯特錯了，是在機械地理解轉化。轉化的根本在於弘揚民族的基本文化精神。就學術來說，轉化不是重述過去的具體觀點，而是繼承學術規則。古今學術在具體觀點、在概念、術語、範疇上有很大的差異，但基本的學術規則是相通的，比如嚴滄浪講的「妙悟」說和王世貞講的「神韻」說，觀點明顯不同，但深層的學術規則是一樣的。學術轉化不是把古代的「風骨」、神韻、文氣、克己復禮等拿來運用於中國現當代文學研究。我們古代的很多學術規則都是西方所沒有的，而這些規則直到現在仍然是有效的，但我們卻把它們丟掉了。丟掉這套規則，既是中國學術的損失，也是全世界學術的損失。中醫及其理論似乎能夠很好地說明我的觀點。中醫的針灸，現在全世界都承認是有用的。而針灸是建立在經絡學基礎上的，經絡學認為人的全身佈滿了經絡和穴位。但經絡學用西方的醫學理論和學術規則則沒法理

解和認識，比如解剖學就沒法解釋經胳的問題。這說明，在西方的學術規則以外，還有其他有效的學術規則，西方的學術規則有它的合理性，但它不是唯一合理的，學術上的很多重大問題，西方的學術都無法解決，或者說不能很好地解決。中國古代的學術規則作為體系是非常有效的，至少對某些問題的解決非常有效，但卻被我們輕易否定並拋棄了，這是非常可惜的。所以，我認為應該改變這種局面，把失落的東西尋找回來，並進行新的改造和光大。

文化轉化現在最大的失誤是認為中國文化是無效的，表現為用西方的文化來改造中國文化，用西方的理論來硬性解釋中國的一切。不是說不能用西方的文化來闡釋中國的文化，不同的文化之間互相闡釋，這是可以的。但不同的文化其學術規則存在質的差異性，具體於中西方來說，中國古代的學術規則和西方的學術規則是兩套不同的系統，我們不能在思維上非此即彼，認為一套行之有效，另一套必然行之無效。現在的問題是，一些形而下的東西，比如我剛才說的針灸，我們現在還看得比較清楚，但深層的東西，中國文化的精神和學術規則，我們就看不清楚了。我講中國文論失語症、話語重建，就是強調中國文化的深層內涵，比如話語、學術規則、文化精神，如果不把這些根本性內涵承繼過來，中國現代文化是沒有生命力的。

高 中國當代學術建設不是游離於中國當代文化，而是隸屬於中國當代文化。所以，中國現代學術從根本上涉及到中國現代文化的建設問題。經濟是綜合國力的一個關鍵因素，文化也是綜合國力的一個重要方面。現在有人提出「文化安全」問題，我認

為這是一個很重要的學術命題。經濟以財富作為衡量標準，物質以據有為所有，錢在我手裏，就是我的。但文化不是這樣，文化沒有國界，不以地域為限，美國的文化在中國仍然是美國的，中國的文化在美國仍然是中國的。文化從根本上表現為一種精神，作為精神它彌漫於人的生活中。文化以影響的方式流通，以特點為歸屬，而不是通過佔有的方式據為己有。因此，從文化戰略的角度來看，文化構成了一個國家或民族的安全的一個非常重要的方面，甚至可以說是深層的結構。在深層的意義上，我認為強調中國現代文化建設的中國性、民族性、現代性、世界性、影響性、現實性等是非常重要的。學術作為文化的一個方面，應該有這樣的一種大視野和大眼光。

　　曹　一切以西方為標準，事事都跟著西方走，這條路現在看來不能再走下去了。文化建設，這看似一個大而空的問題，其實是一個具體而緊迫的問題。當代中國文化在表面繁榮的背後其實存在著深刻的危機，危機的一個重要方面就是我們民族的基本精神正在喪失，文化越來越失去了與傳統的血脈聯繫，中國人變得越來越空虛。這種危機也許過多少年之後會看得更清楚。當代社會的許多問題，比如文化理想的失落、貪污腐敗等其實都與文化建設存在的問題有很大關係。法制是解決問題的一個途徑，但僅有法制還是不夠的，中國的法律以及規章制度比很多國家都要嚴厲，但很多問題仍然解決不了，這不完全是法制的問題。「以德治國」從根本上屬於文化建設。文化建設是一個長遠的問題，沒有文化建設，就沒有文化安全，沒有文化安全國家就不能實行長治久安。所以，我們應該站在時代的高度，站在世界的高度，以

一種世界的胸懷和務實的態度重建中國現代文化，努力向文化大
國的目標邁進。

　　本文是係作者對四川大學文學與新聞學院曹順慶先生的訪談，
原載《東南學術》2003 年第 4 期。

讀古書與現代知識份子

　　與中國現代知識份子相比，50 年代之後出生的幾代人，不僅「西學」沒有學好，「國學」同樣也沒有學好，這是當代整整一個時代沒有出現魯迅、胡適那樣文化巨人的很重要原因。90 年代以來，隨著中國人外語狀況的普遍改善，隨著中西方文化交流的深入，中國人的「西學」修養提高很快，相信 90 年代以後出生的這一代學人，「西學」將不再是大的缺陷。但「國學」缺陷卻至今未見有根本改變的跡象，並且具有惡化的趨勢，現在的教育體制以及教育理念越來越不利於年青人學習「國學」，「國學」教育的時間和空間越來越受到擠壓。

　　我們今天把「國學」看作是一門學問，或者一門專業，把它定位在高等教育「學科」之中，強調它的學術性、學科性、專業性，強調對它的研究，這有一定的道理。但我認為，「國學」更應該是國人的素質，也是學術基本功。做國學研究的人固然應該從小就熟讀古文經籍，具備扎實的基本功，普通國民，一般學術中人也應該從小讀古書，具備良好的「國學」修養。我認為，讀古書，不僅僅只是歷史教育、知識教育，也是道德品質修養教育、學術基本功訓練，更是語言教育和文化教育。

　　時代不同了，當今社會不論是在知識結構上還是在學習和教育體制上都發生了根本性的變化。我們承認，古代教育體制在整

體上已經不適應現時代了，當代教育體制具有充分的合理性，但另一方面，我們也必須承認，當代教育體制在某些方面存在著缺陷，比如，當代教育體制培養出了很多科學家和技術人才，但在人文社會科學研究的創制性上、在文學感悟和語言能力的培養上卻整體上沒法和現代時期相比。現代教育在科學技術上具有很大的進步，但就語言和歷史文化教育以及品德修養教育來說，卻不能說是進步了。在語言文化教育上，古代教育方式也有它的合理性，我認為這種合理因素應該得到繼承和發揚。本文主要考察現代知識份子讀古書的情況，進而探討讀古書與他們成長之間的關係，從而從一個側面說明讀古書的必要性。

一

「五四」新文學作家都是讀古書長大的，這當然是身不由己，是由中國古代教育體制決定的。但現在回頭看，我認為這種讀古書的學習過程和訓練對於他們的新文學創作是非常重要的，主要是文化知識、文化精神的薰陶，也是語言訓練以及深層的思維訓練。魯迅、胡適等人的白話文之所以是經典，耐讀、經得起品嘗和推敲，精煉、有意味，這與他們的古文功底顯然有很大的關係。現代漢語實際上是由魯迅、胡適、陳獨秀、郭沫若、茅盾、朱自清這一代人所共同創造的，他們的白話文是標準的現代漢語，但他們都是讀古文長大的，古代漢語與現代漢語究竟是一種什麼關係，值得我們重新探討。

　　「五四」新文學運動確立了白話文的正宗地位，在現代文語境下，是否還應該讀古書以及讀古書對現代文寫作有什麼意義和作用，在當時就有爭論。魯迅、陳獨秀、茅盾、成仿吾等人反對青年人讀古文，魯迅曾有無論是當時來看還是現在來看都是極端的言論，他說：「中國古書，葉葉害人。」[1]「中國國粹」，「等於放屁」。[2]所以他反對青年人讀古書，「我以為要少——或者竟不——看中國書，多看外國書。」[3]「我總以為現在的青年，大可以不必舍白話不寫，卻另去熟讀了《莊子》，學了它那樣的文法來寫文章。」[4]茅盾說：「我們必須十分頑固，發誓不看古書，我們要狂妄的說，古書對於我們無用。」[5]而朱光潛、施蟄存等人則主張讀古書，朱光潛說：「想做好白話文，讀若干上品的文言文或且十分必要。」[6]在 20 年代中期，魯迅和朱光潛、施蟄存還分別發生了兩次有影響的爭論。我認為，出於對新文學和白話文的捍衛，出於對語言復古主義的反對，再加上某些具體的原因，

---

[1]　魯迅：《致許壽裳》，編號 190116，《魯迅全集》第 11 卷，人民文學出版社，1981 年版，第 357 頁。

[2]　魯迅：《致錢玄同》，編號 180705，《魯迅全集》第 11 卷，人民文學出版社，1981 年版，第 351 頁。

[3]　魯迅：《青年必讀書——應〈京報副刊〉的徵求》，《魯迅全集》第 3 卷，人民文學出版社，1981 年版，第 12 頁。又見《「碰壁」之餘》，《魯迅全集》第 3 卷，第 118 頁。

[4]　魯迅：《答「兼示」》，《魯迅全集》第 5 卷，人民文學出版社，1981 年版，第 358 頁。

[5]　茅盾：《進一步退兩步》，《茅盾全集》第 18 卷，人民文學出版社，1989 年版，第 445 頁。

[6]　朱光潛：《〈雨天的書〉》，《朱光潛全集》第 8 卷，安徽教育出版社，1993 年版，第 192 頁。

魯迅反對讀古書是可以理解的。在思想的層面上，在現代文學的語境中，魯迅的話的確具有一定的道理，在當時，新思想還非常弱小，舊思想還非常強大，讀古文很容易讓人回到傳統的思想方式上去。但是，在語言美學的層面上，在寫作技巧的層面上，在豐富辭彙和提高語感能力上，讀古文卻是大有裨益的。事實上，魯迅 1930 年給許壽裳的兒子許世瑛開了一個書目，共 12 種書，就全為古書，比如《世說新語》、《全上古三代秦漢六朝文》、《全漢三國晉南北朝詩》等[7]，特別是《全上古三代秦漢六朝文》，這是古文的「元典」，六朝以後不論是思想還是語言，都是以此為基礎，都可以從這裏找到源頭。施蟄存說：「沒有經過古文學的修養，魯迅先生的新文章決不會寫到現在那樣好。」[8]我認為這是正確的。現在從語言的角度重新審視魯迅的作品，我們看到，魯迅的創作不僅大量用古典，借用古代典籍的詞句，而且語言上也表現出文言文的古雅、簡潔的特點。如果不大量地借用古漢語的辭彙和表達技巧，魯迅文章在情感和意義的豐富與韻味上肯定要大打折扣。魯迅也承認，「對於現在人民的語言的窮乏欠缺，如何救濟，使他豐富起來，那也是一個很大的問題，或者也須在舊文中取得若干資料，以供使役。」[9]

---

[7] 魯迅：《開給許世瑛的書》，《魯迅全集》第 8 卷，人民文學出版社，1981年版，第 441 頁。

[8] 施蟄存：《〈莊子〉與〈文選〉》，《施蟄存七十年文選》，上海文藝出版社，1996 年版，第 344 頁。

[9] 魯迅：《寫在〈墳〉後面》，《魯迅全集》第 1 卷，人民文學出版社，1981年版，第 286 頁。

　　事實上，開創現代文的那一代作家與學人，他們的現代文都或多或少得益於古書。魯迅是這樣，胡適、周作人、朱自清等都是如此。沒有經過古文的修養，他們的文章不可能那麼好。他們的文章現在看來都有古文的雅致、含蓄和意味悠長。他們雖然開創了現代文，並且提倡現代文，維護現代文的正宗地位，但他們都意識到古文的積極意義，都承認古文對他們語言訓練的重要作用。1923 年，胡適應《清華週刊》之邀開列了《一個最低限度的國學書目》，除了他自己的《中國哲學史大綱》等極少量現代書以外，都是古書。當然，因為「國學」主題的限制，胡適開列現代文書籍非常少，還可以理解，但到了 1925 年，孫伏園主持《京報副刊》，向海內外名流徵求「青年必讀書十部」時，胡適開列了五部英文書，五部中文書，中文書全為古文，包括《老子》、《墨子》、《論語》、《論衡》、《崔東壁遺書》等，都是古代經籍，沒有一本是現代文，這充分說明了胡適對古書的重視。

　　應徵參加這次活動並開出書目的名流有 78 人，縱觀這些書目，我們看到，不管是學者還是作家，不論是用文言寫作的還是用現代文寫作的，都非常重視古文，就中文著作（不包括譯著）來說，他們雖然也開出了一些白話著作，甚至有人所開的書目均為現代書，比如常維均開的五部中文著作分別是蔡元培的《言行錄》、胡適的《文存》、周作人的《自己的園地》、魯迅的《吶喊》、汪靜之的《蕙的風》，但總體上還是以古書為主，比如林語堂開的十本著作分別是：《西廂記》、《紅樓夢》、《詩經》、《昭明文選》、《左傳》、《九種紀事本末》、《說文釋例》、《四書》、《老子》、《莊

子》。[10]我們當然不排除很多人是在思想的維度上開書目的，但語言顯然也是一個重要的尺度，比如林語堂把《莊子》列為必讀書的理由就是它的「漂亮話」，所謂「漂亮話」主要是指語言上的優美。

現代文的開創者們都是讀古書長大的，他們的現代文正是脫胎於古文。魯迅「十六歲前就讀完了『四書』、『五經』，以後又讀了《爾雅》、《周禮》、《儀禮》。」[11]胡適 1904 年（13 歲）之前主要在家鄉接受教育，他曾開列他所讀的書，依次為：《孝經》、《小學》、《論語》、《孟子》、《大學》、《中庸》、《書經》、《易經》、《禮記》，另外 9 歲時開始閱讀《水滸傳》、《三國演義》、《紅樓夢》等小說以及彈詞、傳奇、筆記小說等，還有《資治通鑒》等歷史著作，胡適說：「看小說還有一樁絕大的好處，就是幫助我把文字弄通順了。」[12]朱光潛說：「我從識字到現在，四十年不間斷地在讀舊書。」[13]張恨水一般被認為是通俗小說家，其語言廣為人稱道，他的寫作語言同樣是建立在閱讀古文的基礎上，在《寫作生涯回憶》中，他回憶自己所讀的書，依次是：《三字經》、《百家姓》、《千字文》、《論語》、《孟子》、《易字蒙求》、《左傳》、《殘

---

[10] 關於本次活動的書目以及相關文字，參見王世家輯《青年必讀書：1925年〈京報副刊〉「二大徵求」資料彙編》，河南大學出版社，2006 年版。

[11] 李何林主編《魯迅年譜》（增訂本），人民文學出版社，2000 年版，第25 頁。

[12] 胡適：《四十自述》，《胡適文集》第 1 卷，北京大學出版社，1998 年版，第 51 頁。關於早年的讀書及其情形，本文有詳細的描述。

[13] 朱光潛：《文學與語言（下）：文言、白話與歐化》，《朱光潛全集》第 4卷，安徽教育出版社，1993 年版，第 242 頁。

唐演義》、《紅樓夢》、《三國演義》、《千家詩》、《西廂記》等[14]。
丁玲說：「我從本歲就讀書，我媽媽親自教我讀《古文觀止》，
什麼《論語》、《孟子》在十來歲就讀過了。很小的時候，還從
我媽媽的口授中背得下幾十首唐詩，古典小說也不知看了多少
部。」[15]馮至從小就接受新式教育，但在語言上給他印象最深的
還是《唐詩三百首》、《古文觀止》等，[16]張愛玲讀新式學校是從
小學四年級開始，在這之前，她在家讀私塾，讀的是「四書五經」，
還有《西遊記》、《三國演義》、《七俠五義》之類的。季羨林六歲
開始在私塾裏讀書，讀的是《百家姓》、《千字文》、《三字經》、《四
書》等[17]。其實用不著多舉例，現代作家以及學者在閱讀上都是
這樣一種經歷，他們的閱讀絕大多數都是從讀古書開始的，古
書構成了他們知識以及思想的起點，這也是中國傳統思想文化
得以在現代文化中延傳的根本原因，它就像水一樣無痕跡地消
融並彌漫在中國現代文化中，並深層地影響中國現代思想文化的
性質。

過去我們簡單地把讀古書看作是教育體制的延續。某種意義
上這是正確的，那樣一個時代，魯迅不讀「四書五經」，他能讀
什麼呢？但為什麼讀的是文言，寫出來的卻是白話？為什麼文言
之「根」卻生出了白話之「花」？施蟄存說他之所以勸年青人讀

[14] 張恨水：《寫作生涯回憶錄》(《張恨水全集》第 62 卷)，北嶽文藝出版社，1993 年版。
[15] 許楊清、宗誠輯《丁玲自傳》，江蘇文藝出版社，1996 年版，第 15 頁。
[16] 見陸耀東《馮至傳》，北京十月出版社，2003 年版，第 17 頁。
[17] 商金林編《季羨林自傳》，江蘇文藝出版社，1996 年版，第 1 頁。

《莊子》和《文選》，「目的在要他們『釀造』」[18]，為什麼古文的「原料」卻「釀造」出了現代文之「酒」？古文與現代文究竟是一種什麼關係？或者具體地說，古文對現代文有什麼作用？以及作用的方式與大小，我認為這都是值得重新討論的問題。毛澤東的現代文非常通俗、流暢，很多文章是典範的白話文。毛澤東酷愛讀書，但毛澤東讀的現代文實際上非常有限，主要以古文為主，早年是標準的「孔夫子式」教育，讀的是《三字經》、《百家姓》、《增廣賢文》、《幼學瓊林》以及「四書」「五經」，都是爛熟於胸，後來讀《水滸傳》、《西遊記》、《精忠岳飛》、《三國演義》等[19]，即使「新文化運動」以後仍然是以讀古書為主，這種習慣一直保持到晚年。有人認為讀古文會受古文的影響從而妨礙現代文的寫作以及語感能力，我認為這是極表面的關聯，既沒有事實根據，在深層上也沒有邏輯根據，沒有常理根據。

二

讀古書的作用和意義以及古文與現代文之間的關係，也許我們能從先賢們讀古書的方式中得到某種解答和啟示。

周作人描述魯迅在「三味書屋」讀書的情形：「早上學生先背誦昨日所讀的書和『帶書』，先生乃給上新書，用白話先講一

---

[18] 施蟄存：《〈莊子〉與〈文選〉》，《施蟄存七十年文選》，上海文藝出版社，1996 年版，第 344 頁。

[19] 參見中共中央文獻研究室編《毛澤東年譜》（1893-1949）上卷，人民出版社、中央文獻出版社，1993 年版，第 2、5 頁。

遍，朗讀示範，隨叫學生自己去讀，中午寫字一大張，放午學。下午仍舊讓學生自讀至能背誦，傍晚對課。」[20]這實際上是中國傳統青少年讀書過程和讀書方式的一個縮影，中國現代那一代知識份子大略都是這樣讀書過來的。

對於中國傳統讀書方式，我們過去多持否定態度，認為是「死讀書」或「讀死書」。我們承認這種讀書有缺點，但它的優點卻不應該被忽視。對於中國傳統的讀書方式以及閱讀內容，我們的教育學其實並沒有進行深入的研究，對於其優勢和長處缺乏清醒的認識，對於它與中國傳統文明之間的關係也缺乏追問，事實上，當我們拋棄這種讀書方式的時候，我們也拋棄了中國傳統讀書的優勢和長處。徹底放棄和背叛中國傳統讀書，對中國當代的思想文化我認為是一種很大的損失和傷害，當代為什麼缺乏現代那樣的學術大師和文學大師？原因當然是多方面的，但兩個時代的知識份子在知識結構上的差距是一個很重要的方面，這種差距在讀書上有所反映，並且可以從讀書中找到部分的根源。

與當代人讀書相比，現代人的讀書有三個明顯的不同，因而現代知識份子在思想和知識結構上也明顯區別於當代知識份子。

一是讀書早。魯迅6歲開始讀《鑒略》。郭沫若4歲時「開始跟母親口頭誦讀古詩」[21]，並且那時所讀的詩一直到晚年都還記得。茅盾5歲時跟母親讀《天文歌略》、《地理歌略》以及在私塾裏讀《三字經》、《千家詩》等。老舍7歲入私塾讀「四書」、「五

[20] 周啟明：《魯迅的青年時代》，《魯迅回憶錄專著》（中冊），北京出版社，1999年版，第801頁。
[21] 龔繼民、方仁念：《郭沫若年譜》上，天津人民出版社，1992年版，第2頁。

經」。陳獨秀 6 歲至 9 歲跟祖父讀「四書」「五經」和《左傳》。
胡適說：「我才滿三歲零幾個月，就在我四叔父介如先生（名玠）
的學堂裏讀書了。……但我在學堂裏並不算最低級的學生，因為
我進學堂之前已認得近一千字了。」[22]張愛玲「三四歲時，家裏
就請了私塾先生，教我們認字，背書，讀四書五經。」[23]「年甫
兩歲，錢鍾書已由大伯父教育識字」[24]。很早就開始讀書，這在
上世紀 20 年代至 40 年代是非常普遍的現象，但到了 50 年代，
情況則完全不同了。筆者是 60 年代出生的，在 8 歲進入學校之
前我從沒有讀過書，也沒有識過字，記得小學課本第一課的內容
是「毛主席萬歲萬歲萬萬歲」，後來有「劉文學的故事」、林彪的
「大海航行靠舵手」之類的。小時候聽大人們說過「百家姓」，
但從沒有讀過，而到高中時才聽說「四書五經」，但一直到大學
時才讀到這些書。這種狀況一直到 80 年代才有所改觀，至少 80
年代可以輕易找到這些書。

教育專家總是說，三四歲的小孩子能懂什麼，「四書」「五經」
太難了，孩子不能理解。其實道理不是這樣的。讀書不是單純的
「閱讀理解」，它具有綜合性，涉及到語言學習、知識學習、文
化學習、道德學習等，就綜合學習來說，「四書」「五經」在中國
古代是最好的讀本，至今仍然沒有超越它的讀本。而且僅就理解
來說，這種說法也是有問題的，理解對於任何人來說都是一個過

---

[22] 胡適：《四十自述》，《胡適文集》第 1 卷，北京大學出版社，1998 年版，
第 45 頁。
[23] 張子靜《我的姊姊張愛玲》，學林出版社，1997 年版，第 35 頁。
[24] 愛默：《錢鍾書傳稿》，百花文藝出版社，1992 年版，第 18 頁。

程，讀正是為了以後的理解，正是為了實現理解，不讀怎麼能理解呢？在閱讀「四書五經」上，30、40 歲的文盲並不比 3、4 歲的孩子有多少優勢。「四書五經」實際上是一種超文本，匯粹了中國古代思想文化以及思想方式的精髓，可以說博大精深，所謂「理解」實際上是無止境的，它永遠處於闡釋的過程之中，朱熹的理解也不是絕對正確的，也不具有終結性。對於歷史反覆證明了是經典的「四書五經」，是否在閱讀之初就要講解？就要理解？不理解是否可以？這其實是都可以爭論的問題。理解有時就意味著閱讀的結束，不理解常常意味著理解的永遠「線上」，孩子讀「四書五經」不理解其結果也許是理解活動伴隨其一生，初始的閱讀反而成了終身的閱讀，是一本萬利的儲備。事實上，聰明如魯迅這樣的人當時讀「四書五經」也未必真正懂了，但重要的是，他們進入了，他們記住了，中國傳統思想文化在他們幼小的心靈上生了根、發了芽，這種根芽隨著閱歷的增長而茁壯成長，從而終身受益。呀呀時學的語言當然是幼稚的，但這個過程對於孩子來說卻是一巨步，它為孩子後來的語言奠定了基礎，確立了模型並指定了方向。作家余華說：「一般來說，一個作家的童年決定了他一生的寫作方向，最初來到他生命中的印象構成了世界的形象，成年後對世界的印象只是對童年印象的補充或者修改。」[25]語言文化學習尤其是這樣，童年所學習的實際上構成了終身的知識基礎，或者說是永遠的「前見」。經典當然是任何時候都可以去讀的，但晚讀效果就差多了，無法真正地進入。

---

[25] 葉立文：《敘述的力量——余華訪談》，陳駿濤主編《精神之旅——當代作家訪談錄》，廣西師範大學出版社，2004 年版，第 123 頁。

　　小時候沒有讀「四書五經」這樣的古代經典，對中國古代思想文化就會始終隔膜，無法真正進入中國傳統世界，這是整整幾代人的先天不足，也是永遠的傷痛。

　　二是重背誦。傳統讀書在形式上幾乎就等同於背誦。魯迅在《五猖會》中曾詳細描述他七歲時父親命令他背書的情形，兩句一行，大約二三十行，必須讀熟，背誦，否則就不能出去玩，從母親到傭工，都不能營救，「在百靜中，我似乎頭裏要伸出許多鐵鉗，將什麼『生於太荒』之流夾住。」[26]曹禺回憶，小時候父親唯一打過他一次，就是因為書沒有背出，可見背書的重要性。曹禺背的書包括《論語》、《孟子》、《大學》、《中庸》、《詩經》、《左傳》、《史記》、《道德經》、《易經》等，「背誦這些書，當然是一件痛苦的事，真好像受刑罰一樣。但是，這樣的生記硬背也並非全然徒勞無益，那些傳統思想就在背誦中慢慢滲透進他的心靈。」[27]我非常贊同這一觀念，曹禺剛 20 出頭就寫出了在思想上深刻、內涵上豐富的《雷雨》，這與他從小嚴格的中國傳統思想文化的訓練有很大的關係，現代新式教育所培養出來的作家不可能在 20 歲時達到這樣的高度與深度。

　　「死記硬背」這是舊式教育今天最為人詬病的地方，但我認為中國傳統讀書的精髓恰恰隱藏在其中。「倒背如流」，這是今天仍然還很通行的一個詞語，它一方面說明了古人對於背誦的重視，另一方面也反映了古人的背功。背誦，過去是一個基本功，

---

[26] 魯迅：《五猖會》，《魯迅全集》第 2 卷，人民文學出版社，1981 年版，第 264 頁。

[27] 田本相：《曹禺傳》，北京十月文藝出版社，1988 年版，第 19 頁。

今天仍然是一個基本功，特別是對於學者來說，背功是一個非常重要的素質條件。「背功」，現在比較科學的叫法是「記憶力」，記憶力好壞與天生素質有關，但更與訓練有關，而背誦就是訓練記憶力最基本也是最有效的方法。魯迅、胡適、錢鍾書等人的記憶力非常好，這與他們從小的背功訓練有很大的關係，反過來，當代人的記憶力越來越差，這與缺乏嚴格的背誦訓練有很大的關係。胡適曾談到徽州近代知識份子的背功：不僅要背「十三經」，還要背說文，「不但背白文，邊注也都要背」，「他們對於《說文》是不須翻書來查的」，胡適說：「我小時候讀《詩經》只背朱（熹）注，但給老輩看來就認為不夠了。他們要背毛（大小毛公）鄭（玄）二注，不許背朱注的。」[28]直到晚年胡適仍然保持背誦的良好習慣，清晨起床就背一首詩或詞，[29]平時也非常注意背誦，30 年代胡適曾編過一本古詩選，其中所選的詩，都是自己能夠背誦的[30]。比起老輩學者，胡適的背功可能是差的，但現代學者和胡適比起來卻是望塵莫及的，這正是當代知識份子和現代知識份子差距的重要地方之一。

　　背誦最大的好處就是訓練人的記憶力。背誦，開始時是困難的，緩慢的，也是痛苦的，但慢慢地會變得容易，越背越輕鬆，也越背越快。背誦其次的好處是養成記憶的習慣，有背誦習慣的人平時讀到好的內容都會有意識地記住。背誦第三大好處是培養

---

[28] 胡頌平：《胡適之先生晚年談話錄》，新星出版社，2006 年版，第 39 頁。

[29] 比如 1960 年 5 月 4 日的談話錄，胡頌平的記載是：「今天早上，先生還在臥室的時候，在背向鎬和蘇東坡的詞。」同上，第 62 頁。

[30] 柴劍虹、趙仁貴評析《胡適選：每天一首詩》，語文出版社，1997 年版，第 3 頁。

語感能力，背誦是以熟讀為前提的，熟讀而達到背誦的程度，這是以反覆閱讀為基礎的，正是在這種反覆的閱讀中，人的語言方式確立了，接受了特殊的術語、概念、範疇和話語方式，也在背誦中深切地感受、體驗和意會到語言的微妙意義、情感色彩、韻律節奏以及美學特色。詞語的微妙性就體現在具體的表述中，其細微差別詞典都難以解決，其情感和美只能通過反覆的閱讀和體驗才能感受到。語言的只可意會不可言傳的特點，決定了對它的感受與體驗只能通過自己的親身閱讀來完成，教授不過是隔靴搔癢，無能為力。正是在閱讀中，在體驗與感受中，當然也在理解中，人們學會了表述。

當然，背誦是一件非常枯燥無趣的事件，特別是對於小孩子來說，甚至可以說非常痛苦。但是我們要知道，讀書不是娛樂活動，學習尤其是語文學習本來就是一個艱辛的過程。語文的字詞句，只能死記硬背，除了死記硬背以外，我想不出其他更好的辦法，而且只有死記硬背才記得牢固。死記硬背是一種功夫，有了這種功夫，其他的記憶就會變得非常輕鬆。我們現在提倡趣味學習，輕鬆學習，這是對的，但趣味或興趣以及輕鬆永遠都是相對的，讀書怎麼也不可能達到遊戲那種輕鬆與趣味性，背書就是枯燥無味的，甚至可以說就是精神折磨，但換來的卻是終身受益，它對孩子的忍耐、毅力、性格、智慧、興趣、自製、勤勉以及耐得住寂寞等都具有正面的作用。

三是韻文優先。魯迅讀的第一本書是《鑒略》，這是清代王仕雲著的一本初級歷史讀本，為四言韻語。郭沫若最早口頭跟母親讀古詩，發蒙讀的是《三字經》，8 歲讀《唐詩正文》和《詩品》，

在私塾裏白天讀經，晚上讀詩，讀的詩為《唐詩三百首》、《千家詩》等，10歲時讀段玉裁《群經音韻譜》[31]。巴金最早讀的書是在上私塾之前跟母親讀的《白香詞譜》。胡適讀的第一部書是父親編的四言韻文《學為人詩》，第二部是父親編的四言韻文《原學》、第三部是《律詩六抄》。曹禺最早讀的書是《三字經》、《百家姓》。現代知識份子絕大多數人早期所讀之書都是我們所說的「蒙學」，包括《三字經》、《百家姓》、《弟子規》、《千字文》、《千家詩》、《增廣賢文》、《聲律啟蒙》、《小兒語》、《幼學瓊林》、《名物蒙求》等，而這些「蒙學」，無一例外都是韻文。

過去我們只注意「蒙學」的內容，而忽略它的形式，把韻文方式簡單地看作是好讀、上口，以便記憶等，並沒有深究。其實，從韻文開始讀起，這裏面有語言教育學的深意，它隱藏著中國古代語言學習的秘密。漢語是非常有詩性的語言，漢語的詩性主要體現在兩個方面：一是韻律，包括音韻和節奏，其中最重要的是平仄押韻；二是漢字的象形、意會、漢語的詞意模糊以及語句上的修辭等。漢語的詩性尤其體現在詩詞歌賦等韻文中，所以從小背誦韻文，既是識字教育、文化教育，更重要的是培養漢語詩性語感能力，孔子說：「不學詩，無以言」，這裏的「詩」其實可以泛化。

在語言詩性訓練上，與讀詩、背詩相得益彰的是「對課」訓練，從練字開始，一字、二字、三字、四字……字數越來越多，意思越來越複雜，不僅講究意義上的對仗，還講究音韻上的和

---

[31] 參見龔繼民、方仁念：《郭沫若年譜》上，天津人民出版社，1992年版。

諧，這就是中國古代的「小學生寫作文」。比起當代語文教育中大而空的作文，我覺得「對課」更為合情合理，它是真正的語言訓練，非常實在的訓練，也是非常有效的訓練，從一開始它就追求語言乾淨、精煉，對於語言天賦的開發具有難以估量的作用。我們看到，關於對課，歷史上有無數精彩的故事，善於對課，被認為是天才、神童，人們津津樂道地傳頌著這些故事。事實上，小時候在對課上有特殊才能的人後來很多都在文學創作上有成就，反過來，很多中國古代文化名人，小時候都善於對課。對課其實是一種基本的語言功訓練，語言天賦其實就是語感好，所以對課與文學成就之間實際上具有深層的邏輯關係。當然不是說對課好就一定能成為作家，但要成為一個作家，在中國古代，對課是必不可少的功夫。

　　讀書是最重要的學習，特別是對於孩子來說，讀書對於思想方式的形成，對於民族情感的培養，對於語感的培養，對於記憶力的培養，對於知識基礎的建構等都有著巨大的作用，所以讀什麼？如何讀？應該非常慎重地選擇。漢語教育有幾千年的歷史，中華文明正是在這種教育中得到了很好的傳承，所以語文改革應該三思而行，歷史證明是正確的如果我們沒有充分的證據千萬不能隨便改變，作出改變應該有充分的理論根據，也應該有充分的歷史根據和實踐根據。現代社會是現代漢語的社會，青少年讀書以應該以現代文為主這是合理的，但也不應該因此而偏廢古文，現代語文讀本過分以現代文為語言範本，這其實不利於現代文語言能力的培養和提高。讀古文不僅不會妨礙現代文的寫作，恰恰相反，它有利於現代文的寫作。現代語文教育過分重視思想教

育，過分重視邏輯訓練，而怠慢語言訓練，不重視語感能力的培養，這同樣值得商榷。語文最重要的還應該是語言技藝訓練，語言學習具有階段性，過錯了青少年這一時期，再來培養和提高就非常困難，至於思想，這是所有課程的共同任務，不應該由語文課來獨立承擔，況且，思想是一個漫長的過程，它與閱歷和經驗有很大的關係，具有永遠的學習和特點。

魯迅、郭沫若、胡適等都可以說是語言大師，其語言天賦其實與幼時的訓練有很大的關係，幼時的接受對於他們來說似乎變成了一種本能，似乎是與身俱來。魯迅後來多次表示他對中國古典經文、史書的厭惡，但他恰恰得益於此。是的，魯迅立場堅定地反傳統，對封建傳統進行了激進的批判，但這是建立在對中國傳統文化深刻理解的基礎上，我們可以說傳統的思想毒害了魯迅，但現在看來這種「毒害」太值得了，也多虧了這種「毒害」，否則我們可能少了一位偉大的作家。中國傳統思想文化不僅「毒害」了魯迅，還「毒害」了胡適、郭沫若等一大批文學家、學者，現在看來，中國太需要這種「毒害」了。我們這一代人倒是沒有受到多少「毒害」，特別是「文革」期間，小孩子可以不讀書、不學習，倒是沒有「背書」的痛苦，可謂「快樂成長」，但現實怎麼樣呢？整整這一代人都存在著知識上的缺陷，而且不可能彌補，從而成為永遠的傷痛。這是沉痛的教訓。

本文原載《學術界》2009 年第 3 期。

也談新時期為何未能產生大師級作家

　　新時期為何未能產生大師級作家，這是一個可以深入地追問的話題，我們還可以問：新時期為何未能產生大師級學問家？或者把時間範圍更進一步前溯：當代為何未能產生大師級作家？當代為何未能產生大師級學問家？又可以問：如果說新時期過去未能產生大師級作家，那麼，根據現在的狀況，不久的將來能不能產生大師級作家？能不能產生大師級學問家？這些問題本質上都具有共同性。

　　其實，這並不是一個新問題，前些年，文學界曾有人討論中國為什麼沒有人得諾貝爾文學獎的問題，就具有同一性質。其答案很簡單，無非是：獲得諾貝爾文學獎的作家並不絕對就是大作家，相反，一些文學巨匠如托爾斯泰、高爾基就沒有得諾貝爾文學獎；諾貝爾文學獎評審委員會的漢學水準不高，他們對中國當代文學缺乏深刻的認識和瞭解，他們是西方中心主義，對中國文學持有偏見；中國當代文學當然也有自己的問題，但不是個人的問題，而是社會使然，環境使然，機制使然，一句話，時代使然。過分地他責而不是自責。這些文章現在讀起來，仍然給人一種酸溜溜的感覺。

　　當代為什麼沒有和為什麼不能產生大作家、大學問家？但凡對中國的文化事業有責任感的文人學者都不同程度地思索過這

個問題，但很多人都把原因簡單地歸結為客觀條件，歸結為時代和政治：「文化大革命」中沒有大作家和大學問家，能怪作家和學者吧？話一到此便沉默了。這大概也是這個話題缺乏深刻討論的原因之一。

我承認，強調客觀原因絕對是重要的，從社會文化學的角度來討論問題也絕對是深刻的，事實上，我們還可以從宗教文化角度、從當代文化價值取向的角度、從民族深層的文化心理結構的角度、從中華民族傳統的藝術精神的角度、從機制的角度來分析中國當代為什麼沒有產生大作家和大學問家。但不管怎樣從客觀上追究根源，如果完全撇開主觀原因，完全不談主觀，不從作家自身的角度去找原因，這無論如何是不公正的。客觀原因固然是本質原因，但主觀原因同樣是本質原因。

知識份子歷來是人類文化的精英，孟子所謂天降大任於斯人也者，古今中外皆然。他們是人類文化精神的開拓者、支撐者和傳承人。他們是人類文明的先行者、開路人。在思想上，他們必須走在大眾的前頭，是獨行者。為了全人類的未來與幸福，他們必須作出犧牲，必須承載人類精神的痛苦和思想的苦悶，必須甘於窮潦和清貧，必須忍耐不被理解的痛楚，有時甚至不得不付出生命的代價。

但當代中國知識份子呢？

反觀當代文壇、當代學術界，我們不得不對我們這一代作家和學人感到無限的感慨和悲涼，我們真是既愧對祖先，又愧對後人，沮喪到了極點。舉目一望，當代文壇和學界的原野上似乎一遍蔥綠，實則不過是雜草叢生，一派荒涼，熱鬧文壇的背後是藝

術精神的虛弱和藝術創造的貧乏。當代知識份子作為總體，人格是萎縮的，脊樑是彎曲的，地位是從屬的……他們沒有了狂熱，沒有了激情，沒有了理想，沒有了個性，沒有了思想，沒有了立場，沒有了信念，沒有了進取，沒有了叛逆，沒有了創造，沒有崇高感，沒有了使命感，沒有了責任感，沒有深沉感，沒有痛苦感，沒有了勇往直前無所畏懼的大無畏的英雄氣概。沒有屈原的求索，沒有杜甫的深沉，沒有李白的浪漫，沒有魯迅的戰鬥，沒有郭沫若的才氣，沒有毛澤東的拯救民族的宏願與大義。「到中流擊水，浪遏飛舟」，「俱往矣，數風流人物，還看今朝」，多麼豪邁、雄壯！被認為有「帝王氣」。我們這一代人除了讓人生氣以外，好像什麼「氣」也沒有。特別是 80 年代中期以後，由於受商品經濟大潮的衝擊，中國知識份子在總體上可以說是沉淪了，頹廢了，他們再也經不起物欲的誘惑，或者「下海」經商，完全追求世俗的物質享樂，或者以文學藝術作為謀利的工具，通過寫作來賺錢，通過寫作來達到某種世俗的目的。學者不再願意承擔人類的痛苦和孤獨，不再對學術抱著一種真誠的信仰和執著，不甘寂寞和清苦，學術完全成了一種職業，做學問不再是為某種使命，不再是為了追求真理，而是為了評職稱、晉級、賺錢、謀生，過一種舒適的生活，於是，學術研究變成了製造文化垃圾。文學藝術從前的那種神聖感、使命感、崇高感，對人類精神振弊起衰的那種宗教感再也沒有了，代之而起的是商業氣息、世俗氣息。文人學者一貫引以為自豪的文學創作，似乎越來越邊緣化，越來越成了一種可有可無的東西。

　　海子可以說是中國當代文學中少有的先覺，但他卻無法承載覺悟所帶來的痛苦，他自殺了，海子的自殺說明了中國作家在信念上是多麼脆弱。賈平凹的《廢都》本來是新時期文學的一大探索，具有巨大的開拓意義，但當批評特別是大眾的不滿喧嘩而起時，他氣餒了、消沉了、恢心了，它反映了中國當代作家是多麼缺乏自信、勇氣，缺乏承受苦難的能力。「文化大革命」是中華民族最苦難的歲月之一。事過境遷，痛定思痛，這種苦難對於知識份子來說應該是一筆非常寶貴的財富，知識份子在這場運動中受盡了肉體和心靈的雙重煎熬，它的代價太昂貴了，現在應該有所回報。中國文化本可以這筆回報的財富為本而獲得新生的，但現實卻是：中國知識份子完全被這次浩劫打蔫了。回顧二次世界大戰之後西方知識份子所表現出來的毅力、勇氣和創新精神以及20世紀西方文化實際上是在反思基礎的新生這一事實，我們實在感到汗顏。

　　新時期之所以未能產生大師級作家，還與我們的作家在學識上的先天和後天的不足有太大的關係。的確，比起五四那一代知識份子和80年代之後出生的青年人，我們這一代知識份子似乎是天生的營養不良，在學習的黃金時段，我們似乎什麼也沒學，所以現在是：內不能誦「四書五經」（中國文化的ABC），外不通西方文化；內不能熟練地讀中國古代典籍，外不能熟練地讀外文原著，既沒有中學的根基，也沒有西學的根基，中西不通，古今不通。在知識結構上也存在著嚴重的缺陷，學歷史的人不懂哲學和文學，學文學的人不懂歷史和哲學，學哲學的人不懂文學和歷史。我真難以想像，一個研究文學的人，如果他不懂得哲學和歷

史，他怎麼能把文學研究清楚。文史哲本是一體的，但現在卻被人為地切割成互不相關的一塊塊田地，學術也「分田到戶」，學人們只能在自己的田地上勞作。有的所謂學術名人，對他「專業」之外的文化知識無知達到簡直令人吃驚的地步。造成這種狀況，固然與時代有關，難道與我們自身沒有關係嗎？

抬頭看看我們周圍的知識份子，就能很快明白當代知識份子是處於怎樣的一種浮躁，他們很忙，但捫心自問，這「忙」多少能和成為大作家大學問家聯繫起來？陳寅恪一直到他自認為知識已蓄備夠了才動筆寫文章，現在有多少人有這種學術心態？朱光潛為了研究馬列主義，60歲還和本科學生坐在一起學俄語，現在有多少人有這種學術精神？范文瀾說「板凳要坐十年冷」，現在有多少人能耐得住十年的寂寞？曹雪芹傾進生命，一輩子一部長篇小說還沒有寫完，他哪裡是在為他自己寫作，他根本就是在為全人類寫作。而我們現在的作家，有的一個月就能寫成一部長篇小說，且輕輕鬆鬆、玩玩打打，前不用構思，後不用修改。什麼賺錢就寫什麼，什麼熱鬧就寫什麼，粗製濫造被認可作為一種正常的現象，藝術在精神上完全沉淪了。湯因比說「性的放縱表明對人類的未來喪失了信念和希望」，新時期文學中流行一時的「豐乳肥臀」文學深刻地說明了我們當代文學在精神上達到何等程度的墮落。

大作家必須有大作品，而大作品一個重要的標誌就是深刻。當代作家中，不是每一個作家都甘願墮落的，想成為大師級作家的大有人在，但無奈這些人可以說是心有餘而力不足，功力不夠。幾年前，王蒙曾提出作家學者化的觀點，影響很大，說深一

點，這其實是對當代作家不學無術的一種批評。做學問對創作沒有直接的用處，但它可以幫助作家更深刻地認識社會和生活。只有先有理論的深刻，然後才能有反映的深刻，所謂「深刻是深刻的通行證」。偉大的作品都是表現的深刻，而不是所反映的生活現象的深刻。評論家也許能從一般作品中挖掘出某種深刻來，但那是評論的深刻而不作家的深刻。魯迅說小說是沒有所謂作法的，文學作品不能批量地生產，藝術之路的確沒有捷徑可走，它需要作家進行艱苦的藝術探索，還需要作家具有足夠的文化修養和思想能力。縱觀五四那一代大師級作家，他們哪一個又不同時是大學問家呢？讀魯迅、讀郭沫若、讀聞一多，我們真是感到又欽慕又自豪。

　　新時期為何未能產生大師級作家，這不是一個能簡單地予以回答的問題。產生大師級作家是需要很多條件的，除了必要的客觀條件以外，還需要諸如作家的人格品質、個性氣質、天賦學識、道德勇氣、理想信念等主觀條件。在這個意義上，我們不得不悲觀地預測，當代要產生大師級作家，還需要一定的時間和過程。

原載《芳草》1998 年第 6 期。

社會科學的經濟力量

　　我不同意「文科無用論」的觀點。人文科學與經濟是什麼關係？人文社會科學究竟有沒有經濟效益？如果有，經濟效益究竟有多大？我的看法明顯不同於一般人的觀點。哲學人文社會科學強大的經濟力量絕對不能忽視。

　　知識經濟是當今最強勢的話語。普遍認為，21 世紀將是知識經濟的時代。所謂「知識經濟」，即以知識為基礎的經濟，或者說是建立在知識和資訊的生產、分配和使用上的經濟。與傳統的農業經濟和工業經濟不同，在知識經濟時代，知識是比原材料、資本、勞動力等更重要的經濟因素。一句話，知識是構成知識經濟的關鍵。但對於什麼是「知識」，卻存在著普遍的誤解。很多人以為知識就是以為自然科學主的基礎科學、以技術科學為主的應用科學、以及以管理控制資訊為主的軟科學，而把文學藝術、哲學人文科學排除在知識經濟的「知識」之外。很多人把「知識經濟時代」簡單地理解成了我們這個時代的經濟特徵而不是我們這個時代的社會特徵。我認為，這主要是因為對「知識」過於狹隘的理解所致。所以，本文中，我將對「知識」作一個辨析，以期對「知識經濟」以及「知識經濟時代」有一個更為準確的理解和把握。

更準確地說，「知識經濟時代」應該是「知識社會時代」，知識構成了這個社會的最重要的特徵，當然也構成了這個社會的經濟的最重要的特徵，但知識社會不應該只是經濟時代，同時也是新的以知識為基本特點的文化時代。比如被認為是比較典型地體現了經濟知識時代特徵的大眾文化、大眾傳媒、大眾消閒等就不僅只是給社會帶來經濟效益，同時也帶來文化效益。這裏，「知識」就不僅是一個物質性範疇，同時還是一個精神性範疇，不僅是一個實用性範疇，還是一個價值性範疇，它給人既帶來實用經濟效益，又帶來精神上的愉悅和理性的力量。培根說「知識就是力量」，這裏，「力量」不僅表現為外在的人類征服自然的力量，同時還表現為內在的精神的力量，這是「知識」內涵的兩個層面或者說兩個方面。

知識首先表現為實用工具的特點。本質上，知識即認識，包括人對自然的認識和對社會的認識以及人對自我的認識，當這些認識符合對象的本真時，就是知識，所以亞里斯多德認為知識乃是關於某事物的知識。從知識的起源和演化過程來看，知識首先是人對自然的知識，它最初與人的物質欲求緊密地聯繫在一起。人的知識之所以能和人的物質利益聯繫在一起，最直接的原因是知識能通過物化為實踐性的技術行為和技術手段而轉化為物質力量。人通過對自然的認識達到利用自然，改造自然，征服自然，最後是自然以人的理想的方式為人類服務，這是知識與經濟的最為基本的內容。馬克思說人是會使用工具的動物，其實知識最集中地體現了人類的工具性特點，正是擁有和利用知識把人和動物區別開來。單從體力來看，人並不比一般動物高強多少，如果沒

有知識以及因此而導致的人的進化和文明，人在動物中還是被欺凌的對象。人類的文明、人類的進化是和人類的知識的增長和積累密切相聯的。人類是從征服對象開始逐漸完善自己的，人從動物向人轉化，主要是從蒙昧的人向知識的人轉化，知識構成了人類發展歷程的最為醒目的標誌。

在這一意義上，知識首先是物質形態的，具有直接的經濟效益。在實用工具層面上，知識經濟其實又可以分為兩種類型：一是知識轉化為經濟，表現為知識通過應用轉化為技術和財富從而具有經濟性，這是知識經濟的基本的內容。二是知識直接構成經濟，由於知識的迅速膨脹和積累，知識越來越成為一種獨立的產品形態，表現為在現代社會經濟結構中，知識以形態的方式本身是其中重要的一環，作為一種社會分工它以部門的形式本身具有產業性，可以說是一種「軟性」經濟。最典型的是「教育」，在傳統社會，教育可以說是一種「奢侈」，也即是一項事業性活動，不發達，不能像其他產業部門一樣進行經營活動，因而在社會經濟結構中所占比重很輕。現代社會，由於物質財富的增加，經濟的發達，教育在整個社會結構中的地位和作用越來越突出和重要，其規模和比重都非昔日可比，教育越來越產業化，成為一種獨立的經濟形式。但也正是在這一意義上，「知識經濟」不是我們這個時代獨特的特徵，因為單從實用層面上來說，農業經濟、工業經濟何嘗又不是「知識經濟」呢？在特徵上何嘗不符合以上兩個條件呢？單從物質形態來說，農業經濟、工業經濟和知識經濟並沒有本質的差別，只是程度的不同而已，只是相比較而言，知識在現代社會越來越突出，現代社會在經濟上越來越依靠知識。

　　因此，知識經濟作為時代的特徵，不僅僅表現在知識作為物化的物質和技術層面，更重要的表現在知識作為精神的價值層面。在價值的層面上，知識主要表現為一種理性的力量，從而為經濟發展營造環境因此達到為經濟服務的目的。具體地又可以分為兩個層次：一是知識作為經濟的內在條件；二是知識作為經濟的外在條件。現代社會，由於知識的迅速增長以及知識在經濟生活和文化生活中所占的分量越來越大，是否擁有知識以及擁有知識的多少越來越成為衡量人的素質的重要的尺度。知識對人的素質的作用主要體現為一種理性的力量。本質上，知識即人對自然和社會的客觀規律的認識，不僅表現在知道「是什麼」（What），而且表現在知道「為什麼」（Why）。「知識經濟」認為「知識」還包括「知道怎樣做」（Know-How）和「知道是誰」（know-Who），其實，知道了「是什麼」和「為什麼」也就在一定程度上知道了「怎樣做」和「是誰」，而知道「為什麼」是最重要的，只有知道「為什麼」才能更深刻地知道「是什麼」。知識作為意識和觀念，人擁有了它，人的意識和思維就能超越對事物的單純的感性的把握，而達到對事物的普遍性、規律性的認識，這種認識就給人在思想和行為上帶來了無限的可能性。這正是知識的巨大的精神理性力量。這種理性力量之所以能與經濟聯繫起來，就在於它能通過人的實踐活動轉化為物質的力量。具體表現為，人把知識運用於實踐，或者說人在行為中自覺或不自覺地運用他所掌握的知識，利用自然、改造自然，使自然合乎規律地為人類服務。在這一意義上，知識構成人的素質，最終轉化為經濟效益，這可以說是間接知識經濟。

　　但並不是所有的知識都可以運用於實踐，都可以轉化為經濟效益。有些知識，從經濟的角度來看，可以說是「無用」的知識，它就是它本身，我們上面提到「文科」的大部分知識大體都是如此，比如文學和文學研究、歷史和歷史研究、哲學和哲學研究等，撇開它們作為一種社會分工的實業性，它本身在很大程度上都與經濟無關。有沒有《紅樓夢》並不影響過去的經濟發展和未來的經濟趨向；讀不讀《紅樓夢》並不從根本上影響一國的經營策略和技術發揮；曹雪芹何許人也，他生於何時，死於何時，無論弄得多麼清楚，都不會導致經濟的增長或者相反。其他諸如「三代」起於何時迄於何時、阿 Q 的典型性格、歷史的真相問題、藝術的起源問題等都沒法與經濟效益直接或間接掛勾。也許正是因為這樣，所以人們談論知識經濟，對人文社會科學持一種輕視的態度，普遍存在著一種「文科無用」的觀點。

　　但事實並非如此，即使從經濟的角度來看，人文知識也是現代人和現代社會不可或缺的一部分。人文社會科學雖然不能直接或間接轉化為經濟效益，但它卻是構成知識經濟的必要環境，是知識經濟的必要條件。僅從知識經濟作為這個時代的經濟特徵來說，人文社會科學作為知識不屬於「知識經濟」的經濟範圍。但從知識經濟作為這個時代的社會特徵來看，人文社會科學以及文學藝術也是構成知識經濟的「知識」的重要組成部分。可以說，知識在實用的層面上是知識經濟的表象，而在理性價值的層面上則是知識經濟的深層的基礎。自然科學、技術科學是構成知識經濟作為這個時代的經濟特點的基礎，人文社會科學則是構成知識經濟作為這個時代的社會特徵的深層的基礎。知識經濟作為經濟

活動不能單獨地發展，它不能脫離一定的社會條件和文化環境，自然科學、工程技術和人文科學、社會科學以及文學藝術可以說是相互作用、共同提高。經濟發達，文化落後，或者文化發達，經濟落後，這都是難以想像的。歷史和現實的經驗是：經濟落後的國家和地區也是文化落後的國家和地區；經濟發達的國家和地區也是文化發達的國家和地區。反之亦然。顯然，經濟和文化之間有一種內在的聯繫。

通過上面對知識經濟之「知識」的辨析，我們看到，「知識」是一個很寬泛的概念，不僅包括自然知識，同時還包括社會知識，從學科分類來說，不僅包括理、工、農、醫等自然科學知識，同時還包括文學、藝術、歷史、哲學、管理學等人文社會科學知識。相應地，知識經濟也具有非常複雜的內容，它既是指經濟時代，也是指與這種經濟時代相一致的社會時代。鑒於此，當我們談論和實施知識經濟時代時，我們不應該輕視人文社會科學以及文學藝術知識，更不能把它們排斥在知識經濟之「知識」外。否則，知識經濟時代便不能真正實現。

本文原載《粵海風》2001 年第 1 期。

重談亨廷頓的「文化衝突」理論

　　文化理論是當今學術界最熱門的話題之一。其中一個很重要的表現就是文化理論已經滲透到當今學術的各個領域，政治學領域、經濟學領域、軍事學領域、文學藝術領域等都深受文化理論的影響。比如文藝學，北京一些學者主張拓寬文學理論研究的範圍，打破詩學與文化理論之間的界限，有的學者甚至提出用文化理論取代文學理論。可見影響之大。這就是思想學術領域的所謂「文化轉向」。20世紀學術領域的「語言學轉向」被稱為是「哥白尼式的革命」，我覺得可以把這次「文化轉向」叫做「布魯諾式的革命」。

　　文化理論是一個非常複雜的問題。什麼是「文化」？就大有爭議，據有人研究，在西方，比較權威的「文化」定義就有150多種。文化理論最大的特點是它的包容性，它實際上是以一種大視野來研究問題，所以，它看似寬泛、無邊，但實際上特別具有一種應用價值，可以對問題進行廣泛的、深入的、綜合的、整體的、多方面的審視和研究。我想，這可能是當今學術的「文化轉向」的一個很重要的原因。

　　文化理論雖然很複雜，但它有一些基本的問題，有一些基礎性的問題。文化理論在當今特別有影響，這與文化理論的實際影響和現實針對性有很大的關係。每一種理論，它如果能夠發生很

大的影響，它都需要這樣一些品格。而亨廷頓的文化衝突理論就是這樣一種既具有基本理論性、又具有實際影響和現實針對性的理論。下面，我就具體介紹亨廷頓的理論，並談談我的基本觀點，我相信它對於我們的現實關懷和學術研究會具有一定的啟示性。

一、亨廷頓的基本觀點

亨廷頓是美國國際政治研究專家。著作很多，翻譯成中文的有《變化社會中的政治秩序》、《第三波──20 世紀後期民主化浪潮》，散篇的文章就更多。但不論是對中國而言，還是對世界而言，影響最大的還是《文明的衝突與世界秩序重建》這本書（中譯新華出版社 1999 年版）。這本書始源於一篇文章，1993 年，亨廷頓在美國《外交》雜誌發表《文明的衝突？》一文，這篇文章引起了國際學術界普遍的關注與爭論。在這些爭論的基礎上，作者系統地闡述了他的觀點，於 1996 年出版了這本書。

在這本書中，作者提出這樣的一種觀點，認為，冷戰結束後，全球政治開始沿著文化線開始重構。人民之間的區別不是意識形態或者政治經濟的區別，而是文化的區別，人們用祖先、宗教、語言、歷史、價值、習俗這些概念來界定自己。世界之間的衝突將是文明之間的衝突，國家、階級這些實體將變得退居其次，而文明將成為最基本的實體。

亨廷頓根據他對文化或文明的理解，將冷戰之後的世界文明劃分為「七大文明」（或「八大文明」）：中華文明、日本文明、印度文明、伊斯蘭文明、西方文明、拉丁美洲文明，還有一種可

能性的非洲文明。文明的類型構成了人們的基本認同，他舉例說，一個法國人，一個德國人在一起時，他們會把自己看成是德國人或者法國人，但加進一個沙烏地阿拉伯人和一個埃及人之後，法國人和德國人就會把自己看成是歐洲人，把沙特和埃及人看成是阿拉伯人。也就是說，人總是根據文明來確認自己的身份。

他認為，冷戰之後，文明的差異不是縮小了，而是拉大了。過去，有一種普遍的觀點，認為現代化將導致人類的「普世文明」，他批評了這樣一種流行的觀點。他認為，現代化加強了各種文明。非西方社會對待西方和現代化，主要有三種態度或選擇：拒絕現代化和西方化；接受兩者；接受現代化，拒絕西方化。世界的總體是越來越現代化，也越來越非西方化。

亨廷頓認為，文化總是追隨著權力。經濟和軍事權力的增長會提高自信心和自負感，並大大增強自己文化和意識形態對其他文化的吸收力。相反，經濟和軍事權力的下降會導致自我懷疑、認同危機，並導致到其他文化中尋求經濟軍事和政治成功的要訣。隨著西方權力的削弱，西方的民主、自由、人權的價值觀對其他文明的吸引力會減弱；相反，隨著非西方社會經濟、政治和軍事能力的增長，它們會日益鼓吹自己的價值、體制和文化的優點。所以，西方對非西方的影響，導致了完全相反的兩種結果：一是經濟的現代化，二是文明的本土化。他提出所謂「民主的悖論」的觀點，西方的民主在非西方的採用，不僅沒有導致社會西化的進程，反而進一步推動了本土化。民主只能使那些種族的、民族主義的、宗教的東西獲勝，比如南非，民主選舉的結果是南

非越來越非洲化。1992 年，阿爾及利亞選舉，伊斯蘭原教旨主義差點掌握政權，後來軍隊取消選舉才避免了悲劇的發生。

文明的發展導致了「全球政治的文化重構」。就是說，全球政治正沿著文化的界線重構，文化相似的民族和國家走到一起，文化不同的民族和國家則分道揚鑣。重新劃分的政治界線越來越與種族、宗教、文明等文化的界線趨於一致，文化共同體正在取代冷戰陣營，文明的斷層線正在成為全球政治衝突的中心界線。在這各種文明實體中，他認為西方文明正在衰落，而大中華文明和伊斯蘭正在強大。

站在西方的立場上，他把文明分為西方與非西方，他認為，「在宏觀層面上，最主要的分裂是在西方和非西方之間，在以穆斯林和亞洲社會為一方，以西方為另一方之間，存在著最為嚴重的衝突。未來的危險衝突可能會在西方的傲慢、伊斯蘭國家的不寬容和中國的武斷的相互作用下發生。」很多人包括克林頓認為，西方只是與伊斯蘭極端暴力主義暴力分子之間存在問題，而不是與伊斯蘭世界之間存在問題。但亨廷頓不同意這種觀點，他認為，西方面臨的根本問題不是伊斯蘭原教旨主義，而是一個不同的文明。他特別分析了前阿富汗戰爭和海灣戰爭。對於海灣戰爭，阿拉伯普遍的觀點認為，海灣戰爭是一次宗教戰爭，不是世界對伊拉克，而是西方對伊斯蘭。薩達姆是錯誤的，西方干涉更是錯誤的，因此，薩達姆與西方作戰是正確的，我們支援他也是正確的。

對於中國文明實體，亨廷頓有很多分析。總體上，他認為中國在經濟上越來越強大，越來越對西方構成了威脅。亞洲的小國

家特別是儒教國家越來越傾向於依賴中國，至少不得罪中國。他
舉了一個小例子，70 年代李光耀第一次訪問中國時，他堅持與中
國領導人談話用英語而不用漢語，但 20 年代之後，他不這樣了。
這既是文明的認同，同時也顯示了親中國的發展。他認為，中國、
巴基斯坦、伊朗結盟（即「儒教—伊斯蘭聯盟」），可能帶來可怕
的前景。

二、對亨廷頓觀點的批評意見

亨廷頓的論著發表以後，引起了廣泛的爭論。贊成者認為，
它是冷戰結束以來最重要的國際關係論著。但批評的意見很多。
其中最重要的意見就是認為它把當今的衝突過於簡化。文明之間
的衝突只是一方面。比如有人提出，當今世界，大文化內部的衝
突遠遠多於文化之間的衝突，今日世界上大多數的衝突都發生在
非洲內部。有人認為，因權力、財富、影響分配不公以及大國不
尊重小國引起的衝突大大超過基督教、儒教與伊斯蘭教之間的文
明衝突。

德國著名政治學家哈拉爾德·米勒專門寫一本批判「文明衝
突論」的書，題為《文明的共存——對撒母耳·亨廷頓「文明衝
突論」的批判》。米勒認為，亨廷頓太主觀，其理論包含了很多
經驗主義的錯誤。比如亨廷頓作過一個統計，在最近 31 起不同
文明之間的暴力衝突中，有 21 起即三分之二是在穆斯林有參與
下發生的，所以亨廷頓提出「伊斯蘭教的流血邊境」的觀點。但
米勒的統計卻是，在最近捲入文化暴力爭端的 62 個國家或派別

中，只有 21 個是伊斯蘭國家或派別。再比如，亨廷頓認為儒教和伊斯蘭可能結盟，一個重要的證據就是中國（包括北朝鮮）向伊朗、巴基斯坦、伊拉克和敘利亞出售軍火和核技術。但米勒的統計卻是，西方國家向伊斯蘭國家出售的軍火是中國向這些地區出售的軍火的 10 倍以上。

米勒認為亨廷頓理論的最大缺陷就是簡化。仍然是冷戰的思維模式，把世界簡單地分為「我們」和「他們」。他認為這種簡單的劃分與美國的民主政治體制有很大的關係，美國是民主政治，重大的問題必須求得民眾的支持，所以，艱難的說服工作只能通過粗略的簡化才能得以成功地迅速地完成。這樣就導致了美國政治理論的「簡單狂熱症」，敵人是邪惡的（小布希仍然有「邪惡軸心」說），「我們」必須迅速出擊，置「他們」於死地，這種觀念在美國公眾中發揮著巨大的作用。

米勒對亨廷頓的大部分觀點都提出質疑。比如他認為海灣戰爭有三個理由：1、維護國際公約，反對任何的侵略行徑。2、石油問題。3、維持地區均衡。而不是亨廷頓所說的宗教戰爭。再比如中國與伊斯蘭結盟的問題。他認為中國也存在類似中東的問題，特別是民族分裂和恐怖主義的問題。他列舉的具體事例是，1996、1997 年新疆曾發生動亂，1997 年，維吾爾分裂主義分子曾在北京製造兩起炸彈爆炸事件。「9‧11」之後，中國政府正式向外界承認「東突」的問題。

總體上，米勒認為未來的世界不是文明的衝突，而是文明的共存。

大多數中國學者對亨廷頓的文明衝突理論也是持一種批判的態度。特別是對中國威脅論、所謂「黃禍」（語源於成吉思汗曾打到歐洲，不是字面上的。），持一種民族主義的反感。

三、「文明衝突論」的價值、意義以及評價

不管人們如何批評亨廷頓，但有一點是不能否認的，那就是，亨廷頓的預言正在變成現實。最近的阿富汗戰爭以及中東的局勢的發展都證明了這一點。特別是「9‧11」事件。

拉登主要是出於信仰發動對美國的攻擊。就目前的資料來看，拉登對美國的仇恨始於美國對伊拉克的戰爭，又與巴以衝突中美國站在以色列一方有很大的關係。但我認為，前者具有根本性，後者不過是藉口，具有策略性，以求得阿位伯世界的同情和支持。不管是哪一個原因，文化顯然是深層的原因。奧馬爾清楚地知道這是一場必輸的戰爭，但他仍然打下去，這仍然是一個文化和信念的問題。戰爭開始的時候，我們的有些所謂政治和軍事專家預測這將是一場艱難的戰爭，美國很可能陷入前蘇聯的局面，這其實是對美國的軍事和外交缺乏瞭解。（海灣戰爭前這些專家預測也是很離譜，和後來的事實相距甚遠）在戰爭之前，美國與塔里班政權沒有直接的矛盾，相反，美國是支持塔里班的，塔里班政權的直接後臺是巴基斯坦，而間接後臺則是美國，美國支持塔時班的一個重要原因是伊朗不喜歡塔里班。但當奧馬爾出於宗教和信念的原因拒絕交出拉登的時候，美國必須打這次戰爭，對於美國來說，這其實也是維護尊

嚴和文化價值的問題。所以，這是一場典型的文明之間的衝突和戰爭。

巴以衝突也是這樣，它肯定不是簡單的以色列和巴勒斯坦之間的問題。而是以色列和整個阿拉伯之間的關係問題。而以色列的後臺是美國，這才把問題複雜化。美國不願意阿拉伯打敗以色列，當然也是戰略上的考慮，但文化的相近也是很重要的原因。就以色列和阿拉伯來說，以色列絕對是弱者，但因為美國人幫助以色列，所以，我們認為它是強者。對於我們的新聞，我與一般人的看法有些不同，我認為，我們對以色列的譴責並不是道義上的，而更多地是文化上的，是外交利益上的。我們的批評不是以進步為原則的，以色列是一個深重災難的民族，他們為生存而鬥爭也是值得同情的。

亨廷頓關於中西關係的看法，並不是沒有道理的。隨著中國的強大，中國希望在世界事務中至少是亞洲事務中扮演重要的角色，中美衝突越來越多，這是一個事實。不管是中國還是美國，在外交辭令上都強調中美關係的合作以及友好，互惠互利，並且都說矛盾主要是少數別有用心的人造成的。但事實恰恰相反，人民之間的仇恨很深（中國人民第一恨日本人，第二就是恨美國人），這種仇恨從根本上是文化上的。美國每次大選，競選人為了拉選票而攻擊中國，以及美國所謂「誤炸」大使館之後中國民眾的反應都可見一斑。米勒批評亨廷頓，但對於中國的崛起，二人看法驚人地一致。由於近代的屈辱，我們在文化上曾痛苦地學習西方，所以才有現代社會和現代文化。但隨著中國在經濟以及軍事上的強大，中國越來越要求在文化上具一種權力。所以，在美

國,不斷地有「中國威脅論」的論調。我們當然反對西方特別是美國的對中國的遏制政策,這是典型的粗暴干涉中國的內政,發展是任何國家和民族的權力,遏制反映了西方的霸權主義思想。

　　但是站在中國的角度,我們又由衷地為亨廷頓對中國的某些預言感到高興。馬克思曾預言中國在 20 世紀非常強大,將是睡醒的獅子,從過去的情況來看,好像不是這樣。上個世紀西方不斷地有人預測中國將要強大,但都沒有實現。但願亨廷頓的這次預言能夠成為現實。我深深地相信這一點。據說季羨林曾說,21 世紀將是中國的世紀,他用的是胡漢三的那句話,三十年河東,四十年河西。就是說現在又該輪到中國強大了。很多人反對這種說法,但我贊成這個觀點,不過沒有什麼特別的理由,有點迷信的味道。最近美國財政部長說中國的經濟已經超過日本,我把這看作是一個好消息。不過從文化的角度來說,中國目前越來越具備強大的條件。季羨林講到中國文論的時候,說我們很優越,既有西方的,又有我們自己的。其實,整個文化上,我們都有這樣一種優越性。對於西方文化,我們認真地學習,吸收它先進和進步的東西,同時我們還有我們自己優秀的文化遺產,這樣,我們實際上比西方站在一個更高的層次上,這樣,21 世紀的中國文化會比西方文化更具有吸引力。我們對西方很瞭解,也能理解,但西方對我們卻缺乏基本的瞭解與理解,這是我們明顯優越的地方。

　　總體上,亨廷頓的文化衝突理論對於我們判斷 21 世紀的國際形勢具有重要的參考價值,它至少反映了部分美國學者對時局的一種基本估價。出於一種所謂「政治正確性」的前提,亨廷頓

有很多不便明言的東西，即不能擺到桌面子上來說，比如對於伊斯蘭教的批評，他非常謹慎，對於巴勒斯坦的批評，對於恐怖主義的批評，他也非常謹慎。李慎之有一篇文章，認為亨廷頓在文章中隱含著對西方人口問題的恐懼。就西方的人口狀況來說，白人人口在明顯地萎縮，非白人人口越來越膨脹，這可能導致從人口上淹沒西方文明。移民問題在西方現在是一個非常頭疼的問題，法國最近的選舉，勒龐得票很多，原因很多，其中人口和移民是其中的一個很重要的問題。過去，美國由於白人占絕對多數，能夠輕而易舉地融化其他民族，黑人、華人能夠很快地被同化。現在隨著黑人人口數量的增加，他們不再滿足於文化被同化，而要求保持自己的獨立文化。他們現在已經不再滿足於馬丁・路德金的人人面前平等的口號，而要求特權。比如求職的特權、學習的特權。其他如波黑、中東現在都存在著嚴重的人口衝突的問題。

亨廷頓的文明衝突的理論對於我們具有很大的啟示性。

1、經濟上全球化、一體化，文化上多元化，這是當代整個世界發展的態勢。分析周邊的形勢，我們可以看到，文化的差異性構成了當今世界的最重要的特徵。這是衝突的原因，但同時也是價值的根源。民族、國家要在世界上具有立足之地，必須保持自己的獨立的文化。我們可以從保守的角度來看亨廷頓的理論，就是說，站在中國的立場上，我們可以把亨廷頓的理論看作是一種挑戰，一種激勵，對於中國來說，現在是強大的一個很好的機遇。另一方面，我們又需要對話，這是文化保護同時避免衝突的重要途徑。一方面，我們要發揚我們的文明，同時對其他文明又

要持理解的同情，要寬容，要能夠和其他文明和平相處。文化的過於排它性，這種文明是沒有前途的。

我們一方面為中國文明作為實體的可能性強大感到自豪，另一方面又要避免文明衝突發生的可怕性前景。社科院美國研究所的王輯思曾在清華大學作過一次有關亨廷頓文明衝突理論的演講，在這個演講中，他提到預言的「自我證實」的問題。我預測我某一天死，那一天我沒死，我自殺，結果我的預言實現了。小時候，我聽過一個笑話，說是女兒要出嫁了，父母對她說，男家可能以後會休你，所以你過去以後人要多攢私房。女兒嫁過去後便拼命地攢私房，因為這被男家休掉了。女兒被休以後，老兩口還自以為自己有先見之明。對於亨廷頓的文化衝突理論，我們要防範這種「自我證實」的悲劇發生。就是說，預測將要發生文明的衝突，實際中處處受這種預測的限制和束縛，結果真的導致文明衝突的悲劇。我認為不論是中國還是其他國家，這都是應該避免的問題。

2、亨廷頓的文化理論主要是針對國際關係和國際政治而言的，是一種社會理論，但它作為一種背景理論，對我們學術研究具有啟發性。

把人類的文明劃分為幾大塊，這並不是什麼新鮮的東西。大家知道，湯因比就把人類文明劃分為 26 個，他認為每一種文明都有起源、生長、衰落和解體四個階段。文明的起源和生長始於「挑戰與應戰」。西方文明同樣面臨著衰落和解體的危機，西方文明能否繼續保持一種強大，取決於它如何面對挑戰，也即如何應戰。早在五四時期，中國的學者梁漱溟就提出三大文明之說，

這雖然太簡化，但它開啟了從文明類型的角度來研究學術的思路。對於西方的衰落的問題，也不是亨廷頓提出來的，德國在歷史學家斯賓格勒在《西方的沒落》一書中早就進行了悲觀主義的論述。但我覺得，我們不應該把這種預測看得過於認真，而更應該看作是西方學者的一個憂患意識，這種憂患意識是一種非常好的品質，值得我們學習。多年來，不論美國人還是中國人，都在說美國要衰落，但它至今仍然是世界上最強大的，這種強大與美國人的不斷反思、憂患有很大的關係。

從文化上研究學術問題，比如研究文學和文學理論問題，這是一種非常開闊的胸懷，這裏面大有可為。我理解曹老師給我們出這樣一個題目的意思（按，本演講是我的博士後指導老師曹順慶先生安排的）。比如文論怎樣才能走出困境，從這裏入手似乎給人一種希望。沒有自己，不是從本位的文化出發，所以，我們只能跟在別人的後面走，沒法超越別人。以中國文化為本位，重建文論話語，這是一個有重大價值的課題。

（按：此文係根據作者在四川大學的一次演講整理而成。演講時間：2002 年 5 月 18 日。地點：四川大學逸夫科學館大廳）

本文原載《湖南城市學院學報》2003 年第 3 期。
《理論參考》2005 年第 7 期轉載。

劉勰「風骨」理論通詮

一

　　風骨理論是中國古代美學和文藝學中最重要的、最有特色的理論之一。風骨作為概念最早可以以追溯到《廣雅》、《莊子》、《孟子》、《毛詩序》等古代典籍，南朝宋劉義慶《世說新語》第一次用「風骨」一詞品論人物，指人物的風采骨相，或非凡的風采氣骨。而劉勰的《文心雕龍》則第一次把它運用到文藝理論方面，《文心雕龍》專設「風骨」一章，對風骨進行了具體、詳盡的闡說，標誌著風骨理論作為文藝理論的形成。隨後，經過眾多的美學家、文藝理論家的進一步闡釋、發揮，風骨理論在運用範圍上進一步擴大，在內涵意義上也進一步豐富，直到清代沈德潛，晚近的曾國藩、黃侃等仍有新說。

　　在整個風骨理論中，《文心雕龍・風骨》具有舉足輕重的地位。一方面，它是在對前人關於風骨思想的繼承的基礎上建立起來的，另一方面，它對後世的文藝風骨理論產生了巨大的影響，可以說是劉勰建構了中國古代文論整個風骨理論的基礎和大廈。所以，要搞清楚風骨的含義，首先必須搞清楚劉勰關於風骨的含義。

　　劉勰關於「風骨」的具體含義是什麼？這是《文心雕龍》研究中爭論比較大的一個問題。多年來，學術界專著、文章不少，但誰也說服不了誰。風骨在中國古代文論中並不存在理解上的困難，似乎歷代文論家對風骨的涵義並沒有什麼意見分歧。何以到了現代語境風骨作為概念的內涵反而變得模糊不清？在現代文論背景下反而會造成如此激烈的爭論？我認為原因最主要有這樣兩個方面。

　　一、語境的變化造成人們對於其原義理解的差異性。《文心雕龍・風骨》文詞本身很模糊，特別是《文心雕龍》的駢文體更加重了這一特徵。因為駢文的一個重要特徵就是刻意追求形式上的對稱，有時因為找不到一個合適的相對應的詞語，因而常常在遣詞上遷就，這就造成了文意上的不準確，甚至詞不達意。這一點，對於散文、詩歌之類的文學作品來說，還沒有多大的關係，因為模糊性是文學的一個重要特徵，模糊有時反能給讀者以想像和再創造的餘地，達到模糊美的效果。但對於具有傳統繼承性、嚴密邏輯性的文學理論著作來說，情況就不同了。模糊只能造成邏輯的混亂、意義的不準確、論證的不嚴密，從而造成理解上的歧義。對於《文心雕龍・風骨》來說，由於文詞的模糊性，人們在理解其意義上就出現了較大的偏差，不同的人，由於審美觀不同，由於對詞語所持的主觀理解不同，以及所接受的理論基礎不同，其所理解的含義也不相同。有的完全是先入之見，穿鑿附會，對「風骨」篇斷章取義的理解是造成對風骨涵義分歧的一個很重要的原因。許多理論文章往往是「攻其一點，不及其餘」，抓住一點，便加以昇華、概括，其結論大多失之片面，不能通貫

全篇。意義的模糊性，這是古漢語的通病，但在「風骨」篇中表現得特別明顯和突出，這是造成今天我們對「風骨」含義分歧的客觀原因。

但對於「風骨」涵義理解的更大難題還在於語言體系的變化，以現代漢語體系作為語言和文化的背景，以現代文論作為理論基礎和思維方式，用現代的術語、概念、範疇話語方式來理解劉勰的《文心雕龍》，這在語言學上存在著巨大的困難。現代漢語與古代漢語是兩套不同的語言體系，在日常生活和物質的層面上，兩套語言可以相互翻譯或轉化，但在思想的層面上，兩套語言之間存在著根本性的差異，簡單的語言轉換存在著巨大的困難。什麼是「氣」、「禮」、「仁」、「道」、「味」？從語言學的角度來說，現代漢語思想範圍內，這些概念或者範疇已經不用，或者不再原初意義上使用，至少已經不是基本概念或範疇。在現代漢語中，這些「字」仍然是基本的辭彙，但是在現代語境中，這些「詞」作為概念其意義已經發生了很大的變化，這些變化與詞義的一般性有根本的不同，也不是人的有意為之，而從根本上是語境的變化，是語言體系的變化。在古代漢語中，從思想的層面上來說，「氣」、「禮」、「仁」、「道」、「味」等是基本詞彙，對於中國古代的思想體系來說，它們構成了「關鍵字」，人們就是用它們進行言說和表述，在整個古代漢語語境中，它們的意義是自明的，具有「元」的性質，在詞的意義上不再需要注釋和解說。現代漢語則是一種新語言系統，從思想的層面上來說，現代言說方式已經發生了根本性變化，從西方學習過來的「理性」、「科學」、「民主」、「存在」、「意識」等則構成了關鍵字，「氣」、

「禮」、「仁」、「道」、「味」等概念的意義受制於「科學」等言說語境。現代漢語語境中，「氣」等概念或者思想不再是本位的，而是陌生的，其涵義必須通過研究、詮釋、解說才能為一般人所理解。

相應地，中國古代文論和中國現代文論是兩種不同的文論體系，也可以說是兩種不同的文論話語方式。就術語、概念、範疇來說，兩套文論話語有可以翻譯和轉化的一面，有可以互補的一面，但更多的則是相異或者說矛盾的一面。古代文論中的「文」、「質」與現代文論中的形式與內容有相似的一方面，但各自的內涵各不相同，明顯不能互換。中國古代講「品第」，中國現代文論則更多地使用風格的概念，「品第」和「風格」有交叉的地方，但更多的則是平行和對立。正是在中國古代文論與中國現代文論作為兩套不同文論體系的基礎上，古代文論的概念在涵義上在現代變得可疑，成為問題。在古代文論體系中，「文」與「質」、「風」與「骨」、「氣」與「韻」、「意」與「境」是基本的術語、概念和範疇，並且它們與「理」、「氣」、「禮」、「仁」、「道」等思想範疇具有一體性，人們就是用這些概念來言說文藝問題，在言說的過程中，這些術語、概念和範疇是明白的，它不需要作詞義上的限定與解釋。但是在現代漢語語境和現代文論語境中，它們不再是自明的，我們只有用現代術語和概念去解釋、翻譯它才能明白。而正是這種解釋和翻譯使這些術語、概念和範疇變得歧義叢生。風骨在意義上的分歧，語境的變化是非常重要的原因。

二、現代中國古代文論研究方法過守陳規也是造成對「風骨」在涵義上意見紛呈的一個重要原因，這可以說是造成對「風骨」

含義理解分歧的主觀原因。具體對「風骨」篇來說，方法的陳舊性主要表現在以下幾個方面：

首先，過分強調「風」、「骨」這兩個概念在內涵意義上的聯繫性，或者說，過分強調風骨作為整體性概念。事實上，在劉勰之前，「風」和「骨」是作為兩個不同的概念單獨使用的，劉義慶在《世說新語》中首次使用「風骨」一詞，就是在「風」和「骨」作為獨立的概念意義上使用的，「舊目韓康伯，將肘無風骨」（《輕詆》），這裏，「風」指的是人的精神風貌；「骨」指的是人身體骨骼。劉勰在《文心雕龍·風骨》中雖然用了較多篇幅論述「風」和「骨」之間的聯繫，但在更大程度上還是強調「風」和「骨」各自不同的內涵，較多的是論述「風」和「骨」的各自的理論。

其次，過分強調「風」、「骨」這兩個概念在內涵意義上的傳統繼承關係，或者說忽視了劉勰對前人關於「風」、「骨」這兩個概念在理解上的差異性以及輕視了劉勰在這兩個概念內涵意義上的發展和獨創性。有的學者在解釋劉勰《文心雕龍·風骨》關於「風骨」的涵義時，不是在文章本身中尋找其意義，而是詳盡地考證前人關於「風骨」的釋義，企圖以此來證明劉勰的觀點。我認為這種方法是值得商榷的，既然允許今天的專家學者對劉勰的「風骨」有不同的理解，那麼，為什麼不允許劉勰對他的前人的遺產也有自己的見解呢？從今天推論過去，以自己類比劉勰，我們應該寬容同時也應該理解劉勰對前人在「風骨」概念上理解的差異性。況且，無論「風」、「骨」這兩個概念在劉勰之前其具體含義是什麼，劉勰作為一個大理論家，他完全可以有自己的闡釋和主張，否則，只是沿襲古人，墨守成規，沒有絲毫的新見解，

「風骨」篇談何價值？劉勰也就不成其為劉勰了。因此，從價值觀上來說，劉勰這樣做，更符合創造的規律，因為劉勰不應該只是通常意義上的學問家，更應該是理論家。

第三，過分信賴後人對劉勰「風骨」含義的解說和發揮，以至於把中國古代風骨理論等同於劉勰的風骨理論。有的學者談及劉勰的「風骨」，滔滔不絕，廣徵博引，什麼謝赫是如何說的，費經虞是如何說的，胡應麟是如何說的，余成教是如何說的，周紫芝是如何的，延君壽是如何說的……唯獨缺少劉勰是如何說的、劉勰本人是什麼意思，結果造成本末倒置。作為一種學問方法，參考其他人的觀點和成果絕對是必要的，是應該提倡的，但是，其他人對劉勰風骨的解說以至於發揮，和劉勰本人的風骨理論畢竟是兩回事。所以，我們解釋劉勰的風骨理論，必須以其「風骨」篇為準，緊扣其原義，而不能借題發揮以至於離題萬里。

那麼，如何解決這些問題？或者說如何才能在理解上最切近劉勰的本意呢？我認為，落葉歸根，最穩妥的辦法是回到《文心雕龍‧風骨》文本上來，細讀原文，從文本本身理解其內涵，即使這種內涵本身可能沒有多大的價值。否則，海闊天空，旁徵博引，甚至於把後人的或者外國人的東西強加在劉勰頭上，這樣，高則高矣，只是違背了劉勰的原義，犯了學問的忌諱。因此，本文將撇開通常的論述這個問題的思維模式和方法，嘗試運用最基本的「串解」的方式或者說「細繹」的方式，試圖從文本本身的邏輯關係中尋求初始意義，以求最準確地理解劉勰的風骨理論[1]。

---

[1]　本文所用《文心雕龍》版本為楊明照《文心雕龍校注》（古典文學出版社1958年版）並參考其《增補文心雕龍校注》上下冊（中華書局2000版）。

二

　　《文心雕龍‧風骨》全文可分為三部分。第一部分，從「《詩》總六義」到「茲術或違，無務繁采」。這是全文最重要的部分，分別論述「風」和「骨」作為概念的內涵。我認為，劉勰所說的「風」，指的是始終伴隨著作家創作過程中的「質」，這種「質」的特點是感人，恰似我們今天所說的「情感」、「激情」等，而又比「情感」、「激情」等更為深層，「質」是「情感」產生的根源，它既是作家在創作過程中始終保持的一種激情，同時也是感化讀者的精神源泉。這樣理解問題是很符合劉勰論述問題「玄」的特徵的。而劉勰所說「骨」則是指非常準確地表達思想，具體地說就是如何遣詞造句和使文章的「意脈清楚」。「風」和「骨」是劉勰文論也是中國古代文論特殊的概念，中國現代文論中沒有相對應的概念。「風」就是「風」，「骨」就是「骨」，對於現代中國人來說，對這兩個概念只能解釋，沒法翻譯。為了清晰、詳細地說明、論證我的觀點，我採用更為具體的方法，把這一段落中有關「風」和「骨」的論述分別挑出來，然後逐一進行分析。

（一）風論

　　　　《詩》總六義，風冠其首，斯乃化感之本源，志氣之符契也。

　　大意是說，《詩經》包括風、雅、頌三體和賦、比、興三種表現手法，其中風排在第一位。「風」是文學具有感化力量的本

源，也是作家具有的「志」和「氣」的標誌。這一句話主要解釋「風」的含義。在劉勰看來，「風」的最本質特徵就在於能感化人。作品是否具有感人的力量，取決於作品是否具有「風」，從根本上說又取決於作家是否有「志」、「氣」。不管前人關於「風」的具體含義是什麼，但在劉勰看來，「風」就是這種能夠感化人的東西，具體表現在作家身上就是「志」與「氣」。

是以怊悵述情，必始乎風。

心有所動謂之「怊悵」，內心被感動了，即產生了情感，把這種情感表達出來，即「述情」，也即創作。為什麼作家會被感動呢？從根本上說是因為「風」的作用。這一句話更進一步強調「風」作為一種感化人的「質」的對創作的作用，也是從創作的角度進一步解釋什麼是「風」。

情之含風，猶形之包氣。

這句話的大意是說，情感中含有「風」，就好像人的形體內包含著生氣一樣，人沒有生氣不行，情感沒有「風」不行。這句話論述的是「風」與「情」之間的關係：就整個創作過程來看，「風」先於「情」並且是產生「情」的根源。過去，有人認為劉勰所說的「風」就等於現在所說的「情」，這裏顯然解釋不通，「情」和「風」在《文心雕龍》中是既相聯繫又有本質區別的兩個概念。那麼，究竟什麼是「風」呢？劉勰沒有進一步解釋，按

照我們今天的理論，情感是由社會生活的激發而產生的，但劉勰這裏所說的「風」顯然不是社會生活，而是一種非常玄妙的東西，在今天的白話漢語中，無法找一個相對應的詞，所以我們姑且叫它「質」。

　　意氣駿爽，則文風清焉。

　　大意是說，如果作家的「意氣」快利爽朗，即不含糊、混亂，則其作品所表現出來的「風」也必然具有清爽的特點。沒有「風」就沒有「情」，而「風」又是由作家的「氣」決定的，沒有「氣」就沒有「風」，有什麼樣的「氣」就有什麼樣的「風」，這是劉勰的一個基本觀點，也是劉勰理論的一大特點，下面關於「風」的論述實際上都是在論證這一觀點。

　　若豐藻克贍，風（骨）不飛，則（振采失鮮，）負聲無力。
　　是以綴慮裁篇，務盈守氣。

　　這是一句駢體對應文，「風不飛」對應「負聲無力」；「骨不飛」對應「振采失鮮」。關於「風」的大意是說，如果只是追求詞藻的華麗，不講求「風」，那麼，這樣的作品在聲律上雖然優美，但卻不能打動讀者，不是優秀的作品，所以，文學創作一定要始終激情飽滿。這裏，「負」：自負、勝於。力：力量、力度。盈：充分。聲：聲律。古人把音樂看成是純感情的藝術，因而把聲律也看成是表現情感的一個重要方式，因此，劉勰在這裏

把「聲」也歸入「風」的範疇。這兩句話進一步闡述「氣」與「風」的關係。理解這兩句話的最關鍵性概念是「氣」，什麼是氣？這是中國古代哲學、美學、文藝學中最玄的概念，似乎是只可意會不可言傳。劉勰也是在自我意會上使用這個概念的。過去，大多數學者把「氣」解釋為「氣力」、「才氣」或者「氣派」、「元氣」等，從創作情況來看，我認為把「氣」理解為「一氣呵成」之「氣」，即創作過程中的一種創作激情或者說一種精神狀態，似更說得通些。

　　深乎風者，述情必顯。

　　大意是說，對於創作來說，如果作家貯蓄了很充足的「風」，那麼，表達情感即創作就會清晰、明瞭。相當於我們現在所說的，如果作家創作時激情飽滿，那麼，創作時就會一氣呵成，表現也會痛快淋漓。

　　結響凝而不滯，此風之力也。思不環周，索莫乏氣，則無風之驗也。相如賦仙，氣號凌雲，蔚為辭宗，乃其風力遒也。能鑒斯要，可以定文，茲術或違，無務繁采。

　　大意是說，作品語句朗暢，聲調優美，即在情感上不疙疙瘩瘩，這是因為「風」的作用。相反，思考不周密，作家寫作時缺乏激情，這樣寫出來的作品必然索然無味，缺乏感人的力量，這是沒有「風」就創作不出好作品的證明。司馬相如作賦，飄飄然

有凌雲之氣，其《大人賦》富於情感和文采，是辭賦的典範作品。
司馬相如的作品之所以富於情感和文采，成為辭賦的模範，最根
本原因在於他具有遒勁的「風」。明白以上這些道理，就可以作
文了，否則，就是浪費筆墨。

　　這段話從正反兩方面並以司馬相如為例說明什麼是有
「風」、什麼是無「風」以及「氣」對「風」的重要性。「結響」，
即集字成句，構成聲律，遣詞造句，自然流暢，這是有「風」的
緣故；相反，意脈不貫通，文思枯澀，這是沒有「風」的緣故，
有「風」、無「風」取決於作家是否有「氣」，司馬相如的辭賦之
所以「蔚為辭宗」，就在於它有「氣」。需要說明的是，劉勰在這
裏並沒有提倡「遒」的「風」，他以司馬相如為例，只是說明「氣」
與「風」之間的關係。司馬相如辭賦的「遒」是與他「凌雲」之
氣相對應的，他同樣還可以舉「氣」之「敦厚」從而其「風」也
「敦厚」的例子作為他的論據，而絲毫不影響他對問題的論述。

　　最後，我們嘗試把這一部分中所有關於「風」的論述連接起來：

　　《詩》總六義，風冠其首，斯乃化感之本源，志氣之符契
　　也。是以怊悵述情，必始乎風。情之含風，猶形之包氣。
　　意氣駿爽，則文風清焉。若豐藻克贍，風不飛，則負聲無
　　力。是以綴慮裁篇，務盈守氣。深乎風者，述情必顯。結
　　響凝而不滯，此風之力也。思不環周，索莫乏氣，則無風
　　之驗也。相如賦仙，氣號凌雲，蔚為辭宗，乃其風力遒也。
　　能鑒斯要，可以定文，茲術或違，無務繁采。

可以看到，這實際上是一篇邏輯嚴密、觀點鮮明、論證詳實的關於「風」的小論文，這也是「風」具有獨立概念意義的最好證明。

過去，很多人把「風」解釋為「風格」、「內容」、「思想」、「情感」等，從以上我們的細讀可以看出，這些看法都有其合理性，但它們最大的缺憾在於用種概念來替代屬概念，正如把「婦女」定義為「人」，這雖然不能說是完全錯誤的，但畢竟不能概括出婦女的本質特徵。「風」比「情感」、「思想」、「內容」、「風格」等在概念的外延上要小得多，說「風」是「情感」、「思想」、「風格」等，都沒有錯，問題是它們都沒有概定出「風」的特定內涵意義。

（二）骨論

> 沈吟鋪辭，莫先於骨，故辭之待骨，如體之樹骸焉。

大意是說，遣詞造句，表達思想感情，最先考慮的就是「骨」，所以，文辭需要「骨」，就好像形體需要骨架一樣，肉體沒有骨骼不成其為人，文辭沒有「骨」不成其為文章。這兩句話強調「骨」在文章中的重要性，並從創作過程的角度初步規範出什麼是「骨」。從創作過程來看，創作首先必須有「氣」，有「風」，有能夠感化人的思想，但人的思想在沒有形諸文字時，總是混雜的、模糊的以至於意念化的，是一團感覺。要從龐雜的、紛繁的思緒中，確立其思想精髓意義，這需要作家具有極高的把握文字的才能，這種才能就是「骨」。

　　結言端直，則文骨成焉。

　　大意是說，措辭端莊正直，就構成了文章的骨。這句話秉承上意，說明什麼是「骨」。劉勰所說的「骨」，意思其實非常簡單，那就是文辭準確、精當，能夠把意思說得清楚明白，這個觀點在下文中看得更清楚。

　　若豐藻克贍，骨不飛，則振采失鮮。

　　以往的注本對「振采失鮮」這一詞的解釋都比較模糊。我認為，「振」：「揚」的意思；「鮮」「鮮明」、「突出」的意思。這句話的大意是：如果只是追求詞藻的華麗，而作品沒有「骨」，這樣的作品雖然富有文采，但因為意義不鮮明、突出，因而也不是好作品。這裏，比較關鍵的是要區分「辭」、「藻」和「采」這三個字的含義。「言」，即文句，相當於現在所說的「句子」；「藻」即詞藻，相當於現在所說的「詞」或「辭」；「采」則是指作品在文詞上所表現出來的一種外表美，即文采，與現在所說的「修辭」比較接近。劉勰所說的「骨」主要針對「言」的意義準確而言，在劉勰看來，思想是否表達得精當、準確，取決於文句是否有「骨」，而與詞藻、修辭沒有多大的關係。「采」與「風骨」究竟是什麼關係。劉勰在下文的第三部分進行了專門的論述。

> 故練於骨者，析辭必精。捶字堅而難移，此骨之力也。若
> 瘠義肥辭，繁雜失統，則無骨之徵也。昔潘勖錫魏，思摹
> 經典，群才韜筆，乃其骨髓峻也。能鑒斯要，可以定文，
> 茲術或違，無務繁采。

　　大意是說：所以，善於練骨的，辨析文辭一定要精當，文章
的文字錘煉得確切而難於更換，這是因為「骨」的緣故。如果用
了很多話而表達出來的意義卻很少，不精練，而且意脈缺乏邏輯
性，這是沒有「骨」的表現。從前潘勖寫《策魏公九錫文》，效
法經典如此成功，以致眾多才人擱筆不敢再寫，就是因為他的
「骨」力高的緣故，明白以上這些道理，就可以作文，否則，就
是浪費筆墨。

　　在邏輯方式上，它和上面關於「風」的論述是一樣的，它從
正反兩方面並以潘勖為例說明什麼是有「骨」、什麼是沒有「骨」
以及「骨」在創作中的重要性。用詞準確、擲地有聲，這是有「骨」；
用詞拖遝、缺乏概括力以至造成意義混亂，這是沒有「骨」，潘
勖的《策魏公九錫文》是有「骨」的代表作。在劉勰看來，古代
的經典不僅用詞精當，意義明確，而且意脈周密嚴實，所以，劉
勰認為潘勖摹仿經典，是有「骨」的表現。「峻」，有人把它解釋
為「剛健」，我認為應該是「高出」的意思，潘勖之所以使「群
才韜筆」，是因為其作品的「骨」比別的作品高。

　　最後，我們把這一部分關於「骨」的論述連綴起來：

> 沈吟鋪辭，莫先於骨，故辭之待骨，如體之樹骸焉。結言
> 端直，則文骨成焉。若豐藻克贍，骨不飛，則振采失鮮。
> 故練於骨者，析辭必精。捶字堅而難移，此骨之力也。若
> 瘠義肥辭，繁雜失統，則無骨之徵也。昔潘勖錫魏，思摹
> 經典，群才韜筆，乃其骨髓峻也。能鑒斯要，可以定文，
> 茲術或違，無務繁采。

　　同樣可以看到其論述的完整性以及「骨」作為獨立的概念的獨立性。由此可見，劉勰所說的「骨」其意義遠不像一些學者所理解的那樣寬泛，而是針對「言」而言，即用詞精當，意脈清楚，也就是劉勰所說的「析辭必精」。

　　此外，這一部分中還有一句話：

> 剛健既實，輝光乃新，其為文用，譬徵鳥之使翼也。

　　大意是說，文章的文辭剛健，內容充實，即既有「骨」又有「風」，這樣的作品才新穎而富有光輝。寫文章使用「風骨」，就好像飛鳥使用兩個翅膀。強調「風」、「骨」在文章中的同等重要性，文章必須同時具備「風」和「骨」才是好作品。「風」、「骨」對於文章來說，如同鳥之雙翼，這也是劉勰把「風」、「骨」放在一起論述的根本原因。

三

　　第二部分從「故魏文稱」至「固文章之鳴鳳也」，論述「氣」對創作的作用以及「采」與「風骨」之間的關係。劉勰之所以用專門的篇幅來論述「氣」和「采」，其原因有二：第一，「氣」、「采」與「風」、「骨」具有聯繫，如前所述，「風」在作家身上就體現為「氣」，所以作品要具有「風」，作家必須具有「氣」。而「骨」在外在形式上又通常表現為「采」，第二，「氣」、「采」雖然與「風」、「骨」相聯繫，但它們又是各自不同的概念，講「氣」、「采」正是從另一個方面講「風」、「骨」。

　　　　故魏文稱文以氣為主，氣之清濁有體，不可力強而致。故
　　　　其論孔融，則云體氣高妙；論徐幹，則云時有齊氣；論劉
　　　　楨，則云有逸氣。公幹也云：孔氏卓卓，信含異氣，筆墨
　　　　之性，殆不可勝，並重氣之旨也。

　　大意是說：所以魏文帝在《典論・論文》中說：「文章以氣為主宰，是陽剛之氣，還是陰柔之氣，由作家的個性所決定，不是勉強可以達到的。」所以他論孔融，則說：「氣高妙。」論徐幹，則說：「經常有舒緩之氣。」論劉楨，則說：「有高超之氣。」劉楨也說：「孔融很傑出，確實具有不同尋常的『氣』，他的文章的風致，是無法超過的。」這都是強調氣的重要性。這一段文字幾乎都是引述，其目的是通過引證強調氣對創作的重要性。

對於這段文字，有兩點需要我們特別注意：第一，劉勰仍然是在自我意會的意義上使用「氣」這一概念的。在前文中，劉勰並沒有對他所說的「氣」從概念上進行規範，這裏，他也沒有對曹丕和劉楨所說「氣」進行具體的解釋，劉勰所說的「氣」和曹丕所說的「氣」以及劉楨所說的「氣」在含義上顯然是有一定區別的，因此我們在分析劉勰所說的「氣」的概念時，不應該過分強調這些文字。第二，劉勰顯然是同意曹丕「氣之有體，不可力強而致」的觀點的，他在前文中推崇司馬相如的「凌雲之氣」，但並不是主張只有「凌雲之氣」，「氣」無高低之分，只要有「風」就行，所以，劉勰只是簡單地強調「氣」。

> 夫翬翟備色，而翾翥百步，肌豐而力沉也，鷹隼乏采，而翰飛戾天，骨勁而氣猛也：文章才力，有似於此。若風骨乏采，則鷙集翰林，采乏風骨，則雉竄文囿：唯藻耀而高翔，固文章之鳴鳳也。

大意是說：野雞遍身光彩，一飛才百步，是長得肥滿沒有力量的緣故。鷹隼缺乏紋彩卻高飛沖天，是因為骨力強勁而氣勢猛厲的緣故。文章的「風骨」與「采」的關係，也和這相仿。倘若有風骨而缺乏文采，就像一個有才學但其貌不揚的人；倘若有文采而缺乏風骨，便如一個虛有其表卻腹囊才學空空的人。只有既具文采又有風骨，才稱得上是文章中會唱歌的鳳凰。

這段文字在修辭上運用打比方的方法，比喻貼切，文字生動，但同時也造成一些理解上的困難。前人多採取「直譯」的方

式來講解這段文字，我認為這種「直譯」的方法值得商榷。單就字詞來說，其意義並不難理解，但要透過這些表面的意思理解其文學理論意義，就需要我們仔細琢磨了。「鷙集翰林」，字面上意思是：學士中的猛禽。這裏，「鷙」即「鷹隼乏采而翰飛戾天」，指有內涵但缺乏外表美，於文章則是指有風骨但缺乏文采，是在「骨勁而氣猛」的比喻意義上使用的。同樣，「雉竄文囿」，字面上意思是：野雞在文壇內亂竄。這裏，「雉」即上文的「翬翟備色而翩翾百步」，指外表華美但卻缺乏內涵，於文章則是指有文采但缺乏風骨，是在「肌半而力沈」的比喻意義上使用的。「高翔」，高飛的意思，說文章詞藻華麗而高飛，這顯然說不通，「高翔」即「翰飛戾天」的異文，意思則是「骨勁則氣猛」，就是有風骨。

「風」、「骨」是文章的生命，有了「風」、「骨」，文章就有了生命。但文章也不能完全沒有「采」，所謂「采」，即詞藻和各種花色，相當於現在所說的修辭。「風骨」和「采」的關係是：只有「風骨」而沒有「采」，這樣的文章是好文章，只是外表不那麼好看罷了；只有「采」而沒有「風骨」，這樣的文章不是好文章，僅只是外表好看罷了；既有「采」，又有「風骨」，這樣的文章才是最好的文章，劉勰稱之為「文章之鳴鳳也」。

第三部分：從「若夫熔鑄典之範」到「能研諸慮，何遠之有哉」，論述掌握「風骨」的要領，不論是從理解劉勰「風骨」的含義來說，還是從其理論價值來說，這一段都是非常重要的。

> 若夫熔鑄經典之範，翔集子史之術，洞曉情變，曲昭文體，
> 然後能孚甲新意，雕畫奇辭。昭體故意新而不亂，曉變故
> 辭奇而不黷。

　　大意是說，只有融會貫通地領會經書的思想，站在很高的角
度吸取百家史傳的創作技巧，深切通曉感情的變化，詳細明白文
章的體制，然後才能萌生新意，雕琢新奇的詞藻。只有深切地通
曉情感變化，文章才會有新意而不邏輯混亂；只有詳細明白文章
的體制，文章才會文辭新奇而不褻狎、浮華。在劉勰看來，古代
的經書在思想意義上是楷模，古代的史傳雜說在寫作技巧上是典
範，它們都是具有「風骨」的傑作。要掌握「風骨」的要領，首
先是融會貫通地領會經書的思想，創造性地吸取史傳雜說的寫作
技巧。但是，只學習經書、史傳的思想和寫作技巧還是不夠的，
它還僅僅只是掌握「風骨」的一個初步步驟，或稱之為基礎訓
練。真正的創作還必須通曉人的情感變化和作品的體制規律，只
有這樣，才能創作出在思想上具有新意，在文句上非常新奇的文
學作品。

> 若骨采未圓，風辭未練，而跨略舊規，馳騖新作，雖獲巧
> 意，危敗亦多。豈空結奇字，紕繆而成經矣？周書云：辭
> 尚體要，弗惟好異。蓋防文濫也。

　　大意是說：如果對於「骨」和「采」的要領還沒有圓熟的掌
握，運用「風」和「辭」還不熟練，就想超越經典的規範，追求

新穎的創造，雖然有時也可能獲得某種新意，但這樣失敗的可能性很大，對創作造成的危害也很多。難道只有奇麗、突兀的字詞，毫無內容，錯誤很多也能構成經典式的作品嗎？所以，《周書·畢命》說：「文句最重要的是精練，提綱契領，而不要去追求奇異」。這大概就是用來防止作品浮濫的。「骨采豐圓」和「風辭未練」是互文，「骨」對應「風」；「采」對應「辭」，句式也可以變化為：「風骨未圓，辭采未練」。劉勰之所以這樣變化著寫，主要是為了避免文句上的呆板。「空結奇字」，無內容而空結奇麗之文的意思。

劉勰這段話主要強調必須在掌握「風骨」的前提下標新立異，否則就不可能創作出好作品。「熔鑄經典之範，翔集子史之術」，這固然很重要，但這只是途徑而不是目的，創作的最終目標還是「跨略舊規，馳騖新作」，但這有一個條件，就是首先必須「圓骨采」、「練風辭」，這一點更容易被創作者們所忽視，所以，劉勰特意用一定篇幅來強調這一點。

> 然文術多門，各適所好，明者弗授，學者弗師；於是習華隨侈，流遁忘反。若能確乎正式，使文明以健，則風清骨峻，篇體光華。能研諸慮，何遠之有哉！

對這段話的理解，有兩點需要特別說明，第一，我認為通常的《文心雕龍》標點本對這段話的標點有誤：「各適所好」後應為句號；「學者弗師」後應為逗號。大意是說：但是，學習創作技巧有多種多樣的途徑，各人選擇各人所愛好的，這是一個基本

規律。因此，精於創作的人不把自己的經驗傳授給別人，而學習創作的人也不向別人請教，這就造成了現在的創作者們跟著浮華侈靡的風氣跑，誤入歧途也不知道回頭這樣一種狀況。少數精於創作的人因為懂得「文術多門，各適所好」，以為流行的便是唯一的規律，所以也不向別人請教，結果就造成了一種追趕時髦的風氣。如果不這樣理解，「於是習華隨侈，流遁忘反」這句話在意義的順承上就像是從天上掉下來似的，讓人覺得太突兀。第二，大多數人認為劉勰在這裏提倡「剛健」的文風，這可能源於前文的「風力遒」，但更多的則緣於對「使文明以健，則風清骨峻」的誤解。我認為這句話的意思是：如果能夠確定正確的文章體制，使文章的意思清楚明白，不隱晦（即健），這就做到了「風」明朗，「骨」突出，則整篇作品充滿了光輝。「清」和「峻」都是說明「風」、「骨」不含混，而不是指「風」和「骨」的內涵。這樣解釋，就通順多了，既能夠和前文貫通一氣，同時也更符合劉勰的原義。「能研諸慮，何遠之有哉！」是總結這一部分，大意是說：能夠鑽研以上所論及的，那麼，離掌握「風骨」就不遠了。

　　最後還有一個贊詞：

　　　贊曰：情與氣偕，辭與體並。文明以健，珪璋乃聘。蔚彼風力，嚴此骨鯁。才鋒峻立，符采克炳。

　　這是文章的尾巴，對全文作最精要的概括。大意是說：「情」和「氣」相配合，「辭」和「體」相結合，文章就寫得鮮明清楚，

像寶玉般受到珍重。增加文章的風力，加強文章的骨力。這樣使才華卓越，文采才能夠顯耀。

回顧上述全部的細讀、解說、解說的方法以及我所提出的一些觀點，有以下一些感想：

第一，關於翻譯的問題。我認為，有些內容是不能翻譯的，不同的語言之間不能翻譯，同一種語言的古代語和現代語之間也有不能翻譯的。古代漢語與現代漢語各有其特定的韻味和妙處，交互翻譯就會變得平淡無味、拗口，感情色彩和意義的變質，這正是許多優秀的古代文學作品無法進行白話翻譯的緣故。只有對古代漢語有很高修養的人才能真正體會《莊子》的韻味；唐詩只有在原文的形式上才意義幽遠，翻譯成白話文則韻味全無。《文心雕龍·風骨》也是這樣，有很多話詞語是不能進行翻譯的，有的術語如上文所說的「氣」、「體」、「采」等無法在現代漢語中找出相應的概念和術語，任何形式的翻譯都可能造成歧意和誤解，因此，我們在解說時，力避魯迅先生所說的「硬譯」，而嘗試在最大可能領會其精髓的意義上概括出其大意。

第二，關於細讀和解說的問題。我力圖最準確地闡釋劉勰本人的風骨理論，但由於語言的模糊性、歧義性、意會性以及語境、知識和文化背景、文學理論基礎背景的變化，對劉勰風骨理論的解說，不可能不帶有某些主觀的以至於先入之見，「先驗圖式」這大概是人類永遠也不可能避免的。理論界有「六經注我」和「我注六經」之說，我們只能盡可能地「我注六經」而不是「六經注我」。

　　第三，關於「風骨」篇的文風問題。《文心雕龍‧風骨》是一篇極優秀的論文，不僅觀點新穎、鮮明，有極高的理論價值，而且文筆優美，語言富於變化，錯落有致，即使在文筆方式也是非常講究的。比如第一部分論述什麼是「風骨」，因為「風」、「骨」猶如「鳥之雙翼」，所以劉勰論述「風」、「骨」的文字也是猶如「鳥之雙翼」，是對稱的。第二部分中論述「風骨」與「采」的關係，文字也表現出「采」的色彩，文詞華麗，多用比喻，有點現身說法的味道。

　　　　　　本文原載《青海師範大學學報》2002 年第 3 期。

金庸武俠小說的版本考論

　　花 17 年的時間對近千萬字的作品進行多次大的修改，用時和寫作時間大致相當，歷時 37 年，這在文學史上是前所未有的事，它本身就是文學史上一個引人注目的「事件」，相信它會成為文學史和版本學上一個重要的研究課題，甚至可能會長久爭論不休。本文試圖對金庸武俠小說的各種版本進行一個清理，提出問題，從而對金庸武俠小說「修改」及版本展開初步的探討。

　　金庸武俠小說究竟有幾次修改？相應地，究竟有幾種「版本」？不僅一般讀者不太瞭解，學者們也不甚清楚。《西南大學學報》2008 年第 1 期發表了一組專題文章，分別是湯哲聲的《刪改還需費思量：金庸小說是否需要再次修改》、盧敦基的《彩雲易散文心長留：我贊成金庸小說第三次修改》、韓雲波的《金庸小說第三次修改：從「流行經典」到「歷史經典」》和馬睿的《金庸小說再修改：通俗文學、大眾傳媒、世俗化社會的互動》，四篇文章說法不一，兩篇文章用「再修改」，兩篇文章用「第三次修改」。「第三次修改」是金庸先生本人的說法，指的是 1999 年到 2006 年的修改，表現在版本上就是廣州出版社、花城出版社出版的「新修版金庸作品集」，計亦 36 冊，這是確鑿無疑的，不需要多費筆墨。但是，進一步前溯，「第二次修改」是什麼時候？

「第一次修改」又是什麼時候，它們各有什麼版本作為依託？學術界從沒有人對這一問題進行仔細的追問和研究。

由於各方面的限制，筆者無法找到金庸武俠小說最初在香港的正式版本即授權版本，曾收集到了八種金庸武俠小說的「舊版」本，但均為電子版，沒有版本說明，也沒有版權頁，版本價值非常有限，所以其「修改」的情況我只能根據「三聯版」、「新修版」的「後記」和一些金庸「訪談」等相關資料來進行大致的疏理，涉及到最初的連載報刊和時間，第一次修改的時間，第二次修改的時間等問題，但更多的是疑惑。需要說明的是，「三聯版」時間為 1994 年，一般都認為，它實際上和 1975-1981 年的香港明河出版社出版的「金庸作品集」以及 1980 年臺灣遠流出版社出版的「金庸作品集」是同一個版本，「這些版本，儘管外觀、版式或序跋有所差異，但文本內容皆是一致的。」[1]對於這個版本，香港、臺灣和大陸各有所稱，香港學者一般稱之為「明河版」，臺灣學者一般稱之為「遠流版」，大陸學者一般稱之為「三聯版」，本人曾對照過這三個版本的部分作品，除了封面、插圖等有所不同以外，沒有發現三者在內容上的差異。金庸武俠小說一般意義上的「版本」眾多，比如「三聯版」、「明河版」、「遠流版」都有多種版次，再加上各種非授權版，還有評點版、口袋版、語音版以及相應的盜版等，難以統計。金庸稱「新修版」為「第三版」，本文依此按照內容來劃分「版本」，內容相同為同一「版本」，內

---

[1] 林保淳：《金庸版本學》，葛濤編《金庸評說五十年》，文化藝術出版社，2007 年版，第 363 頁。但王秋桂主編《金庸小說國際學術研討會論文集》題為《金庸小說版本學》，臺灣遠流出版社，1999 年版，第 401-424 頁。

容上有差異才為不同的「版本」，因而統稱「三聯版」、「明河版」、「遠流版」這三個版本為「三聯本」。

金庸說：「撰寫這套總數 36 冊的《作品集》，是從 1955 年到 1972 年，前後約十三四年，包括十二部長篇小說，兩篇中篇小說，一篇短篇小說，一篇歷史人物評傳，以及若干篇歷史考據文字。」[2]有一個疑問，從 1955 年到 1972 年，明明是 17 年（前後應該 18 年），事實上這 17 年，金庸並沒有中斷寫作，為什麼說「前後約十三四年」，是如何算的，不得而知。

《書劍恩仇錄》[3]，這是金庸的第一部武俠小說，傅國湧著《金庸傳》：「從 1955 年 2 月 8 日開始，《書劍恩仇錄》在《新晚報》『天方夜譚』版連載，署名『金庸』，每天一段，到 1956 年 9 月 5 日，一直連載了一年零七個月。」[4]金庸本人也是說在《新晚報》連載。但香港的冷夏著《文壇聖俠——金庸傳》卻是說此小說最初連載於《香港商報》，並且有「故事」：《新晚報》因為連載梁羽生的《龍虎鬥京華》而紅火，《香港商報》便找到《新晚報》的主編羅孚，希望他推薦作者，羅孚便推薦了查良鏞，於是就有了《書劍恩仇錄》，金庸也於是得以出世。[5]國內研究金庸

---

[2] 見《「金庸作品集」新序》，「新序」是在《金庸作品集「三聯版」序》的基礎上修改而成，主要是增加了作者關於小說和武俠小說的看法，看得出來，有些文字其實是回應學術界的一些批評。另外，為了節省篇幅，本文所引用「三聯版」和「新修版」中的文字都不再一一注釋，而是用括弧在文末注明頁碼。

[3] 倪匡說此書原名《書劍江山》，見倪匡《我看金庸小說》，時代文藝出版社，1997 年版，第 2 頁。

[4] 傅國湧：《金庸傳》，北京十月文藝出版社，2003 年版，第 127 頁。

[5] 冷夏：《文壇聖俠——金庸傳》，廣東人民出版社，1995 年版，第 52-54

武俠小說的專家覃賢茂也是如此說[6]，不知是否源於冷夏的傳記？關於其修改，「三聯版」「後記」說：「本書最初在報上連載，後來出版單行本，現在修改校訂後重印，幾乎每一句句子都曾改過。甚至第三次校樣還是給改得一塌糊塗。」（第807頁）「新修版」「後記」為「三聯版」「後記」的修改，關於「修改」，增加了這樣一句話，「第三版又再作修改」，並在「後記」最後署上時間：「1975年5月初版，2002年7月三版。」（第750頁）這表明了「後記」的寫作時間，但未必表明兩次「修改」的完成時間。這裏，金庸明確把「新修版」稱為「第三版」或「三版」，而把1975年出版的版本稱為「初版」，但又說「報紙」連載之後曾出版過單行本，不知他是如何定義「初版」的？「單行本」算什麼版？在「修改」的意義上，「明河版」是「初版」，「新修版」是「三版」，是否在這兩個版本之間還有另外的修改本？單行本是否有修改？都有待考證。所以，根據以上資料，《書劍恩仇錄》

頁。但有意思的是，本書「正文」中說《書劍恩仇錄》最初連載於《香港商報》，但在「附錄」性的《查良鏞（金庸）生平大事年表》中卻是：「因羅孚舉薦，開始寫武俠小說。第一部武俠小說《書劍恩仇錄》在《新晚報》連載。」（第409頁）冷夏的《文壇聖俠——金庸傳》是筆者見到的迄今為止最早的金庸傳記，於1995年分別在香港、臺灣和大陸出版。這本書是金庸研究很重要的資料，多次被國內金庸研究者引用和參考。原因除了「早」以外，應該還與作者的香港身份等因素有關，對於金庸研究來說，香港畢竟有地域優勢。並且，這本傳記還得到金庸本人的首肯，作者在後記中這樣說：「《金庸傳》出版前經金庸先生審改過。金庸先生修正了一些與事實有出入的地方，並補充了一些極少有人知道的材料，確保了該書的準確性。」這更增加了其權威性。

6　見覃賢茂《金庸智慧》，四川人民出版社，1996年版，第87-92頁。又見覃賢茂《金庸武俠小說鑒賞寶典》，四川人民出版社，2001年版，第52-54頁。

至少有三個版本：「新晚報本」、「三聯本」和「新修版」。可知有兩次修改。

《碧血劍》「是我的第二部小說，作於 1956 年」，「曾作了兩次大的修改，增加了五分之一左右的篇幅。修訂的心力，在這部書上付出最多。」（「三聯版」「後記」第 799 頁）「新修版」「後記」改為：「曾作過兩次頗大修改，增加了四分之一左右的篇幅，這一次修訂，改動及增刪的地方仍很多。修訂的心力，在這部書上付出最多。初版與目前的三版，簡直面目全非。」（第 783 頁）並且明確把這次修改稱為「第三次改寫」。傅國湧著《金庸傳》關於《碧血劍》的具體時間是：1956 年 1 月 1 日開始在《商報》連載，1956 年 12 月 31 日連載結束。[7]那麼，「兩次大的修改」分別是什麼時候？「兩次大的修改」是否有兩個不同的版本？「初版」指的是哪個版本？「初版」和「三版」之間應該還有一個「二版」，「二版」是哪個版本？這些都有待釐清。所以，《碧血劍》至少有三個版本：「商報本」、「三聯本」和「新修版」。知道有三次修改，但能確認的只有兩次。

《射鵰英雄傳》，「作於 1957 年到 1959 年，在《香港商報》連載。」（「三聯版」「後記」第 1478 頁）具體時間有待查證，原名《大漠英雄傳》[8]。「修訂時曾作了不少改動，刪去了一些與故事或人物並無必要聯繫的情節……也加上了一些新的情節。」（「三聯版」「後記」第 1479 頁）。「新修版」的「後記」則是加寫了一段，涉及到「修改」的說明是：「本書第三版於 2001 至 2002

7　傅國湧：《金庸傳》，北京十月文藝出版社，2003 年版，第 131-132 頁。
8　倪匡：《我看金庸小說》，時代文藝出版社，1997 年版，第 2 頁。

年再作修訂，改正了不少年代的錯誤，黃藥師和諸弟子的關係也重寫了。」（第 1383 頁）如果「三聯本」為「第二版」，那麼「第一版」具體是哪個版本？出版於何時？不得而知。所以我們能知道的有三個版本：「商報本」、「三聯本」和「新修版」。有兩次修改。

《神雕俠侶》「第一段於 1959 年 5 月 20 日在《明報》創刊號上發表。這部小說約刊載了三年，也就是寫了三年。」「《神雕俠侶》修訂本的改動並不很大，主要是修補了原作中的一些漏洞。」（「三聯版」「後記」第 1513、1514 頁）。「新修版」的「後記」增寫了很長的文字，其中涉及到修改內容的主要是這樣一句話：「在第三次修訂《神雕》之後，曾加寫了三篇附錄」（第 1432 頁），但實際上最後只附錄了一篇。金庸明確講「新修版」《神雕俠侶》是「第三次修改」，就是說前面還應該有兩次修改，但這兩次修改的時間以及版本情況如何，則有待考證。所以，能確認的《神雕俠侶》版本有三個：「明報本」、「修訂本」和「新修版」。有三次修改，但能確認的只有兩次。

《雪山飛狐》，「於 1959 年在報上發表後，沒有出版過作者所認可的單行本。坊間的單行本，據我所見，共有八種，有一冊本、兩冊本、三冊本、七冊本之分，都是書商擅自翻印的。」「現在重行增刪改寫，先在《明報晚報》上發表，出書時又作了幾次修改，約略估計，原書十分之六七的句子都已改寫過了。原書的脫漏之處，大致已作了一些修改。」（三聯版「後記」第 229 頁。）「新修版」的「後記」在三聯版「後記」的基礎上修改而成，涉及到修改的主要有：「本書於 1974 年 12 月第一次修訂，1977 年

8月第2次修訂，2003年第三次修訂，雖差不多每頁都有改動，但只限於個別字句，情節並無重大修改。」（「新修版」「後記」第209頁）。這裏所謂「1959年在報上發表」，報紙應該是《新晚報》。關於版本和修訂，這是金庸講得最清楚的一次。根據這些材料，我們大略可以確定，《雪山飛狐》有四種版本：「新晚報本」；「明報晚報本」；「三聯本」，「新修版」。共三次修改，並且三次修訂時間也非常具體。

關於《雪山飛狐》究竟是金庸的第幾部小說，有不同的說法。如果按照「金庸作品集」的排序，它應該是第五部。傅國湧《金庸傳》說它是第四部，排在《射鵰英雄傳》之後。冷夏《文壇聖俠──金庸傳》說它是第三部：「寫完《碧血劍》之後，查良鏞又馬不停蹄地寫另外一部小說──《雪山飛狐》。」「而當香港市民還在對《雪山飛狐》議論紛紛的時候，查良鏞又推出他第四部小說──《射鵰英雄傳》。」[9]但這明顯和金庸在作品「後記」中所說的各書寫作時間不一致。《雪山飛狐》和《神鵰俠侶》究竟哪部作品寫作在前，也需要考證。

《鴛鴦刀》，中篇小說，據傅國湧《金庸傳》，小說於1961年《明報》連載。「三聯版」和「新修版」均附於《雪山飛狐》之後，估計是考慮到著作在篇幅上的整齊性，未必是按照作品寫作的時間順序來安排的。均沒有「後記」。筆者曾把「新修版」和「三聯版」作過粗略的對照，發現修改很少，也曾把「三聯版」和電子的「舊版」對照過，也有修改，但主要是文句上的，段落

---

[9]　冷夏：《文壇聖俠──金庸傳》，廣東人民出版社，1995年版，第67、
　　68頁。

格局沒有太大的變化。所以《鴛鴦刀》也有三個版本：「明報本」、「三聯本」和「新修版」，也有二次修改。

《白馬嘯西風》，中篇小說，據傅國湧《金庸傳》，小說寫於1960年，1961年《明報》連載。「三聯版」和「新修版」均附於《雪山飛狐》之後，和上面一樣，估計也是考慮到著作在篇幅上的整齊性所以附在這裏。和《鴛鴦刀》一樣，三個版本之間都有差別，但差別不大，所以也是三個版本，兩次修改。

《飛狐外傳》，「寫於1960、61年間，原在《武俠與歷史》小說雜誌連載，每期刊載八千字。」「這次所做的修改，主要是將節奏調整得流暢一些，消去其中不必要的段落痕跡。」「《飛狐外傳》是《雪山飛狐》的『前傳』，敘述胡斐過去的事蹟。然而這是兩部小說，互相有聯繫，卻並不是全然的統一。」（「三聯版」「後記」第723頁）「新修版」「後記」增寫了三段文字，時間分別是1985年4月和2003年4月、2003年9月。其中1985年所寫的文字為：「第二次修改，主要是個別字眼語句的改動。所改文字雖多，基本骨幹全然無變。」（「新修版」「後記」第662頁）這是我們首次見到80年以後金庸還在對他的小說進行修改的證據。但1985年修改之後是否重新出版過，不得而知，迄今沒有聽說過金庸武俠小說在這段時間有新的出版。如果說「明河版」是第一次修改，1985年的修改是第二次修改，「新修版」是第三次修改，那麼，在版本上，第二次修改和第三次修改應該只有一個版本，就是「新修版」。所以，根據修改的情況，《飛狐外傳》應該有三個版本：「雜誌本」、「三聯本」和「新修版」。有三次修改。

　　《倚天屠龍記》，據傅國湧《金庸傳》，於 1961 年 7 月 6 日開始在《明報》連載，1963 年結束。「三聯版」「後記」沒有涉及到修改的問題。「新修版」的「後記」增寫了部分文字，涉及到修改的話為：「因為結構複雜，情節紛繁，漏洞和缺點也多，因之第三次修改中大動手術。」（「新修版」「後記」第 1435 頁）。何時第一次修改？何時第二次修改？版本情況如何？待考。所以我們能知道的有三個版本，「明報本」、「三聯本」和「新修版」。能夠確認的有兩次修改。

　　《連城訣》，「這部小說寫於 1963 年，那時《明報》和新加坡《南洋商報》合辦一本隨報附送的《東南亞週刊》，這篇小說是為那《週刊》而寫的，書名本來叫做《素心劍》。」（「三聯版」「後記」第 390 頁）「新修版」有比較多的修改，但「後記」沒有變化。所以此書的修改次數難以判斷，版本也難以判斷，但對照「三聯版」，「新修版」有改動，特別是結尾部分，改動還比較大。

　　《天龍八部》，「於 1963 年開始在《明報》及新加坡《南洋商報》同時連載，前後寫了四年，中間在離港外游期間，曾請倪匡兄代寫了四萬多字。……這次改寫修正，征得倪匡兄的同意而刪去了。」（「三聯版」「後記」第 1968 頁）具體開始連載的時間是 1963 年 9 月 3 日。「新修版」「後記」增寫了部分文字，涉及到修改的內容如下：「《天龍八部》的再版本在 1978 年 10 月出版時，曾作了大幅度修改。這一次第三版又改寫與增刪了不少（前後共曆三年，改動了六次）」（「新修版」「後記」第 1790 頁）1978 年版為「再版」，但「初版」是什麼時候呢？是否有修改呢？待

考。第三次修訂共「改動了六次」，這也說明，對於金庸武俠小說，我們只能根據版本計，而不能根據修改的「次數」計，事實上，即使研究手稿，修改的「次數」也很難確定。也不能根據「版次」記，那同樣難以統計。結論：《天龍八部》至少有三個版本：「明報本」（或者「南洋商報本」）、「三聯本」和「新修版」。有三次修改，能夠確切的有兩次。

《俠客行》，「寫於十二年之前」（「三聯版」「後記」第 621 頁），也即 1965 年。最初連載於《東南亞週刊》。「新修版」「後記」加寫了一句話：「21 世紀重讀舊作，除略改文字外，於小說內容並無多大改動。」（「新修版」「後記」第 568 頁。）關於修改及版本的情況，待考。

《越女劍》，短篇小說，發表於 1970 年 1 月的《明報晚報》上。「三聯版」和「新修版」均附於《俠客行》之後，但寫作的時間實際上晚於《笑傲江湖》和《鹿鼎記》，估計也是考慮到著作在篇幅上的整齊性，所以附於《俠客行》之後。「三聯版」和「新修版」都沒有「後記」，但從《卅三劍客圖》的「序言」中可知這篇小說的來歷。「三聯版」是否有修改，不得而知，但「三聯版」和「新修版」沒有差別，所以可以肯定，對於《越女劍》，「新修版」並沒有新修。

《笑傲江湖》1967 年在《明報》連載，同時，「西貢的中文報、越文報和法文報有 21 家同時連載。」（「三聯版」「後記」第 1597 頁）「新修版」的「後記」增寫了部分文字，其中涉及到修改的只有一句話：「本書幾次修改，情節改動甚少。」（「新修版」「後記」第 1454 頁）。但哪幾次修改？版本情況如何？不詳。

　　《鹿鼎記》「於 1969 年 10 月 24 日開始在《明報》連載，到 1972 年 9 月 23 日刊完，一共連載了兩年另十一個月。……如果沒有特殊意外，這是我最後的一部武俠小說。」（「三聯版」「後記」第 2005 頁）「後記」署時間為 1981 年 6 月 23 日，但文章中間有兩個段落間隔，顯示不是同一時間完成。上述這個交待顯然是小說剛完成時初版的口吻。而後面有一段對他自己武俠小說的總結性文字：「最早的《書劍恩仇錄》開始寫於 1955 年，最後的《越女劍》作於 1970 年 1 月。十五部長短小說寫了 15 年。修訂的工作開始於 1970 年 3 月，到 1980 年年中結束，一共是 10 年。」這段文字顯然是寫作於所署時間。這和前面所說的「十三、四年」又有所不同，而且同樣有疑問，《越女劍》雖然寫於 1970 年，但《鹿鼎記》直到 1972 年才完成，寫作時間算起來仍然是 17 年。「新修版」的「後記」加了一段文字，但仍然是總結性的：「我的十五部武俠小說，到了 21 世紀初又再修改，到 2006 年 7 月完成，主要是文字的修訂，情節並沒有大改動。」（「新修版」「後記」第 1821 頁）「三聯本」的《鹿鼎記》是否有修改，不能確定。我們能確定，《鹿鼎記》有兩個版本：「三聯本」和「新修版」。有一次修改。

　　迄今為止，已經有近 20 種金庸傳記（包括「準傳記」）出版，但沒有一本傳記曾把金庸武俠小說在報刊上連載的起迄時間梳理清楚，沒有一本傳記曾把金庸武俠小說的版本時間弄清楚，更不要說把修改和出版的來龍去脈說清楚了。很多傳記材料都沒有清楚地交待資料來源，說法模糊籠統。對於修改和版本的具體情況，金庸本人也談論得很少，學術界的研究同樣非常有限，筆者

所見，關於版本，迄今最好的文章是林保淳的《金庸版本學》，但非常初步，主要是提出了一些問題，所列版本主要限於臺灣，多盜版，從而價值有限。所以，金庸武俠小說的修改和版本情況，學術界實際上還是一筆糊塗帳，有很多事實不清。

　　金庸武俠小說研究在版本和「修改」方面非常落後，與資料缺乏有很大的關係。50 年代至 70 年代，這是金庸武俠小說最為重要的時期，但不論是在大陸還是在臺灣，金庸武俠小說都是被禁止的，所以大陸和臺灣都很難找到這一時期的版本。香港倒是不存在這一問題，收集資料很方便，但香港的學術意識不強，所以至今缺乏有效的金庸武俠小說資料收集和整理。50 至 70 年代的金庸武俠小說版本目前在香港也變得非常珍稀，倪匡早在 80 年代初就這樣說：「如今讀者可以看到的，已全是『新版』，舊版書已在市面上絕跡，只有十年以上讀齡的老讀者，私人保存若干，珍貴非凡。有金庸舊版小說者，切勿輕易借給他人。我保有的幾部，連金庸之子來借，都要還了一部，再借一部新的。」[10]倪匡那時都覺得初版很珍稀，今天一般人想搜羅到初版特別是報紙版其困難就可想而知了。

　　根據上述清理，我們可得出初步的結論：金庸武俠小說的寫作和修改大致可以分為三個階段，相應地也大略有三種版本：一是 1955 年至 1972 年的十七年寫作，成果就是報刊雜誌上連載的 15 部小說，即「報刊本」的金庸武俠小說，林保淳稱之為「刊本」[11]。

---

[10] 倪匡：《我看金庸小說》，時代文藝出版社，1997 年版，第 9 頁。
[11] 林保淳：《金庸版本學》，葛濤編《金庸評說五十年》，文化藝術出版社，2007 年版，第 360 頁。

這是金庸武俠小說最重要的階段，它標誌著金庸作為武俠小說家的橫空出世，並確立了金庸「武俠小說大師」的地位。報刊連載之後也有一些單行本行世，這些單行本在內容上與報紙版是否完全一致，則有待考察，但有一點可以肯定，這些單行本都沒有經過大的修改。二是 1970 年至 1980 年的十年修訂，修訂本是陸續出版的，其成果就是香港明河出版社出版的 36 冊「金庸作品集」，1980 年和 1994 年臺灣遠流出版社和大陸三聯出版社又分別出版翻版。這個版本把「金庸作品集」36 冊定型不來，並且確定了金庸武俠小說的經典地位。三是 1999 至 2006 年的修訂版，由廣州出版社和花城出版社聯合出版，2008 年全部出齊，沿用「三聯版」36 冊的框架，名為「新修版金庸作品集」。與 1970 年至 1980 年的修改相比，這次修改不具有根本性，沒有實質性的變化，被網友稱為「金益求精」。金庸自己說：「這次第三次修改，改正了許多錯字以及漏失之處，多數由於得到了讀者們的指正。有幾段較長的補正改寫，是吸收了評論者與研討會的結果。」（「新修版」「序」）概括起來，這次修改主要是三個方面：一是文字上的修改，這仍然是主要的；二是情節上的修改，但不是很多；三是增加了一些注釋和說明。

　　金庸多次稱「新修版」為「第三版」，指的就是版本，那麼，倒推過去，「三聯本」應為「第二版」，最初的「刊本」或單行本應為「第一版」。但金庸把 1999 年至 2006 年的修改稱為「第三次修改」，則「第一次修改」和「第二次修改」就成了懸疑。究竟是 1970 年至 1980 年之間有兩次修改兩種版本還是最初的單行就有修改？《雪山飛狐》前兩次修訂的時間分別在 1974 年和 1977

年，似乎說明了十年修訂是分兩次完成而不是一次完成的，至少對於一部分作品來說是這樣。「三次修改」和「三版」可能是總體情況，實際上，具體於每一部作品，有的可能只有一次修改，也只有一個版本，有的作品可能不只三次修改，也不只三個版本。但不論是「三版」也好，還是「三次修改」也好，都有很多疑問，這需要把各種版本找來對照才能搞清楚。我覺得這是金庸研究目前亟待解決的問題。如果有學者或機構能把金庸武俠小說的「報刊版」和「初版」全部影印出來，這對於金庸武俠小說研究來說將肯定是一大功績。

據說有很多作家不願意人們過分「翻老帳」，糾纏於舊版本，不知金庸先生是什麼態度？但我要說的是，作家研究一旦追溯到版本問題，說明這個研究已經在向縱深拓展，開始變得厚重、顯赫，比如《紅樓夢》研究版本研究就是一個非常重要的方面。我相信，「金學」要走向成熟，要深入發展，「版本」是一個不能回避的問題。

本文原載《武漢理工大學學報》2010 年第 1 期。

論「修改」對金庸武俠小說的經典化意義

金庸的武俠小說已經成為經典,不僅僅只是武俠小說經典,也是一般意義上的文學經典,這已經越來越成為學術界的共識。但金庸武俠小說在通向經典化的過程中,「修改」是非常的環節,「修改」對於金庸武俠小說具有特殊的意義,它使金庸武俠小說在各方面都得到提高和完善從而為其通向經典奠定了良好的基礎。同時,「修改」對於武俠小說也具有特殊的意義,它在武俠小說史上具有開創性,對武俠小說乃至整個通俗文學的走向都會造成深遠的影響,對提升武俠小說的品位和檔次具有榜樣的作用。本文主要對這個問題展開論述。

一

金庸武俠小說出手就不凡,就有大師氣象,這是毋庸置疑的,但金庸武俠小說後來被學術界認同,被尊崇高為大師,還與他的反覆修改、精益求精有很大的關係。某種意義上說,「港臺新武俠小說」是梁羽生和金庸共同開創的,而梁羽生出道更早,在當時有「金梁」之稱,之後出現了古龍、溫里安等天才武俠小

說家，後來又有了「大陸新武俠小說」[1]。在數量上，梁羽生、
古龍、溫里安的武俠小說都比金庸武俠小說多，也非常有特色，
但在目前的學術界，他們都和金庸不是一個等級，不能相提並
論。為什麼？我認為，在初始寫作上，金庸的武俠小說和梁羽生、
古龍、溫里安等人的武俠小說並沒有等次上的差別，都有很強的
遊戲性和娛樂性，都非常粗糙。事實上，當時的金庸武俠小說從
寫作動機到寫作心態到文本形態都和一般武俠小說沒有差別。金
庸之所以動手寫武俠小說，實際上是當時《新晚報》主編羅孚的
「趕鴨子上架」，主要是為了滿足或者說迎合普通市民對武俠小
說的熱切需要。為大眾服務、滿足大眾的趣味、適應大眾的欣賞
能力和水準，這始終金庸武俠小說寫作的主體方向，所以，當時
金庸對他自己的武俠小說並沒有很高的評價，當第一部小說《書
劍恩仇錄》完成之後，金庸自己對它的定位是：「這部小說只是
一部娛樂性的通俗讀物。」[2]「通俗讀物」在當時也具有「格調
不高」的意味。

　　事實上，「刊本」[3]金庸武俠小說和當時流行的其他武俠小說
並沒有藝術層次上的差別，雖然金庸武俠小說深受讀者的喜愛，

---

[1]　韓雲波提出的概念，見韓雲波《論 21 世紀大陸新武俠》，《西南師範大學
　　學報》2004 年第 4 期。

[2]　金庸：《從一位女明星談起》，金庸、梁羽生、百劍堂主：《三劍樓隨筆》，
　　學林出版社，1997 年版，第 201 頁。

[3]　臺灣學者林保淳的概念，指最初發表在報刊上的金庸武俠小說。見林保
　　淳《金庸版本學》，葛濤編《金庸評說五十年》，文化藝術出版社，2007
　　年版，第 360 頁。1994 年北京三聯出版社出版的《金庸作品集》，學術
　　界一般稱之為「三聯版」，2008 年廣州出版社和花城出版社出版的《金
　　庸作品集》，學術界一般稱之為「新修版」，本文沿用這些概念。

影響巨大，但僅只有喜愛程度上的差別。由於是隨寫隨刊，沒有
縝密的構思，時間倉促以及不加修改等因素的影響，「刊本」金
庸武俠小說存在著很多問題，表現為：文字上不夠精煉，語言囉
嗦，缺乏仔細與從容的斟酌與推敲，有很多錯別字。人物缺乏必
要的交待，性格雷同，細節重複，模式化，整部小說缺乏嚴密的
構思，情節上過於隨意，有很多疏漏、破綻甚至前後矛盾。線索
上有時沒有伏筆，事後補救；有時有伏筆，但卻缺乏照應。等等。
金庸承認：「很多時候拖拖拉拉的，拖得太長了。不必要的東西，
太多了，從來沒有修飾過。」[4]在藝術上，迎合讀者，追求閱讀
效果，過分渲染和鋪墊，過分「傳奇」，梁羽生曾說：「一般讀者
愛看武俠小說，原因之一，恐怕就是為了追求刺激，作者筆下打
得越緊張，讀者也就讀得越過癮。報紙上連載的武俠小說，常常
一打十天半個月，恐怕就是為了迎合讀者這種心理。儘管用正統
的文藝批評標準來衡量，這些冗長的武技描寫，實在很難找出什
麼藝術價值，甚至簡直可說是『胡扯一通』，但作者們也不能不
『明知故犯』了。」[5]這種情況在金庸武俠小說「刊本」中也是
存在的。另外，寫作上的模仿和借用也比較多，在《書劍恩仇錄》
的「後記」中金庸自己也承認：「《書劍恩仇錄》是我平生所寫的
第一部長篇小說，既欠經驗，又乏修養，行文和情節中模仿前人
之作頗多，現在將這些模仿性的段落都刪除或改寫了。」（「新修

---

[4] 林以亮等：《金庸訪問記》，江堤、楊暉編選《金庸：中國歷史大勢》，湖
南大學出版社，2001 年版，第 113 頁。
[5] 佟碩之（梁羽生）：《金庸、梁羽生合論》，葛濤編《金庸評說五十年》，
文化藝術出版社，2007 年版，第 210 頁。

版」「後記」第 750 頁）⁶總之一句話,「刊本」金庸武俠小說還非常粗糙,是非常典型的大眾讀物。

但「修訂本」金庸武俠小說上述絕大多數問題都得到了糾正和彌補。雖然修改後的金庸武俠小說並沒有改變「通俗文學」的性質,並沒有超越通俗小說,但與「刊本」相比,「修訂本」在藝術上有了根本性的改變,表現為:

第一,文字上變得雅馴,並且風格上一致。白話文中夾雜一些文言表述,具有「古味」,和武俠小說的古代背景非常協調。就藝術上來說,「修訂本」的語言相比最初的「刊本」的語言簡直可以說是脫胎換骨、面目全非。文學是語言的藝術,「修訂本」語言優美,絕不亞於一般高雅文學,僅就這一點,金庸武俠小說就已經不再是一般意義上的通俗文學。

第二,具有很強的歷史感。「修訂本」在小說中增加了歷史背景的交待和環境描寫以及對歷史本身的敘述。不僅在小說敘述中滲進中國傳統文化精神,而且在小說之外以「注釋」和「附錄」的方式,直接增加歷史知識,比如《碧血劍》在 1975 年修訂時就補寫了一篇《袁崇煥評傳》,近 10 萬字,這是一篇非常規範的歷史論文,在內容上與小說有關,但在藝術的層面上可以說與小說一點關係也沒有。只有少數學者為了研究小說才會去讀它,純粹讀小說的人極少有人願意去讀這篇論文,事實上,不讀它也絲毫不影響對小說的理解。所以我覺得,「修訂本」中的這些「注釋」與「附錄」主要是為了加強小說的歷史感,豐富小說的歷史

---

⁶ 以下凡引金庸作品「後記」中的文字,均用括弧說明,不再一一注釋。

內涵，並顯示作者深厚的歷史功底。它似乎也在暗示（事實上給人的印象也是）：小說是有歷史根據的。

第三，情節和故事變得相對簡潔、純淨。「修訂本」刪去了一些與基本情節和主題關係不太大的人物、細節、情節，減少了一些武俠描寫特別是冗長、誇張、不近情理的武俠描寫，刪去了一些過分離奇的故事，從而使小說的現實感大大加強。對於學術界的批評意見以及研究成果，金庸先生有所接受並體現在他的修改中，有些意見他雖然不接受，但也有所交待，這可以稱得上是「博採眾長」、「集思廣益」，大大加強了它的合理性。

第四，減少了情節、細節、人物描寫以及知識上的各種疏漏。比如黃蓉與郭靖的年齡問題，「刊本」以及「三聯版」都是黃蓉比郭靖小，但有人經過精心計算，發現實際上黃蓉比郭靖大，這個疏漏在「新修版」中就得到了「改正」。細心的讀者給金庸武俠小說挑出了很多毛病，比較集中的有閻大衛的《班門弄斧──給金庸小說挑點毛病》[7]、乃榕編《找「碴」的金庸錯謬》[8]，對於這些問題，金庸有所接受有所不接受，有些問題「修訂本」中得到了改正和彌補，但有些問題則是很難「改正」的。總之，「修改」雖然仍有缺憾，但總體上它使金庸武俠小說更加完善。

第五，增加了插圖、印譜，再加上版式和裝幀都非常講究，校對嚴格，就使整個小說在形式上顯然莊重、嚴肅、高雅，具有文化底蘊，符合純文學的形式要求，顯得與一般武俠小說更具有品位。

---

[7] 海天出版社，1998 年版。
[8] 中州古籍出版社，1999 年版。

正是這些「修改」從總體上使金庸武俠小說與一般武俠小說具有了等級上的差別。是的，和絕大多數武俠小說家一樣，金庸一開始也是為生存和生計而寫作武俠小說，《書劍恩仇錄》「刊本」的模仿、文字上的粗糙、結構上的混亂都似乎說明了金庸那時的「胸無大志」，但寫著寫著，金庸的「胃口」就發生了變化，到了寫作《射雕英雄傳》時，我覺得金庸已經有了「武俠小說大師」的情結，而到了《鹿鼎記》，我覺得金庸已經是豪氣沖天了，已經有了很強的歷史意識，寫作心態發生了變化，已經不滿足於「武俠小說大師」，而心儀「文學大師」了。但要成為文學大師，作品的數量並不是最重要的，品質才是關鍵，所以金庸選擇了修改舊稿而不是繼續寫作新的作品。從 1970 年開始，當時的《鹿鼎記》還沒有寫完，金庸就著手對自己的舊作進行修訂，用了約 10 年的時間才修改完畢，其修改力度之大，修改時間之長，其嚴肅和認真的態度，在中外文學史上可以說是罕見的。《書劍恩仇錄》最後的修訂本和報紙連載時相比較，「幾乎每一句句子都曾改過。」（「三聯版」「後記」第 807 頁）《雪山飛狐》「約略估計，原書十分之六七的句子都已改寫過了。」（「三聯版」「後記」第 229 頁）

金庸之所以這麼有耐心地修改舊稿，最重要的原因就是「經典」心態或動機，他的修改顯然不是為了錢，也不是為了娛樂自己與娛樂他人，而是在完成一樁偉業；顯然不是為了過去，而是為了未來。除了「經典」心態或者說文學史「野心」以外，我覺得很難有其他更好的解釋。對於武俠小說來說，「經典化」某種意義上也可以說是「雅化」，就目前的「修訂本」來看，金庸實

現了這一目標，外在上，校對嚴格，裝幀和印刷都很漂亮、精緻，古典味十足的插圖使整個小說顯得格調高雅。內容上，小說人物形象鮮明，語言簡潔，情節的漏洞大大地減少，結構更加嚴謹，細節描寫和場景描寫更加合理，具有它自己的邏輯性，特別是大量的棋琴書畫、簫笛劍器、山水茶酒、忠孝情義、儒道佛等書寫大大豐富了它的歷史內涵和文化內涵。

在武俠小說的寫作時期，金庸雖然非常有名，也得到高度的評價，但他本人對武俠小說作為文類明顯是悲觀的，在一次和朋友的談話中他說：「武俠小說雖然也有一點點文學的意味，基本上還是娛樂性的讀物，最好不要跟正式的文學作品相提並論」，武俠小說「本來純粹只是娛樂自己、娛樂讀者的東西，讓一部分朋友推崇過高，這的確是不敢當了。」但也正是在這次談話中，談到後來，金庸開始有了另外的想法，比如他提到「將來有機會，真要大大的刪改一下，再重新出版」，「我覺得武俠小說也可以成為文學的一種形式」，「武俠小說本來是一種娛樂性的東西，作品不管寫得怎樣成功，事實上能否超越形式本身的限制，這真是個問題。……如果看的人一直不當它是嚴肅的作品不看，寫的人也一直不當它是嚴肅的作品來寫，總是兒戲的東西，而自己卻嘗試在這兒戲東西裏面，加進一些言之有物的思想，有時連自己也覺得好玩。」[9] 武俠小說是否純粹是娛樂性的讀物？是否可以承載嚴肅的思想？他已經開始猶豫，也開始思考突破武俠小說的「形式限制」問題。

---

[9] 林以亮等：《金庸訪問記》，江堤、楊暉編選《金庸：中國歷史大勢》，湖南大學出版社，2001 年版，第 112、115、116、118 頁。

　　而到了 70 年代以及之後，金庸的武俠小說觀念有了進一步推進，更加大膽，更有顛覆性，他不再用「通俗文學」與「純文學」的標準來區分文學的等次，而是以「喜歡」與「不喜歡」以及影響力來衡量文學的好壞與高低，不再把武俠小說獨立於小說，而是把它看作是整個文學家庭中的一員，和其他文學類型平起平坐。強調不能根據類別而要根據價值來判斷小說的優劣。在金庸的武俠小說中，《鹿鼎記》的風格明顯不一樣，具有韓雲波所說的「反武俠」[10]傾向，而且，在金庸的長篇小說中，《鹿鼎記》修改相對比較少，為什麼？我認為這與金庸寫作這部小說時的文學觀念和寫作態度有很大的關係，此時的金庸已經改變了對於武俠小說的傳統觀念，已經非常嚴肅地對待武俠小說寫作，所以《鹿鼎記》的純文學因素越來越多，在文字和描寫上也相對嚴謹。修改《天龍八部》時，他特別把陳世驤先生的兩封信附在後面，並把小說獻給陳世驤先生。金庸之所以這麼看重陳世驤的意見，可能與陳世驤的意見切中了他的心思有很大的關係，比如陳世驤說：「弟嘗以為其精英之出，可與元劇之異軍突起相比。既表天才，亦關世運。」（「新修版」1795-1796 頁）「此意亟與同學析言之，使深為考察，不徒以消閒為事。」「藝術天才，在不斷克服文類與材料之困難，金庸小說之大成，此予所以折服也。」（「新修版」第 1796 頁）一句話，在陳世驤看來，金庸的《天龍八部》具有高度的藝術性，它突破了武俠小說的文類局限，不再只是通

---

[10] 見呂進、韓雲波《金庸「反武俠」與武俠小說的文類命運》，《文藝研究》2002 年第 2 期；韓雲波、何開麗：《再論金庸「反武俠」：終結還是開端》，《江漢論壇》2006 年第 12 期。

俗文學，同時也是精英文學。把金庸武俠小說和元曲相比，這對金庸來說是一種巨大的鼓舞，元曲最初也是通俗文學，但後來則變成了最正統的純文學，在中國文學史上具有崇高的地位。追求「文學史」地位，正是金庸此時的努力方向，所以陳世驤的話對於正處於思想孤獨無援中的金庸來說，可以說是一語中的，說到了心坎上，既是一種應和，也是一種鼓勵，給了他莫大的信心。

二

1998 年在臺灣舉行的「金庸小說國際學術研討會」上，林保淳提交的論文是《金庸小說版本學》，在文章快結束時他說：「金庸於此曾花了十年的精力，而其他作家，則一仍舊貌，沒有提供最佳面目的機會。」[11]暗示學術界把修訂的金庸武俠小說和其他人的沒有修訂的武俠小說進行比較，有失公允。據說會議上，金庸很不以為然，當場回應說：「其他作家也可以改嘛」[12]。這種回應當然不是學理上的，有些「意氣」的味道，但金庸的生氣是有道理的。我認為，林保淳研究「修改」對於金庸武俠小說的意義和價值並進而研究金庸武俠小說的版本問題，這在學術上沒有任何問題，恰恰值得提倡，事實上也具有開創性，但聯繫《解構金庸》等著作來看，他有些「動機不純」或者說「方向不對」，比

---

[11] 林保淳：《金庸版本學》，葛濤編《金庸評說五十年》，文化藝術出版社，2007 年版，第 378 頁。

[12] 轉引自陳碩《經典製造──金庸研究的文化政治》，廣西師範大學出版社，2004 年版，第 97 頁。

如他說：「以金庸經十年修訂後的作品與這些作家未經雕琢的璞玉對比，以致抑揚之際，頗失其實。」[13]研究金庸武俠小說的舊版本是為了貶低金庸，或者說是為了「揭短」，這才「頗失其實」。

文學創作不是體育比賽，需要「公平競爭」，「公平」對於文學創作和文學研究都是一個沒有意義的概念。文學批評不是比較誰更有才氣，而是研究誰的作品更有價值，更有意義，更值得進入文學殿堂。梁羽生、古龍、溫里安，他們都有才氣，也可以稱得上是「武俠小說大師」，但他們的作品價值和影響都沒法和金庸相比，這是事實。梁羽生如果也像金庸一樣對他的作品進行潛心修訂，情況可能會是另外一種樣子的，但文學史是不能假設的。梁羽生事實上沒有修改舊作，這與他的武俠小說觀念、文學品位觀以及文學理想、文學素質等有很大的關係，梁羽生雖然寫武俠小說，成就也很高，但他在思想上缺乏突破，他的武俠小說觀念其實是非常陳舊的，比如他曾說：「我不反對武俠小說，我也不特別提倡武俠小說。此時此地，看看武俠小說作為消遣應該無可厚非。若有藝術性較高的武俠小說出現，更值得歡迎。但由於武俠小說受到它本身形式的束縛，我對它的藝術性不抱過高期望。」[14]在梁羽生看來，武俠小說天生就是「俗」，它的形式本身決定了它沒有什麼藝術性，難以成大氣候，這樣，「修改」自然就是徒勞了。梁羽生的觀念非常具有代表性，很多武俠小說家都

---

[13] 轉引自陳碩《經典製造——金庸研究的文化政治》，廣西師範大學出版社，2004 年版，第 96 頁。

[14] 佟碩之（梁羽生）：《金庸、梁羽生合論》，葛濤編《金庸評說五十年》，文化藝術出版社，2007 年版，第 223-224 頁。

後悔曾寫武俠小說，比如宮白羽、鄭證因、還珠樓主等，他們都認為武俠小說「難登大雅之堂」[15]。在這一意義上來說，金庸是武俠小說歷史上第一位在文學觀念上「覺醒」的人，他突破了關於武俠小說的傳統觀念，第一次把武俠小說和純文學相提並論，並身體力行提高武俠小說的文化品位和思想內涵，最終取得了成功，開創了武俠小說的新書面。現在金庸的武俠小說觀念已經被廣泛地接受，所以我們感覺它很平凡，但在當時，這無異於「異想天開」，是需要勇氣、膽識和信心的。在這一意義上，金庸不僅武俠小說具有革命性，其武俠小說觀念也具有革命性，並且武俠小說的革命性正是建立武俠小說觀念革命性的基礎上的。

　　「修改」對於成就金庸武俠小說的經典性意義重大，它提高了金庸武俠小說的級別和檔次，對於整個武俠小說領域，「修改」是一個重要的文學史「事件」。在純文學寫作中，「修改」是寫作的一個重要組成部分，也可以說是寫作的一個階段或過程或步驟，很多作家的寫作其修改所花的時間和精力絕不亞於寫作本身。托爾斯泰、巴爾扎克這樣偉大的作家其作品都是經過反覆修改而成。純文學屬於精英藝術，它追求完美，所以要求精雕細琢、精益求精，要求經得起仔細的推敲和斟酌玩味，而容不得「沙子」，哪怕是簡單的校對錯誤都會影響讀者的欣賞情趣。而武俠小說的讀者一般沒有那麼精細，對其中的毛病也不會去深究，所以粗糙一點沒有關係，這也是盜版在武俠小說中能夠得以通行的一個很重要的原因。金庸傑出的貢獻就在於，他以純文學的嚴肅

---

[15] 覃賢茂：《金庸武俠小說鑒賞寶典》，四川人民出版社，2001 年版，第67 頁。

性來對待武俠小說，追求完美、精緻、有思想文化內涵的武俠小說，從而其也具有了純文學的品性。雖然修改並沒有從根本上改變武俠小說的性質，金庸武俠小說仍然屬於通俗文學，但經過修改之後的金庸武俠小說不僅適合於大眾讀者閱讀，也適合於精英讀者閱讀，也經得起反覆的推敲和玩味，給人以藝術和審美上的享受，給人以思想上的啟示。

　　對於金庸的「修改」，學術界有不同的看法，比如湯哲聲就肯定 70 年代的修改，而對「第三次修改」作出了否定性的評價，其中一個很重要的理由就是修改可能產生新的問題[16]。「金迷」中反對「第三次修訂」的人也很多，原因主要是大家已經習慣了「三聯本」。其實，70 年代的修改也不是所有人都喜歡的，老一輩讀者很多都留念「刊版」，比如和金庸非常要好的倪匡就認為「修改」不好。「看了幾部新的之後，就大大不以為然。」他說「有不少人，喜歡舊版多於新版」，其理由很特別：「經過修訂之後，小說中的每一句句子，幾乎都無懈可擊，合乎語法，但小說文字，激情比合文法重要。在創作過程中，作者和筆下的人物、故事，在感情上溶為一體，是一種直接的感情上的結合，下筆之際，所使用的文字，有時甚至是欠通的，但是卻充滿了感情。」但修改「在小說的情感注入方面，就大大打了折扣。」[17]倪匡主要是從閱讀的角度來說的，在他看來，讀「連載」有點近似看體育賽事的「直播」，總是伴隨著一種緊張感和期待感，讀「書」，其方式

16　湯哲聲：《刪改還需費思量：金庸小說是否需要再次修改》，《西南大學學報》2008 年第 1 期。

17　倪匡：《我看金庸小說》，時代文藝出版社，1997 年版，第 8-9 頁。

和心情都會不一樣（筆者按：比如很多人都會忍不住翻到後面看結果），而讀「修改本」，更是少了很多現場激情的樂趣。

「修改」的確帶來了新的問題，比如《射雕英雄傳》中的黃蓉和郭靖的年齡問題，「新修版」改為黃蓉大郭靖小，在時間上倒是前後吻合了，但在閱讀上，總讓人感覺有些不大對勁，「女大男小」，總讓人覺得和整個故事有點不協調，郭靖愛稱黃蓉為「蓉兒」也似乎不合適，我覺得還是「靖哥哥」為好。倪匡也具體分析了《倚天屠龍記》的一處修改，初版中，張無忌在冰火島時有一隻玉面火猴陪伴他，倪匡認為，這個安排是合理的，但修訂時，這隻玉面猴卻被刪去了，這反而不合理。[18]另外，「修改」還可能造成新的疏漏，舉個小的例子，《神雕俠侶》第一回寫李莫愁要殺陸展元全家九人，先在陸家的白牆上打了九個紅手印，小說寫道：「牆上印著三排手掌印，上面兩個，中間兩個，下面五個，共是九個。每個掌印都是殷紅如血。」（「新修版」第 12頁），但到了後面陸立鼎夫婦議論時看牆上卻變成了：「上面這兩個手印是要給哥哥和嫂子的，下面兩個自然是打在你我身上了。第三排的兩個，是對付無雙和小英。最後三個，打的是阿根和兩名丫頭。」（「新修版」第 14 頁），也就是說實際上變成了四排。前後顯然不一致。看初版知道，原版最初寫的就是四排：「最上兩個並列，中間兩個並列，下面又是兩個並列，最下面稍稍遠離，再並列著三個。」（初版第二回「赤練神掌」）原來金庸在修訂時把這段文字改了，但後面又沒有改乾淨，所以出現了前後矛盾。

---

[18] 倪匡：《我看金庸小說》，時代文藝出版社，1997 年版，第 10 頁。

「修改」雖然也有這樣那樣的問題，但總體來說，「修訂」解決了金庸武俠小說「刊本」的很多「疏漏」問題，大大提高了金庸武俠小說的藝術性，從而為金庸武俠小說通向經典化奠定了作品基礎。

金庸武俠小說的修改及其經典化的意義，首先是對武俠小說文類造成了巨大的衝擊，武俠小說之所以有問題，很大程度上是報紙和傳媒的娛樂性、大眾化和過於急迫造成的，金庸以他的修改證明，武俠小說的弊端和缺陷不是固有的，是可以克服或彌補的，就是說，武俠小說和一般小說一樣，也是可以精雕細琢的，是可以精心打造的，也是可以進行反覆修改的，也是可以產生經典作品的，也是可以產生文學大師的。金庸給了武俠小說家們以極大的信心，讓我們看到了武俠小說在文學史層面上的前途。林保淳說：「金庸肯以 10 年精力，潛心修訂，且不厭其瑣碎，博納雅言，一改再改，可以說是有史以來第一個嚴肅認真的通俗作家，這是具有深刻意義的，我們雖不敢就此論斷武俠小說從此就步入文學殿堂，足以與典雅文學作品等量齊觀，但卻不能不承認，金庸以如此嚴謹的態度面對自己的作品，無疑將一新論者耳目，且有助於其他通俗作者對自我的肯定與要求。以此更進一步，相信通俗文學與典雅文學雙峰並峙的日子，將為期不遠了。」[19]，我認為這是正確的，金庸武俠小說的經典化不僅是金庸個人的成功，也是武俠小說作為文類的成功。

---

[19] 林保淳：《金庸版本學》，葛濤編《金庸評說五十年》，文化藝術出版社，2007 年版，第 378 頁。

　　其次是對於文學觀念、文學史觀念的衝擊。武俠小說過去一直地位不高，特別是現代時期，武俠小說雖多，但卻缺乏經典性的作品，這也是導致人們輕賤武俠小說的一個很重要的原因。但金庸以其作品證明，武俠小說也是整個小說家族中的一員，也可有很高的藝術性，也可以成為經典，也可以登大雅之堂，也可以在文學史佔有重要的地位，它並不比純文學低級，甚至比純文學更有優勢，值得純文學學習和借鑒。金庸武俠小說的經典化，對武俠小說來說實際上是從讀者和學術界的雙重角度進行了重新定義，它衝擊了傳統的「文學」觀念，打破了文學史的既有模式，改變了我們的文學欣賞習慣，也改變了文學批評的標準，它的文學規則被越來越的人所接受，並將作為歷史深刻地影響中國文學的未來。

　　　　　　　本文原載《東嶽論叢》2009 年第 11 期。

論「神示蒼生三部曲」的藝術特色

一、社會轉型時期的傳奇與啓示

曾經以小說《桃花灣的娘兒們》和其他一系列小說聞名文壇的作家映泉在沉寂一段時間後終於推出了他的又一力作——百萬字的長篇小說「神示蒼生三部曲」：《紅塵》、《傷舟》、《積垢》。

「三部曲」在時間順序和故事情節上既有連續性，同時又獨立城篇，可以分開來閱讀。《紅塵》寫的是一個扣人心弦的商戰故事，是一個現代商業社會的新傳奇：一個不甘貧窮和淪落的女子逃婚隻身來到茫茫的城市，憑她的過人的心智終於成為一個百萬富豪。《傷舟》是一個志向遠大的農民從青年到中年的苦苦掙扎、奮鬥和悲劇愛情的非常哀怨的故事。《積垢》則是一部現代商業的「內幕」小說暨「基督山伯爵式」的復仇小說。

整個小說的品味可以定位在雅俗之間。它既不是那種完全迎合大眾趣味和欣賞習慣的通俗小說，也不是那種完全脫離大眾趣味和欣賞能力的純文學；在外表上，它是傳奇小說、言情小說、鬥智鬥勇小說、復仇小說、偵探小說、商戰小說……在內涵上，它又具有豐富的生活內容和人生哲理；它具有藝術上的高雅性，

同時又具有絕對的可讀性，達到了表層的通俗與裏層的深刻的有機統一。

小說具有濃郁的浪漫主義色彩、有「巴黎聖母院」式神秘色彩的古廟；有神出鬼沒，難以參透的神秘人物；當黃文玉出生時，就像傳說中的皇帝出生一樣，屋頂上一片紅光。每一個人物都似乎在與命運進行殊死的抗爭，每一個人都絞盡心智來達到個人的某種目的，但一切卻又都是宿命的。生意上的成功與失敗、人生的沉與浮都可能是轉瞬間的，人物的經歷的遭遇都遠比現實富於戲劇性。傳奇是「神示蒼生三部曲」的最外在最顯著的特徵，三部小說的故事情節都非常緊張、一環扣一環，扣人心弦，壓迫得讓人喘不過氣來。香港來的薑奮正張狂得意地做著當總經理的美夢時，轉眼間竟然卻成了無家可歸的「狗」；宋清平從一個小小的辦事員一步步地爬到了副市長的位置，正春風得意準備大打出手爭當市長的時候，卻意外地反成了「階下囚」；當百萬財產爭奪進入最緊張的時候，關鍵人物傅彩雲卻被派出所帶走了，這時神神秘秘的二丫頭出場了，其處理問題的從容不迫、有條不紊且棋高一著，讓人覺得她就是剛從隆中山上下來的諸葛亮，其情節給人的驚奇感簡直可以和《教父》中小兒子出手時相媲美。讀整個小說給人的感覺是，故事情節驚險曲折，撲朔迷離，讓人手不釋卷。

愛情和偽愛情也是現代通俗小說的一大特徵，對此有愛好的讀者也許能從這部小說中得到很多啟示。現代商業社會，美色越來越成為一種普遍的現象，小說對此沒有回避，著墨不是很多，但卻非常精彩，給人以無限的暇想。

　　三部小說絕對是傳奇的、浪漫的，這是它在形式上的通俗和娛樂的一面，但是另一方面，它對這個社會描述和反映又是非常深刻的，這是它在內容上高雅和嚴肅的一面。人間充滿了生存競爭甚至於殘酷的鬥爭和爾虞我詐，特別是世紀末社會正處於轉型時期，人的思想和價值觀都處在深刻的變化之中，整個社會正在發生深刻而劇烈的變化，一切都在變化，一切都可能發生，這正是現代傳奇的深層的社會基礎。三部小說全面而深刻地反映了現代轉型時期社會生活的各個方面：農村可怕的貧窮和節儉；城市富翁難以想像的富裕和奢華；鄉下農民發財的艱辛；城市官僚賺錢的輕鬆；下層知識份子的清貧與善良；城市市民的庸俗與無聊；銀行官員的腐化與墮落；愛情由極愛而生恨，逢場作戲卻生愛；人事鬥爭的分久必合合久必分；財產的得而復失失而復得；律師的口若懸河顛倒黑白寡廉鮮恥……作者在「自序」中說：「這世界變得奇妙無比，而又神秘莫測。夢寐以求的，一直沒有看見；彷彿就在手邊的，竟越求越遠；算盤撥得熟練的，反倒被傻瓜算了；小心謹慎的，在關鍵處卻虛了一腳；愛得死去活來，哪知是個誤會；恨得咬牙切齒，卻又是個盟友；拼命掙來的，未必是想要的東西；艱難跋涉的目的地，原來竟是不想到的地方……」小說給我們展示的就是這樣一個奇妙而神奇的世界，五彩濱紛的畫面美不勝收，讓人目不暇接。

　　不論是對於搞文學研究的人，還是對於一般的文學愛好者，這都是一部絕對值得一讀的小說。特別是那些已經發財、曾經發財、正在發財和準備發財的人，讀一讀這部小說，對其生意，對其人生也許都會有很多啟迪。對於那些對小說抱有成見，平時很

少讀小說甚至根本就不讀小說的人，讀一讀這部小說，也許會改變對小說的看法甚至從此喜歡上小說。真正的小說，既是藝術，同時也應該是人生啟示錄和教科書，它可以彌補我們人生經歷和經驗的不足。相信讀者讀了這三部小說，一定能夠從中得到某種啟示，不論是對於你的實際的生活還是你的精神的人生。

二、戲劇化藝術手法的智性寫作

從上面的分析可以看到，「神示蒼生三部曲」所表現的內容可以說是很新潮的，作者對現實和人生的態度在精神上也並非完全是傳統的，有時甚至相當激進和「現代」，比如對當今社會的性開放和性氾濫，作者並不是持一種完全的批判態度，而是比較開明或開放。但在藝術的方式上，作家卻可以說是比較傳統甚至保守的，他仍然是以經典作為藝術的模範，在審美趣味上仍然恪守古典，堅守經典意識，是傳統路數，而不是走現代新潮和時髦的路子。在前面我說過，這三部長篇小說既有可讀性，又有藝術性，實際上，它的藝術的傳統性正是和它的可讀性是相一致的，正是因為傳統性，在藝術上容易接受，從而具有可讀性。

我認為，從總體上，戲劇性是這三部小說的最大的特色。作者曾長期在一個縣劇團工作，文學出道便是寫戲，曾寫過很多劇本，寫戲可以說是作者的看家本領，是他的拿手好戲。作者對戲劇性作為一種技巧方式把握得非常好，所以在小說創作中也運用得得心應手。縱觀映泉的小說，藝術技巧上的戲劇性始終是他的非常重要的特色，也是構成他藝術個性的一個很重要的方面，《同

船過渡》是這樣,《桃花灣的娘兒們》是這樣,《百年風流》是這樣,《鬼歌》是這樣,就連傳記文學《陳永貴》也是這樣。陳永貴的身世和經歷的確具有傳奇性,但時過境遷,重溫這些舊事,陳永貴的沉浮起伏以及鬥爭的驚險,仍然給人驚心動魄之感,具有強烈的戲劇性,作者的戲劇化處理顯然是這種藝術效果的一個很重要的原因。而在這三部小說中作家的戲劇性技巧則得到了淋漓盡致的發揮。

戲劇性技巧當然是從戲劇性本身而來,但戲劇性和戲劇性技巧是兩回事,戲劇性可以說一種藝術愛好,而藝術化則是一種處理戲劇性的技巧。在文學中,戲劇性的內容是非常豐富的,對於小說來說,主要是情節,而小說的戲劇化就主要是對情節的藝術處理,包括:線索的安排;懸念的設置;不經意的伏筆、暗示;對於構成情節關鍵因素的藝術性渲染;不斷的照應;巧妙的停頓;敘述的恰當節奏;故事起伏跌宕的對比處理;如何調動讀者的好奇心、突兀高潮,使高潮達到最大的緊張和扣人心弦;如何使結局既在意料之外又在意料之中,等等。映泉對這些技巧的處理表現出了高超的技藝,可以說是得心應手。比如《紅塵》中有這樣一個情節:彩雲在一個姓馬的餐館裏打工,由於她的精明和管理有方,餐館很快就紅火起來,她因此深得馬老闆的喜歡,這就引起了馬老闆的老婆宋金枝的醋意,以至發展到後來宋金枝大打出手,宋金枝約了自己的妹妹和姨夫的妹妹到餐館大鬧,「由吵到罵,由罵到打,宋金枝抓起一根拖把揚起來,」眼看彩雲就要挨打,「忽然一個男人鑽出來抓住了她(宋金枝)的手。」這一情節的敘述到此暫時中斷了。這種技法明顯地是從中國古代小

說中借鑒而來，雖然因為人們用得太多而在藝術上顯得有點俗，但具體於《紅塵》這部小說，它於讀者的好奇心來說仍然是非常富於誘惑力的，具有調動讀者強烈閱讀興趣的作用。

作家的伏筆藝術也是特別富於技巧的。對於一些重要和關鍵的伏筆事件，作家並沒有因為它的重要和關鍵就大肆渲染，大多數都是在神不知鬼不覺中留下的，它不僅為後來的情節發展作了堅實的鋪墊，而且給人巨大的驚奇感，具有強烈的戲劇效果，意外但又在情理之中。比如「簽名空白紙」這一事件的伏筆處理就是這樣。彩雲最初並無大野心，安排到金老頭（金吉祥）身邊其實是姜老頭操縱的，彩雲當時並沒有謀劃把金老頭的巨額財產奪過來，她不過是想憑藉金吉祥的力量賺一些錢，所以當金吉祥回香港並且估計永遠不會再回來時，只是出於保護自己和更好地行使權力，她從金老頭那裏要了兩張簽名空白紙，（金吉祥）「拿出幾張微機打印紙，簽上名，蓋上章，很隨便地交給了她。他鼓勵她，要大膽，要有開拓精神，只要對公司有利，就果斷地去幹。」這在當時的敘述中看似很不經意，但卻為後來的驚心動魄的財產爭奪案埋下了伏筆，它成了後來天平傾斜的最決定性因素，事實上，正是這兩張紙救了彩雲。作家這樣處理所達到的藝術效果是和看了前面就知道後面結果的一般通俗小說有很大的不同的。

三部小說給人的感覺是，作家具有很強的全局觀，善於統攬全局，放得開，收得攏，大開大合，操縱情節的能力非常強。比如《紅塵》，各種矛盾糾葛在一起，可以說是頭緒紛繁，作者採用單線條的敘述，但卻有條不紊，到結尾時，各種人物——明的暗的、遠的近的——彙集到一起，圍繞著財產的最後歸屬問題，

展開了驚心動魄的鬥技鬥法、鬥智鬥勇，其驚險刺激，可以和金庸的武打小說相媲美。《積垢》的結局部分，謎團紛呈，疑竇叢生，老市長和彩雲在市政府大門口聯手出現時，謎底一下子揭開，讀者回頭一想，便覺茅塞頓開，恍然大悟，其實讀者早就應該想到這一點，但就是沒有想到。這則和福爾摩斯的偵探小說有異曲同工之妙。

小說的有些情節的設置和處理是非常意味深長的，既有情節本身的扣人心弦，同時又給人以藝術的享受。小說中的姜老頭是一個非常神秘的人物，他是巨額財產爭奪中的非常重要的人物，整個財產案實際上是他策劃導演的，彩雲是表面操作人物，他則是暗中操縱人物，他神出鬼沒，神秘莫測，神機妙算。小說第一次實寫他這種本領：娟子和白麗四人賭博，他能根據不同的人在不同的時辰所坐的方位判斷其輸贏，娟子本來輸得一蹋糊塗，姜老頭讓她換一個座位，果然就贏了。這在巴爾扎克似的現實主義小說中可能是不適宜的，但在這裏，它不僅是適宜的，而且還加強了小說傳奇性與浪漫主義色彩。姜老頭神秘的秘密似乎都來自藏秀樓的那間破屋子。《紅塵》的結尾部分彩雲和姜老頭在鬥敗了金家兄弟之後也開始鬥起來，彩雲為了鬥敗姜老頭，必須把他的老窩即那間破房子拆掉，對此，彩雲採取了調虎離山的辦法，表面陪姜老頭遊玩開心尋樂，實則是拖住老頭，暗中則派人拆樓。小說寫彩雲陪老頭逛商場，老頭有苦難言一臉的沮喪，在試一條圍巾時，突然緊捂胸口，大叫一聲：「牆倒了，你這個婆娘！」接著便直挺挺倒了下去，翻著白眼，像是死了。我覺得，這真是神來之筆，意味無窮。破屋子對姜老頭具有象徵性，牆倒了便是老

頭倒了。晴天霹靂，橫空一句「牆倒了」，非常突兀，給人強烈的驚奇感，但突然並不意外，老頭的神秘性被這一筆寫到了絕倒。

小說中崔明故事作為一個客串情節的設計也非常精妙。崔明曾六次坐牢，有一回就是為油田銷售總經理坐的，現在生活潦倒，靠擺一個書攤子買幾本禁書過活。彩雲通過他的人情賺了一大筆錢，作為回報，彩雲給他「好幾紮百元大票」，可是，「老崔一望桌上那麼多錢，眼珠子瞪圓了，雙手不住顫抖，越抖越厲害，用兩條腿夾都夾不住。」老崔平時常口出狂言，要賺大錢，但真的賺了大錢卻嚇得不敢要，最後好歹要了一千元，但就是這一千塊還是把他嚇死了。這是非常富於哲理性的。現代社會，很多矛盾都是圍繞著錢展開的，因此，錢的問題集中了生活哲理，對於這種哲理，作者通過戲劇性的情節和近於漫畫似的細節描寫，表現得非常充分：為了錢而出賣肉體；為了錢而出賣靈魂；為了錢而喪了性命；有的人勞作一生還負債而去；有的人一生積攢錢，只進不出，到頭來也不過幾千塊錢；「看得見的不賺錢，賺錢的看不見」；有的人花錢如流水，有的人則為生存而痛苦地掙扎；有錢能使鬼推磨，但也有用多少錢都買不來的……當然，這不完全是藝術的問題，同時也是生活的積累問題，作家的觀察能力問題。在藝術中，這二者是很難分開的，只有藝術或只有生活都是不可能寫出這麼優美的篇章出來的，它充分顯示了作家的生活功底與藝術功底。

此外，小說的人物刻畫、細節描寫也是非常有特色的。比如彩雲、黃永玉、蔣律師、宋金枝、村支書馬萬山、王忠厚、舒不群、宋清平等都是很成功的人物形象。彩雲的精明智慧、黃永玉

的堅毅多謀、蔣律師的巧如舌簧顛倒黑白、馬萬山的狡猾，以靜待動，以拙制巧等都給人留下了非常深刻的印象。

當然，小說也有在藝術上處理得不理想的地方，比如彩雲的衣錦回鄉樂善好施大把大把地撒錢，就把她的逃婚在城市中苦苦掙扎以及即使賺了大錢仍然感到悲涼所表現出來的悲劇美渲泄掉了。把本來發生在前的黃永玉的故事放在彩雲的故事之後寫，其效果明顯地不好，不是說不能這樣寫，而是說對於這樣一部情節、懸念很強的傳奇來說，這樣寫其戲劇性效果很容易被消解，很多讀者正是在讀第二部小說時把書放下的，但實際上，仔細閱讀第二部，客觀地說，《傷舟》也是寫得非常精彩的，但它長時間完全和《紅塵》斷開了，很久才續接上來，就造成了讀者閱讀心理調整上的一些困難，在客觀效果上不好。《積垢》中作家的形象非常蒼白，把作家的故事插在一個腐敗的故事中並由作家來扮演正義的角色，很牽強。此外，對人物和故事的來龍去脈交待得太清楚，從而給讀者留下的太少，沒有了想像發揮的餘地，也應該說是一個缺憾。當然，這些都是我的感覺，並不一定正確。也許，其他的讀者與我的感覺正相反，從現代接受理論來說，也是正常的。

總之，作者在藝術上是高超的，有時是非常精緻的，但也是很傳統的。所以，我認為，由於現代藝術思潮的緣故，對於時下的評論界是否會對這三部小說作高度的評價，我們不敢作過高的奢望。但我要說，映泉先生的寫作不是現在時尚的「私人化寫作」，他的藝術態度是真誠的，他傾進了身心為社會寫作，為讀者寫作，他對傳統的藝術技法運用得非常精到，對於有些技法如

我們上面分析的戲劇化方式可以說操練得爐火純青，具有他自己的獨特的風格和個性，不論是橫向比較還是縱向比較，其藝術性都是非常高超的。就是和他自己比較，其進步也是明顯的。就聲譽上來說，「同船過渡」時期顯然是他的高峰，但在藝術上卻不能這樣說，與過去相比，現在的作家在人生經歷上，在對社會的認識和理解上，在對藝術的領悟與把握上，在對具體藝術技巧操作的圓熟程度上，都較過去有明顯的進步，可以說，不論是在數量上還是品質上，在迄今為止的寫作生涯中，現在的作家都是一個高峰，但無奈時尚變化了，藝術思潮變化了，所以從定位上說，這部長篇巨著只能置放於潮流之中而不能置放於潮流之尖。所以，我悲觀某種意義上說也是樂觀地相信，它的歷史地位要高於它的現實地位。

本文原載《當代文壇》1999 年第 3 期，
《當代文學研究》第 10 集轉載。

葛昌永散文散論

　　恕我孤陋寡聞，在此之前，我並不知道有散文作家葛昌永這個人，直到今天，對於現實中葛先生的個人經歷、性格、氣質、文化素養、創作背景、文藝思想等，都只能從他的散文中略知一二。而按照文藝社會學的批評觀念，沒有這些底蘊的文學批評是一種不負責任的批評。但好在這種觀點不是絕對正確的，西方的接受理論、新批評也有它從另一角度的合理性。我對散文沒有什麼深入的研究，但非常喜歡讀散文，而且對我的感覺很自信。所以下面我就以接受者自居，談談讀了葛昌永散文的感受，邏輯不強，不成體系，所以謂之散論。

　　總的來說，我認為葛昌永的散文有這樣一些特色：

　　首先，從內涵上說，看得出來，作家對生活有很透徹的感悟，這種感悟不僅只是對生活的細緻入微的觀察、體味，對微妙心理活動的捕捉、把握，更重要的是對歷史和現實的深刻理解。作家的見聞比較廣，文化歷史知識豐富，讀書雜多，古典文學特別是古典詩詞修養比較好，所以很多散文歷史感強，具有深厚的文化意蘊。作家的情感是細膩的，感覺也是敏銳的，所以許多詠物散文寫得小巧玲瓏、晶瑩剔透，感情真摯而細膩，這是小處落筆。但作家同時也是粗曠的，遙遠的歷史、沉重的現實、悠悠白雲海闊天空以及青春不老的山水自然被融於一爐，使人心胸開闊、視野開闊，也感受到作家的豪邁氣派與博大胸懷，這是大處著墨。

在各種類型的散文中，我最不喜歡遊記。但讀葛先生的散文，我最喜歡的卻是他的遊記，我覺得他的遊記散文寫得特別成功，清新自然，氣勢通貫，以意為主，自由散漫，雖不太符合散文的規範，但作家在具體的操作中，不論是思想還是感情，都是水到渠成、自然流暢，這種隨意恰恰是把握了散文的精髓，得了散文的神韻，具有獨到的審美價值。像《竹》、《春雪》、《碧珠》、《荷》、《柳》、《水》、《雨花石》、《苦瓜》這樣的作品，我很佩服但不很欣賞。我總覺得它是作家極用心地寫出來的，不論是在語言上，在結構方式上，還是在思想意義上，它都頗費思索，是作家精心雕琢構製出來的。這是一種純散文、一種書齋化氣息很濃的散文，它的確很好，我一點也不想否認它的真情實感以及它的藝術性，但不親切。我總覺得它是從傳統的經典的散文那裏來的，是我學習的理想作品但不是我欣賞的理想作品。在很多人那裏，這種散文是思想的一種散文形式的翻譯，我甚至猜想它在創作時意義和意象最初是脫節的而後才被焊接起來的。

相反，像《舊都瑣記》、《澳洲印象》、《崆峒山記》、《南河散記》、《遙望長安》、《孝感米灑》、《開明的毛利人》等卻一點也不拘束，其思想和感情是在現實生活感受過程中從心田裏流淌出來的。作家一路遊山玩水、觀風俗民情，一路感歎萬千、思緒綿綿，天上地下、古今中外，有感而發，意脈連暢。我特別欣賞這些遊記散文中的議論，這些議論長短不一，短到有的漂忽而過，如蜻蜓點水；長的有時說古道今，長篇大論，恢恢宏宏，有時甚至遊記完全變成了遊感，像《唐梓山》，抒情議論一貫到底，「遊」被擠得很扁很扁。這本來是遊記散文的忌諱，但由於作家的議論內

涵豐富，充滿意趣，再加之思想深刻，語言優美、輕巧，所以讀起來感到輕鬆、充實，散文的短處卻變成了作家的長處。比如在《澳洲印象》中，作家介紹澳大利亞的丁狗非常兇猛，為了防止丁狗漫山遍野地南下或東去，澳洲人曾修了一條連綿幾千里的圍牆，頗為景觀。話到這裏本來就可以結束了，但作家又加了一句：「只是遠沒有中國的萬里長城雄偉，況且是擋狗的，格調也低多了。」敘事一下子增加了一層韻味。這其實是非常難的，因為稍微處理不好或者境界低了就會畫蛇添足，有如狗尾續貂。但這裏卻有險無驚，既表現了作家高雅的文化素養，又反映了作家高超的散文技巧。還是這篇散文，緊接著作家介紹澳大利亞的著名睡熊，說它長得特別可愛，既溫柔典雅又憨態可掬，還顯得十分滑稽，作家又加上了一段議論：「有人說它的面目有點像陳佩斯，儘管像，但寫在文字上，是怕犯人權的，所以我不敢苟同。」一味地沉浸在美的徜徉中也會單調乏味的，輕鬆輕鬆，調節調節，不僅使文章富於變化，而且也增加文章的意趣。拿一個大活人和動物相比，這本來有點俗，但作家卻通過幽默的方式化俗為雅，說不敢苟同，但曲裏拐彎，繞來繞去，還是含糊地同意了。

再比如《水仙》一文的開頭一段文字：「有些東西，不一定硬要比出個優劣好壞來，譬如是晴天好呢陰天好呢？是牛好呢是波斯貓好呢？是倔強性格好呢是溫柔性格好呢？……況且此時之非愛不一定將來就不愛，而今日之寵愛不一定永久而愛之。人生觀之轉變有時竟是一瞬間的事情呢。」也許有人覺得這很空洞，但我覺得，如果沒有對生活的認真感受和思索，是不會有這種想法的，它看似很平常，其實很富於哲理，就看讀者如何意會

了。還有《你看天空那顆星》中關於星星的議論：「月亮太圓便會太亮，晚間那蒼白的心將無從安置；用血來染風采有點太烈過於刺激，只有悠悠的星空之下靜靜地沒有噪音沒有灼人的光芒，你便可以望星作夢。假如你把星星當人，——地上一口丁，天上一顆星嘛；假如那人遠在海外遠在邊塞遠在地老天荒不知所處的地方；假如那人雖近在咫尺雖日日相見卻只能相處遙遙的話，你的夢便五光十色璀璨班斕。」這是一種人生態度，一種美學風格，平淡、幽婉而幽眇。這種例子還很多，不勝枚舉。

總之，我覺得善於抒情和議論是葛昌永散文的長處之一，它們或長或短，或畫龍點睛，或洋洋灑灑，但都是隨意而至，有如箭在弦上，不得不發，但也不多發，無呻吟之病，無拘束之感，顯得清新自然，而又非常灑脫，這是真正的散文境界。正是在這一意義上，我認為葛先生的散文具有它的獨創性，還是在這一意義上，我覺得，葛先生的詠物散文和他的遊記散文相比，前者多形，後者多神；前者有法，後者無法；前者像在大會上作報告，後者像是在私下裏聊天，其高下其實比較明顯。

其次，在語言上，作家的辭彙豐富，對詞語的細微感覺差別把握得非常準確，語句富於變化，整個散文在語言上非常流暢，優美的詞句琳琅滿目，顯示了作家在語言的運用上已經達到了很高的造詣。作家還特別善於運用擬人、比喻、排比等修辭手法，這些修辭手法的靈活運用，使文章顯得既生動又形象，從而富於文采。

再具體一些，我覺得葛昌永的散文在語言上有兩大特色，一是古典味，一是現代味。

　　所謂「古典味」，主要是就簡練而言的。古人寫文章用文言，再加上紙張金貴，所以說話非常節省，能用一字的絕不用兩字，能用一句的絕不用兩句，所謂「言簡意賅」、「惜墨如金」、「言近而旨遠，辭淺而義深」是也。所以，古典味表現出來的外在特徵常常是：節奏慢、比較拗口，意思簡潔，但內涵豐富。它要求讀者在閱讀時也必須是慢節奏的，否則就會漏掉很多資訊，同時它要求少思索多品味。相比較現代語言來說，古典語言還有很多非常明顯的特徵，我這裏所說的葛先生的散文的語言的古典味也主要是就其簡練而言的，比如《看，那古寺》一文的開頭：「中原。江邊。山上。立著，那座古寺。」這極像古典詩詞，其意境顯然與語言方式有很大的關係。這當然是特例，而葛昌永散文語言的古典味更多的不是這種表面的，而是骨子裏的，概而言之，即準確、凝練、有詩意，我們常常看到，作家寥寥幾筆，便能表現出自然景物的神韻，便能把一個複雜的道理說得很透徹，這除了作家的敏銳的感覺和觀察力以及邏輯思維能力以外，顯然與作家的語言功夫有很大的關係，現代語言哲學已經令人信服地證明了思維的問題就是語言問題。

　　與這種古典味密切相關的是作家在語言上特別善於用典和借用古人的語言，但這種「借用」又不是生搬硬套，而是「化」，出神入化，不留痕跡。這也從另一個角度證明了作家語言的古典化，否則的話，現代語言是很難和「古典」和「古語」融合的，至少也會留下斧鑿的痕跡。

　　與古典語言不同，現代語言則節奏比較快，氣勢比較強烈，如果說古典語言是「惜墨如金」的話，那麼，現代語言則

是「潑墨如水」。意猶未盡不妨再言,有時甚至語意重複。它不追求用一個詞甚至一個字準確地表達一個意思,它用很多同義詞或近義詞表達某種模糊的意思,有時好像是堆砌詞藻,但它嚴格要求語句通暢、一氣呵成。它不要求讀者停留在字句的玩賞上,而是希望讀者展開想像的翅膀。主要是在這些意義上,我認為葛昌永散文的語言具有很濃厚的現代味,不妨隨手摘錄兩段:

> 「紅色是一種熾熱的顏色,貫徹著血與火式的莊肅、灼人和極端的光芒。它因表示人們大成大就大喜大利襯托生活輝煌的一面,又因是不能逾越性標記製造著人們生活的許多不安和恐懼。譬如你乘車風風火火地趕路遇上了久久不息的紅燈;譬如一個建築物要建得恰到好處需要超越不能超越的紅線;譬如你正準備幹某一項事業上面突然來了禁示舉辦或治理整頓的文件;又譬如漫步街頭看到的殺人公告上刺眼的紅色勾筆……」(《面對赤字》)

> 「也是寥廓的郊外;也是穿梭的人流車流;也是寬寬的馬路高高的樓房青青的街樹和張揚的路燈;也是紅燈綠燈和禁止左拐不准右拐的標誌織成的網;也是近處清明遠處模糊看時似乎明白聽時忽然渺茫;也有著清人辮子一般黝黑的城垣,城垣下彎彎的城河,城河裏淺照著淡淡的夕陽。」(《舊都瑣記》)

　　當然，把語言劃分為古典味和現代味，這只是理論上的，實際上，在葛昌永的散文中，這兩種特徵是有機地融合在一起的，很難絕然地分開。一般地說，古典味是內在的，現代味是外在的；古典味是隱含的，現代味是表面的。也有都比較明顯的，比如，《石台寺》中有這樣一段話：「從北邊流來又流向南方的，是雋永秀麗的唐白河。河的那邊是良田是村舍是炊煙，河的這邊是炊煙是村舍是良田。有人說，這地方就是石台寺，於是那地方就是石台寺了。」不過，這種情況並不是很多。

　　對於從事文字工作的人來說，語言是一個鬼門關，對於散文家來說尤其如此。葛先生在語言上如此成熟，實在令人感到欣喜。也正是從語言和散文的內涵這兩方面，我認為葛先生的散文是成功的，是成熟的，具有很高的藝術性和審美價值。只是還缺少宣傳，不為更多的廣大的散文愛好者所知，是為缺憾。

　　在記人散文中，我最喜歡《懷念劉叔遠》，寥寥幾筆，就把人寫活了，感情沖淡，但很真摯。相反，我不喜歡《兒子與老子》這篇散文，敘述拖遝，人物不活，作者似乎是在追求一種戲劇化的效果，這影響了真情實感，有人給一種看公家訂的報紙的感覺。《我們也做一次洋人》有點像記流水帳，從內容上說，說實話，我和作者有強烈的同感，但總覺得寫成散文格調不高，寫成小說就深刻了。

　　在敘事散文中，我非常喜歡《好一個榮寶齋》，作家的心理寫得惟妙惟肖，格調高，表現了作家的高雅和學識，令人傾慕。相反，不太喜歡《流星雨》，覺得它缺乏內涵。

在「雜感」中，我頂喜歡《夜渡巫江》、《舊都項記》、《香溪口遐想》、《話說狗年》，天上地下，古今中外，內容豐富，議論深刻、精僻，富有哲理。相反，我覺得《涉世之初》則比較淺。

當然，這些都是我的感覺，不對的地方，姑妄言之，姑妄聽之。

本文原載《襄陽師專學報》1996 年第 3 期。

第四代「文革」文學
──讀何志平長篇小說《心》

　　1990 年 1 月，江西人民出版社正式出版發行何志平長篇小說《心》，這是當代「文革」題材的一部重要作品。

　　《心》是一部以「文化大革命」為背景的長篇小說。它通過主人公蕭湜和金鳳曲折的愛情故事，以及他們家庭的遭遇，描述了各種人物的形象和他們的心──「黨心、民心、軍心、雄心、野心、良心，和一些說不上什麼名堂的心。」作品在扉頁中寫到：「這故事發生在無產階級文化大革命的十年裏。心──黨心，民心，軍心，雄心，野心，良心，一些說不出什麼名堂的心，在這個動亂的年代裏，一齊表現出來。」長篇小說《心》不僅再現了「文化大革命」的真實面貌，而且從深層的民族傳統文化的角度對「文化大革命」進行了深刻的追憶與反思。它的出版，標誌著第四代「文革」文學的正式誕生。

　　「文化大革命」是一次罕見的、絕無僅有的政治文化浩劫。它涉及到中國的政治、經濟、法律、宗教、倫理道德、文學藝術、民族心理素質等各個方面，其複雜程度，不是任何一部哲學、社會學專著所能夠涵蓋的。說它反傳統文化，實際上，它一方面繼承了傳統的中國文化，另一方面又必將對未來的中國文化發生深

遠的影響。作為一種重大的社會歷史現象，它可以和兩次世界大戰相提並論。它是作家創作的寶庫，它有取之不盡、用之不竭的文學寶藏。以「文革」為題材，不僅能夠創作出世界文學的傑作，而且也應該創作出世界文學的傑作。

研究新時期文學，我們可以看到，「文革」文學在新時期文學中佔有極其重要的地位。新時期文學的每一次突破，都或多或少與「文革」文學的突破有著密切的關係。「文革」文學的階段劃分，大致就是新時期文學的階段劃分。「文革」文學迄今大致經歷了三代：

第一代是以《傷痕》、《楓》為代表的「傷痕文學」。這是一次對文化大革命進行血淋淋暴露的文學運動。它開創了整個新時期文學的向現實主義回歸。第二代如《小鎮上的將軍》。這一代已經開始寫人物的命運。但悲劇是命運的悲劇。主人公對於他個人的悲劇，不僅是無能的，同時也是無辜的。第三代如《芙蓉鎮》。已經開始全方位地反映「文革」。不僅寫了人物的命運悲劇，同時還寫了人物的性格悲劇。語言技巧、表現手法都日趨成熟。但概念化還沒有完全避免，因而顯得力度還不夠。

《心》則是第四代「文革」文學。這不僅因為它在語言技巧、藝術表現手法等方面更為嫺熟，更重要的是它對「文化大革命」進行了全方位的記錄和深層次的反思。為研究「文化大革命」的文化背景、社會經濟基礎、上層建築和歷史負擔，提供了鮮明的形象。

「文化大革命」，它是一次史無前例、也絕不會有後例的政治文化浩劫。「它既有偉大領袖的思想、魄力和領導藝術，更有響應偉大號召的深厚土壤」（作者語）。過去，人們往往把十年浩

劫簡單地歸結為某些領導人的過失，或者「奸臣亂政」，這實際是對「文革」的極簡單化理解。不可否認，「文化大革命」是一次自上而下的政治文化運動。特別是林彪、「四人邦」的個人野心的推波助瀾更加劇了這場運動的荒謬性。但是，沒有深厚的民族的政治、經濟、文化的基礎，「文化大革命」絕不可能在中國發生。可以說，「文化大革命」是各種歷史條件偶然聚合的產物。

中國是一個具有幾千年歷史和悠久文化的泱泱大國。「文化大革命」就是中國的國民素質、文化積累、倫理觀念、價值取向和生存需求的鬥爭方式等因素與特定歷史環境相結合的產物。它既有偶然性，也有必然性，既有人為的因素，也有文化的因素；既是外在的，更多的則是內在的。外在的，個人的因素是偶然的，而深層的民族文化心理結構，則是「文化大革命」的必然因素。

《心》沒有否定、也沒有回避這種外在的即自上而下的原因。研究小說的情節發展脈絡，我們可以看到，青鎮這個地方的每一次運動，都是伴隨著上面的文件、精神、命令、口號、宣傳而動的。「中央對湖北地區作了一個指示，指出湖北亂的根源在於劉少奇的修正主義路線。具體講，在於一個學社、一個派組織、一本雜誌……。十月以後，各級革委會直到生產大隊先後辦了學習班，落實這個指示，專揪那些徹底派」。黨的九大召開之後，階級鬥爭又提到日常生活鬥爭中來，於是青鎮便開始了清理階級隊伍，貧宣隊、訓話會便應運而生。林彪覆滅了，青鎮這地方便開始了轟轟烈烈的肅清流毒的運動……沒有這些文件、精神、號召、命令、宣傳，傳統的青鎮就不可能有如此轟轟烈烈的「無產階級文化大革命」。

　　但是，這些還只是「文化大革命」的最表層的原因。還有更深層的原因，那就是中華民族的最基本的人際關係，以及各種人與事在特定條件下對歷史的繼承與現實結合所表現的發展的必然性。這才是「文化大革命」的必然性。《心》更多的則反映了這種必然性。從小說中我們可以看到，任何文件、精神、號召、宣傳在青鎮都有自己的理解和執行的方式。這種獨特的理解和執行的方式的基礎就是青鎮的經濟、文化、人民的心理素質等等，也就是說，如何理解、如何執行上面的命令、政策、精神等往往是從青鎮的現存人際關係作為衡點的。「啥叫合理，幹部說話就是理，叫你發財就發財，叫你背時就背時。」「天大的本事，都翻不過當地，翻不過基層。基層要卡你，你硬是沒有辦法。怎麼也繞不過去。」紅衛兵賈有才在經歷了人生最慘痛的折磨之後，終於得出結論：「做人的哲學不在報紙上。」

　　那麼，做人的哲學在哪裡呢？對於青鎮的人來說，做人的哲學深深地紮根在這塊土地上。「雀雀老鴉都朝旺處飛」、「人情大似王法」，「死稱活人稱」、「不怕縣官，只怕現管」、「現在胡扯就算數」、「人家的棋子下定了，只能說好，不能說壞」、「跑不了，都有帳。共產黨的繩繩兒一收你就跑不脫」……這是青鎮的公理，是青鎮人經過長期的經驗而總結出來的定理，它是指導對任何指示、政策、文件理解和執行的工具。所以，在青鎮那些掌權者看來，所謂抓階級鬥爭，就是要批鬥那些成份不好的，歷史上有污點的人。對於德貴來說，抓階級鬥爭就是整蕭家，其執行的辦法就是派苦工，不讓蕭家開貧下中農會……

　　而最具有典型意義的是修、拆主席臺。林彪搞「三忠於，早請示，晚回報」，青鎮的方式是修建主席臺。林彪覆滅了，全國人民肅清其流毒，青鎮的方式則是拆主席臺。但不論是修主席臺，還是拆主席臺，事情本身都不像其外在形式所表現出來的堅定性。青鎮人並不願意建主席臺，在他們看來建主席臺又花錢又無實際價值意義。從德貴本人來說，他也並不是出於真心誠意的對毛主席表示忠誠，而是出於個人向上爬的目的。正是這一目的，反過來又是德貴最先去拆主席臺。青鎮人既然不願意建主席臺，照理就應該願意拆主席臺。事實並非如此。小說第六十八節描寫拆主席臺：

　　　　……德貴正要動手，老保管攔住了。

　　　　「莫慌莫慌，慌沙子啥。我說，想個辦法，囫圇個兒給它移到邊上去。千把塊錢呀，砸碎了一點用都沒有。放邊上，以後興起來，再把他豎到當中，免得又花錢」。老保管說。

　　　　「……不到天黑，主席臺就穩穩當當地順在稻場邊上了。人們收拾東西的時候，老保管笑著說：「咋樣？又快，又省事，如果再敬一回，就要省她千把塊錢，抵五個棒小夥子幹一年。」

　　　　「還會出林彪這樣的舔匠？」老德運說。

　　　　「那咋？一九五八年，說畝產一萬斤，你忘了？這跟那隔了幾年？」老保管說，「再說，放在這兒又不要你餵

飯吃，以後叫子孫們看看我們這一朝的人咋樣？嘿嘿，搞
啥事我們季莊四隊都沒落過後。」

建主席臺，拆主席臺，一方面是順應時代的政治潮流，另一
方面又是幾千年神化封建帝王所形成的民族心理在特定歷史條
件下的產物。時代的政治原因是一個因素，而傳統的歷史價值
觀，經濟價值觀則是另一個因素，這是主席臺事件的實質，也正
是文化大革命的實質。

正是從這一深層的角度，小說既反映了「文化大革命」的現
實，又不僅僅只是反映了「文化大革命」的現實，它具有深層的
歷史內涵和文化價值。

小說第十四節寫蕭湜回江蘇老家，坐在火車上和一位戰士閒
聊「武鬥」問題，坐在戰士旁邊的一位幹部模樣的忍耐不住也加
入話題，發表了一通尖刻的議論，一下使空氣緊張起來。

那戰士也覺得不好。他取小提包，連個招呼都不打就
走走了。

蕭湜也想走，反正，應該離開這個人。

那人可能也感到自己嘴巴走了火，過了一下，拎起提
包也走了。他向另一個方向走，跟那戰士相反的方向。

都走了，蕭湜心裏還不安逸。他想，莫過一會兒來人
抓住我了才說不清啦。他看了看車廂的人，雖然都是迷迷
糊糊的，可誰知道他們是真迷糊還是假迷糊？萬一有個人

　　　　跳起來抓住自己的領口，那就晚了。是非之地，不可久留。
　　　他取下提包，也走了。踏著那軍人走過去的路。

　　人心叵測，人人自危。要麼噤若寒蟬，要麼假大空，說實話
不定有牢獄之災或殺身之禍。這就是「文化大革命」的現實。但，
它卻有著深厚的民族文化的土壤。「文化大革命」實際上就是一
場權力鬥爭。要把丟失的權奪回來。你再回頭看一看，哪一件事
情離了「權」字，哪一個革命行動不是為了權呢？這是主人公蕭
湜的一段心理活動。可權力鬥爭難道僅只在「文化大革命」才有
嗎？過去有，現在有，將來還會有。

　　《心》是一部十年前就已經脫稿的作品，但今天讀起來卻一
點也不覺得他幼稚，相反只是覺得老練、成熟、厚重。這除了作
者嫻熟的藝術技巧以及深厚的生活基礎以外。更重要的是作者站
在一個宏觀的歷史高度，不僅真實地反映了「文化大革命」的現
實，而且透過「文革」現實，反映了中華民族深層的文化結構。
因此，它的價值和意義都是超時代的，它將隨時代的發展，而愈
顯示出它藝術價值的光芒。我們相信，隨著《心》的問世，「文
革」題材的世界傑作必將誕生。

　　　　　　　　本文原載《襄陽師專學報》1994 年第 1 期。

後記

　　收錄在這本論文集中的文章主要是兩部分：一部分是討論語言、話語及其與文化、文學關係的，一部分是作家論與文學批評。這裏我主要說說我是如何進入文學語言研究的，以及我對文學語言研究的一些看法和基本思路。

　　在學術上，我是一個倒行逆施的人，讀大學時，我最不喜歡的課程就是語言方面的，比如古代漢語、現代漢語、語言學概論等，我大學唯一的一次補考就是普通話課程，我從小到讀大學之前，都是說方言，大學被迫說普通話，但極不標準，又不願意學習，因而考試不及格。大學畢業之後，我感到自己在語言知識和理解方面存在著嚴重的缺陷，出於補缺，開始看語言方面的書特別是語言哲學方面的書，也思考語言問題特別是語言與思想、語言與文學之間的關係問題，沒有想到弱項變成了強項，缺陷變成了優勢，我不僅對語言問題很有興趣，而且一直從語言的角度研究文學，博士論文《現代漢語與中國現代文學》、博士後出站報告《「話語」視角的文學問題研究》，都可以說是從語言的角度研究文學，不同在於，前者是狹義的，後者則是廣義的。

　　除了這兩本專著以外，從語言的角度研究文學與文化，我還寫了一些單篇文章，收錄在這本著作中的就是其中的一部分。

　　國內一所知名大學在給語言學專業研究生開列閱讀書目時，也把我的《現代漢語與中國現代文學》列入其中，我覺得可能是一個誤會，開列者可能以為我說的「現代漢語」就是語言學中所說的作為學科稱謂的「現代漢語」。這種誤會在日常學術活動中也經常發生，很多人都問我是不是學語言出身的，很多人都以為我很懂「現代漢語」。其實，對於語言學的現代漢語，我過去沒有學好，後來也沒有很好地補課，現在我很少看語法方面的著作和文章，很少看方言方面的著作和文章，也很少看語音方面的著作和文章，偶看詞語方面的文章和著作，對修辭問題則比較關注，所以對於作為學科的「現代漢語」，我可以說是一個外行。

　　但我又的確關心語言，思考語言，我主要閱讀語言哲學包括分析哲學、話語理論、翻譯和翻譯理論、語言學概論方面的論著，我更關心的是語言與思想之間的關係，語言與文化之間的關係，語言變化與文學變化之間的關係，當然也關心文學的語言藝術問題。所以我說的現代漢語和語言學中所說的現代漢語雖然指稱同一個物件，即「五四」以來所形成的以白話為主體的現代規範化的語言，但其內涵完全不一樣，我更強調現代詞語、現代思想和現代表達，「現代」當然也可以從語音、語法、辭彙的角度來進行說明或者說區別，但語音、語法的確都不是我所關注的，我更關心現代白話的思想性、詩性、文化性等，我找不到更恰當的詞語來命名，比較勉強的是「現代的漢語」，但「的」字在這裏又純粹多餘。我最初曾經認為這是現代漢語作為學科的缺陷，當時我覺得研究現代漢語而不研究它與古代漢語之間的聯繫與區別，不研究它與西方語言之間的關係，不研究語言體系與思想體

系之間的關係，這是有問題的，但後來我不再這樣認為，每一個學科都有自己的邊界，都有自己的問題限定，現代漢語就是一個技術性的學科，就是一個實用性很強的學科，它不研究語言中很玄妙的問題，語言與思想、語言與文化、語言與真理、語言與邏輯、語言與文學，這些屬於語言哲學以及語言學概論的範圍。

語言伴隨著人成長，從無到有，實際上是慢慢浸入人的血液、骨骼、肉體，成為身體的一部分，是比思維和思想更深層的東西，思想本質上是語言的延伸。我的家鄉是一個偏僻的農村小山村，我兒時的家鄉閉塞得和外界幾乎沒有什麼聯繫，我是因為參考高考才第一次到縣城的。在 14 歲之前我都是在方圓不足三公里的地方度過的，聽的話是方言，說的話也是方言，第一次聽到普通話是從收音機裏，至少是上小學之後的事。我上小學比別人晚，再加上小學基本上沒有學習，都是在田地裏勞動，所以我14 歲之前的表達基本上是方言的，和外面的世界是隔膜的。直到讀初中以後我才開始學書面語言，當時的印象特別深刻，感覺是進入了一個完全不同的世界，不是進入了書面語言所描寫的世界，而是進入了書面語言的描寫。現在我已經完全適應了書面語言的表達，也很熟悉書面語言所描述的世界以及所表達的思想，但方言的世界及其表達仍然潛藏在我靈魂的深處，並且深刻地影響我的思想、思維方式以及情感。

文學是語言的藝術，文學的藝術性很重要的方面就表現在語言的使用和表達方面，也可以說，文學的藝術性都是通過語言表現出來的。所以，研究文學的語言，包括修辭，語言的繼承與革新，如何學習語言、語言的風格等，這是文學的本體研究。我認

為語言具有詩性，但學術界對這一問題的研究還相當薄弱，甚至連基本的術語、概念和話語方式都沒有建立起來。我認為這是文學研究的方向，當然這也是我未來學術努力的方向。

但過去，我更關注的是語言理論問題，包括語言的本質問題，語言的變化與思想的變化，語言是如何影響思想的等，特別是話語問題。我認為文學理論一旦進入語言的層面，進入到話語的層面，就可以說進入了問題的實質和根本，也可以說話語分析為文學理論研究打開了一個廣闊的世界，很多文學理論問題，比如中西方文論之間的差距問題都可以從這裏得到深刻的闡釋。從語言的角度來研究文學理論，進一步研究思想、文化、哲學，很多過去爭論不休的問題可以輕易地得到解決。

我的學術專業是文學，我對中國現當代文學、外國文學以及文學理論都有濃厚的學術興趣，我無意研究語言，但語言一直是我切入問題的一種方式，也可以說是一種視角。我知道，不管是對於語言的理解還是對於文學的理解，我都還很欠缺，做了一些事情，我雖然已經很盡力了，但離我的理想還有相當的距離，今後，我還會繼續研究文學與語言的關係問題，還會繼續從語言的角度研究文學。

最後，衷心地感謝蔡登山先生，謝謝他的鼓勵和幫助。責任編輯林千惠老師在編輯此書的過程中付出了很大的辛勞，也表示誠摯的謝意。

高玉

2014 年 4 月 28 日於浙江師範大學

語言文學類　PG1013

語言、文化與文學研究論集

作　　者／高　玉
主　　編／蔡登山
責任編輯／林千惠
圖文排版／陳彥廷
封面設計／秦禎翊

發 行 人／宋政坤
法律顧問／毛國樑　律師
出版發行／秀威資訊科技股份有限公司
　　　　　114 台北市內湖區瑞光路 76 巷 65 號 1 樓
　　　　　電話：+886-2-2796-3638　傳真：+886-2-2796-1377
　　　　　http://www.showwe.com.tw
劃撥帳號／19563868　戶名：秀威資訊科技股份有限公司
　　　　　讀者服務信箱：service@showwe.com.tw
展售門市／國家書店（松江門市）
　　　　　104 台北市中山區松江路 209 號 1 樓
　　　　　電話：+886-2-2518-0207　傳真：+886-2-2518-0778
網路訂購／秀威網路書店：http://www.bodbooks.com.tw
　　　　　國家網路書店：http://www.govbooks.com.tw

2013 年 8 月 BOD 一版
定價：360 元

國家圖書館出版品預行編目

語言、文化與文學研究論集 / 高玉著. -- 一版. -- 臺北市：
　秀威資訊科技, 2013.08
　　面；　　公分
　BOD 版
　ISBN 978-986-326-135-3(平裝)

　1. 語言學　2. 文化　3. 文集

800.7　　　　　　　　　　　　　　　　　102011675

讀者回函卡

感謝您購買本書，為提升服務品質，請填妥以下資料，將讀者回函卡直接寄回或傳真本公司，收到您的寶貴意見後，我們會收藏記錄及檢討，謝謝！
如您需要了解本公司最新出版書目、購書優惠或企劃活動，歡迎您上網查詢或下載相關資料：http:// www.showwe.com.tw

您購買的書名：＿＿＿＿＿＿＿＿＿＿＿＿＿＿＿＿＿＿＿＿＿＿＿＿＿

出生日期：＿＿＿＿＿年＿＿＿＿＿月＿＿＿＿＿日

學歷：□高中 (含) 以下　　　□大專　　　□研究所 (含) 以上

職業：□製造業　□金融業　□資訊業　□軍警　□傳播業　□自由業
　　　□服務業　□公務員　□教職　　□學生　□家管　　□其它＿＿＿

購書地點：□網路書店　□實體書店　□書展　□郵購　□贈閱　□其他

您從何得知本書的消息？

　□網路書店　□實體書店　□網路搜尋　□電子報　□書訊　□雜誌
　□傳播媒體　□親友推薦　□網站推薦　□部落格　□其他＿＿＿＿＿

您對本書的評價：(請填代號　1.非常滿意　2.滿意　3.尚可　4.再改進)

　封面設計＿＿＿　版面編排＿＿＿　內容＿＿＿　文／譯筆＿＿＿　價格＿＿＿

讀完書後您覺得：

　□很有收穫　□有收穫　□收穫不多　□沒收穫

對我們的建議：＿＿＿＿＿＿＿＿＿＿＿＿＿＿＿＿＿＿＿＿＿＿＿＿

＿＿＿＿＿＿＿＿＿＿＿＿＿＿＿＿＿＿＿＿＿＿＿＿＿＿＿＿＿＿＿＿

＿＿＿＿＿＿＿＿＿＿＿＿＿＿＿＿＿＿＿＿＿＿＿＿＿＿＿＿＿＿＿＿

＿＿＿＿＿＿＿＿＿＿＿＿＿＿＿＿＿＿＿＿＿＿＿＿＿＿＿＿＿＿＿＿

11466
台北市內湖區瑞光路 76 巷 65 號 1 樓

秀威資訊科技股份有限公司　　　收

BOD 數位出版事業部

....

（請沿線對折寄回，謝謝！）

姓　　名：＿＿＿＿＿＿＿＿＿　年齡：＿＿＿＿　性別：□女　□男

郵遞區號：□□□□□

地　　址：＿＿＿＿＿＿＿＿＿＿＿＿＿＿＿＿＿＿＿＿

聯絡電話：(日)＿＿＿＿＿＿＿＿＿　(夜)＿＿＿＿＿＿＿＿＿

E-mail：＿＿＿＿＿＿＿＿＿＿＿＿＿＿＿＿＿＿＿＿＿